Serpientes en el paraíso

Novela
Crimen y Misterio

Alicia Giménez Bartlett
Serpientes en el paraíso

DESTINO

El papel de este libro procede de bosques gestionados de forma sostenible y de fuentes controladas.

Ediciones Destino, un sello editorial de Editorial Planeta, S. A.
Avda. Diagonal, 662-664, 08034 Barcelona (España)
www.edestino.es
www.planetadelibros.com

Ilustración de la cubierta: © Joe Baran / Getty Images y © GBobo Stefko / Getty Images
Fotografía de la autora: © Carlos Ema
Primera edición en esta presentación en Colección Booket: febrero de 2013
Segunda impresión: diciembre de 2013
Tercera impresión: junio de 2015
Cuarta impresión: febrero de 2018
Quinta impresión: marzo de 2021
Sexta impresión: marzo de 2023
Séptima impresión: febrero de 2025

Depósito legal: B. 673-2013
ISBN: 978-84-233-4613-4
Impresión y encuadernación: QP Print
Impreso en España

Biografía

Alicia Giménez Bartlett (Almansa, Albacete, 1951) ha publicado, entre otras, las novelas *Exit*, *Una habitación ajena* (Premio Femenino Singular 1997), *Secreta Penélope*, *Días de amor y engaños*, el gran éxito *Donde nadie te encuentre* (Premio Nadal de Novela 2011) y *Hombres desnudos* (Premio Planeta 2015). Con la serie protagonizada por la inspectora Petra Delicado se ha convertido en una de las autoras españolas más traducidas y leídas en el mundo: *Ritos de muerte*, *Día de perros*, *Mensajeros de la oscuridad*, *Muertos de papel*, *Serpientes en el paraíso*, *Un barco cargado de arroz*, *Nido vacío*, *El silencio de los claustros*, *Nadie quiere saber*, *Crímenes que no olvidaré*, *Mi querido asesino en serie*, *Sin muertos* y *La mujer fugitiva*. Ha recibido los prestigiosos premios Grinzane Cavour en Italia y Raymond Chandler en Suiza. Actualmente vive en el campo, en el término municipal de Vinaròs.

CAPÍTULO UNO

El primer recibimiento fue una bofetada de calor, húmedo, adhesivo. El segundo no existió. Nadie fue a esperarme al aeropuerto de El Prat. A nadie avisé de mi llegada. Ésa pudo ser una buena razón que justificara el desierto humano con el que me encontré. Sin embargo, contra toda lógica, siempre se tiene la esperanza de que, al llegar, un pequeño comité agite una pancarta con tu nombre y se lance a tus brazos en señal de amistad.

Bobadas, pensé, ese tipo de cosas no pasa nunca, sobre todo a alguien como yo, que se ha convertido en celosa cancerbera de su tranquilidad. En el fondo, me sentí feliz de que nadie estuviera montando numeritos a mi costa poniéndome en evidencia ante los pasajeros de tránsito internacional.

Yo misma busco siempre la soledad. De hecho, regresaba de pasar mis veinte días de vacaciones en un lugar recóndito del mapa, el lago Vaërn, en el corazón de Suecia. Allí alquilé una cabaña de somera decoración y precio moderado y empleé el tiempo en leer, pasear, dormir, y constatar a cada instante que no hacía calor, que esa lámpara eterna del sol mediterráneo permanecía apagada allí. El sol, la pretendida bendición de los países sureños, ofrecía una tregua en aquella latitud. Todo lo que presuntamente caracterizaba a mi país: casas encaladas, comida aromática, brisa de mar, me parecía una mitología de pacotilla para atraer turistas. Agosto en España es inhumano, absurdo, agotador. El calor mata cualquier posibilidad de pensamiento y paz interior, cualquier vestigio de actitud civilizada. Por eso cogí las maletas, me largué rumbo norte y acerté.

Los suecos son los encargados de que el concepto de «paraíso» exista aún en alguna parte. Había sido una estancia deliciosa que nunca podría olvidar. El único punto que falló fue la frustración que experimenté al no llegar a ver pasar las bandadas de patos salvajes surcando los cielos en su migración anual. Era algo que deseaba vivamente. Desde que en mi infancia leí *Las aventuras de Nils Holgerson*, los patos salvajes me traen al pensamiento espacios abiertos y libertad. La autora, Sëlma Lagerloff, hace montar a Nils, un niño de corta edad, a lomos de un pato. Éste sobrevuela Suecia majestuosamente mientras Nils, confiado, observa el panorama maravilloso: bosques espesos, ríos limpios, casitas de madera... Supongo que mi mente inexperta soñó con hacer lo mismo alguna vez aunque fuera en versión española, algo así como contemplar el secarral de Castilla montada en una perdiz. En cualquier caso, la imagen se me quedó grabada y me sorprendí a mí misma intentando revivirla en Suecia, como si el tiempo no hubiera pasado y la vida fuera un juego de niños.

Cuando recuperé mi equipaje ya había empezado a sudar. Y un minuto después de que el taxi me hubiera depositado frente a mi casa de Poblenou, ya me encontraba de vuelta en la más descarnada realidad que le aguarda a un viajero: abrir la puerta de su hogar después de un mes de ausencia. En efecto, el aire olía a polvo concentrado, el suelo del hall estaba alfombrado de cartas y la luz del contestador automático parpadeaba tan locamente como si avisara de una alarma nuclear. El último testigo de que alguna vez había existido allí vida inteligente era un escuálido pepino que destacaba su figura en la nevera, acusando los síntomas de la putrefacción. Coloqué una bolsa de plástico en el cubo de basura y lo tiré. Estaba perdida, ya había realizado mi primera acción cotidiana y razonable. El hecho de precipitar aquel simple pepino en ruinas marcaba el auténtico final del sueño de libertad. Ahora sí que no conseguiría avistar a los gansos salvajes, mis vacaciones habían terminado. Los demás desastres vendrían solos.

En la tarde libre que aún me quedaba, tenía que aprovechar el tiempo a fondo para lograr una mínima organización: llevar mi ropa a la lavandería, comprar comida para sustituir el pepino extinto y localizar a la asistenta para que volviera a venir regularmente. Debía, en definitiva, hacer todo lo posible para devolver a mi vida una cierta normalidad, si es que eso significa algo.

Sin embargo, por un sentido mínimo del deber —otra frase de cuyo significado auténtico dudo—, no tenía más remedio que oír todos aquellos mensajes telefónicos acumulados en el contestador. Miré la pantallita digital. Catorce mensajes. ¿Catorce?, ¿catorce recados en un mes de agosto, fecha tradicional para desaparecer? El mundo no se olvidaba de mí aunque yo intentara abandonarlo. Apreté la tecla correspondiente con tanta cautela como curiosidad. El primero correspondía a mi asistenta. Me hacía saber que se encontraba dispuesta para empezar a trabajar. Bien, un avance en mi reorganización. Luego pasé al segundo, al tercero, al cuarto, pasé todos y cada uno de ellos hasta el número catorce. No lo podía creer, el montante entero pertenecía a una sola voz y había sido efectuado en su totalidad aquella misma mañana. El sentido último de aquel mensaje universal era más o menos el mismo en cada caso: «Petra: si no ha llegado aún, debe de estar a punto de hacerlo. Llámeme en cuanto lo haga sin dilación. La necesito con urgencia en comisaría.»

La voz no se daba a conocer, seguramente porque no era necesario. ¿Qué otra persona podía tener necesidad urgente de mí si no era el comisario Coronas? Deploré su habitual estilo descuidado, la reiteración inconveniente del verbo «hacer». Aunque, reconocí, la gente suele ponerse nerviosa al dejar un recado, tanto como si estuvieran grabando ópera para la BBC. Al menos alguien había estado deseando mi vuelta, aunque no precisamente para darme un abrazo. Surgió en mí la duda: ¿le llamaba o no? Al fin y al cabo, aún me encontraba disfrutando de mi período vacacional, que no acababa hasta el día siguiente. No tenía, pues, por qué haber oído aquel grito de urgencia. Sin duda debía de tratarse de alguna cuestión irrelevante que podía solucionarse sin mi concurso; conocía bien las angustias gratuitas del comisario. Volví atrás y reflexioné, ¿tan poco imprescindible me consideraba a mí misma? Ya que ni la amistad ni el amor parecían reclamarme en Barcelona, al menos necesitaba hacerme la ilusión de que la policía no podía pasar sin mí.

Llamé. Triunfó el deber, o la estupidez, o quizá, para ser más sinceros, la vanidad.

—¡Vaya, Petra, por fin! —enfatizó Coronas como un científico frente a un hallazgo trascendental—. La he llamado cien veces. ¿Se puede saber dónde estaba?

—De vacaciones, señor. De hecho, hasta mañana todavía lo estoy.

—Me hago cargo. Le diré lo que ha de hacer: cuando llegue a comisaría, pase por el Departamento de Personal y dígales que le abonen el día de vacaciones que va a perder. Porque la necesito aquí, Petra, cuanto antes, mejor.

—¿Ha ocurrido algo grave?

—¿Usted qué cree? Todo lo que ocurre en esta ciudad es grave, Petra, lo sabe muy bien. Y en las fechas en que nos encontramos es mucho peor aún. La mitad de la plantilla está todavía de vacaciones, la otra mitad acaba de volver, con lo que andan despistados... y, encima, ¡lo del papa!

—¿Han detenido al papa?

Hizo una pausa más larga de lo normal. La aguanté sin inmutarme.

—Petra, he dicho que la necesito a usted, sus ironías pueden quedarse de vacaciones por siempre jamás.

—Me temo que van incluidas en el lote, señor.

—En mi despacho dentro de una hora. Adiós.

Puede que las vacaciones no hubieran hecho cambiar mi sentido de la ironía, pero tampoco habían cambiado el autoritarismo de Coronas. Las cosas que me había dicho no sonaban a novedad: prisas, falta de personal, proliferación de delitos en el momento más inoportuno... Sólo había una primicia de difícil clasificación: ¿qué pintaba el papa entre los desvelos del comisario? Se trataba sin duda de una originalidad, de un elemento anómalo que me estimulaba a pasar sin dilación por mi lugar de trabajo.

Me vestí, me arreglé y dije adiós a mis planes de intendencia y organización del hogar. A punto estuve de recuperar el pepino despreciado por si venían tiempos peores.

Fui en coche hasta comisaría, una mala decisión. Tras un rato de tráfico mediterráneo intenso y animado, volvía a echar de menos Suecia y su concepto nórdico de la vida. De nada me sirvió la nostalgia. Media hora después, ya con los nervios a flor de piel, desembarqué en la magnífica casa pública desde donde se combaten el delito y las fuerzas del mal.

Nada más aterrizar en el interior, mi primera visión consistió en un plano corto del subinspector Garzón peleándose con la máquina de café. Me acerqué a él exhibiendo la sonrisa de quien acaba de regresar de tierra extraña.

—¡Fermín, ¿cómo está?!

No sé por qué gasté tanta efusión, ya que todo cuanto hizo él fue saludar rutinariamente y pedirme una moneda que lograra sacar del artefacto exigente algo que se pudiera beber.

Me quedé de una pieza. Una se va, tarda un mes en volver, visita lugares alejados del planeta y todo lo que obtiene al regresar es un saludo esquemático como si sólo faltara desde el día anterior. Le di una moneda con el desdén de los treinta denarios. Sacó su café, bebió y me miró con ojos de lechuza cansada después del desvelo nocturno.

—¿Lo ha pasado bien? —se dignó preguntar.

—Muy bien, ¿y usted?

—¡Joder, ya ni me acuerdo! Llegué hace tres días y no he parado un momento. Llevo un caso yo solo, por lo visto tengo que ayudarla a usted en otro y, encima, lo del papa.

—Oiga, ¿qué coño es lo del papa?

Sin hacerme caso enfiló el pasillo camino del despacho de Coronas a toda velocidad. Yo le seguía como un periodista a un político, dando saltitos y adecuando mi paso al suyo mientras intentaba atraer su atención con preguntas breves y punteadas.

—¿Qué caso tenemos que llevar?, ¿qué caso le han encargado a usted?, ¿qué es lo del papa?

Paró por fin en seco.

—¿De verdad no sabe lo del papa?, ¿dónde se ha metido en los últimos días?

—En Suecia.

—¡El quinto coño!, ¡con razón no se ha enterado! —exclamó, reiniciando su loca carrera.

Le habría explicado con placer que Suecia no es para nada el quinto coño, sino un país ideal donde no se cometen asesinatos porque todo el mundo se suicida ordenadamente y donde no hay papas, sino únicamente atormentados pastores protestantes al estilo de Bergman, pero ni me dio tiempo a tanta especificación ni mi destino vacacional parecía importarle un pimiento. Intenté, sin embargo, ser cordial.

—¿Y usted, dónde ha estado usted, Fermín?

—¡Bah, en un sitio y en otro! Voy a explicarle lo del papa antes de que entremos ahí para que no se gane ningún bufido del comisario. Es muy fácil. El papa visitará Barcelona dentro de un mes, un encuentro con la juventud o no sé qué zarandajas. Hay que organizar un dispositivo de seguridad del copón. Encima, la misa multitudinaria se celebrará ahí al lado, enfrente de la catedral, de modo que la responsabilidad de ese acto recae exclusivamente en nuestra comisaría. ¿Qué le parece?

Pensé, sonreí.

—Pues que si el papa quiere encontrarse con la juventud podría invitarlos al Vaticano.

—No tendrá suficientes tazas de té.

Antes de que golpeara rítmicamente la puerta del despacho de Coronas, le pregunté una vez más:

—¿Dónde ha pasado las vacaciones, Fermín?

Pero no respondió, quien lo hizo fue el comisario con un atronador:

—¡Adelante!

Coronas lucía un bronceado casi perfecto. Deduje que también a él la cruda realidad del delito acababa de cogerlo por el cuello justo después de llegar de vacaciones. Insistí en la pretensión de un saludo especial tras un período de ausencia y fracasé de nuevo. Nuestro superior abrió fuego verbal sin decir ni «buenos días».

—¡Vaya, por fin la gente va apareciendo! Los esperan en Sant Cugat. Urbanización «El Paradís». Allí está ya el inspector Beltrán y su equipo de huellas. El caso, si es que lo hay, viene adjudicado a nuestra comisaría. Ha aparecido muerto un abogado joven, vecino de la urbanización. Los primeros indicios podrían indicar asesinato. Salgan pitando para allá. Me dicen que el juez ya ha llegado. Asistan al levantamiento y a ver qué dice el forense.

—¿Eso es todo, señor? —preguntó Garzón no sé si con ánimo irónico.

—Sí —dijo escuetamente el comisario metiendo las

narices en el ordenador. Cuando ya teníamos un pie fuera de la estancia añadió—: ¡Ah, Petra, y recuerde que no está excluida de las reuniones del papa por no ser creyente! Garzón le explicará.

Garzón me explicó en el coche camino de Sant Cugat. Para que el dispositivo de seguridad que se pretendía montar fuera operativo al ciento por ciento, se realizaban reuniones casi diarias coordinando varias comisarías.

—¡Maravilloso, ¿no le parece, inspectora?, como si no tuviéramos otra cosa que hacer!

—¿Por qué está de tan mal humor, Fermín?

—¿Quiere que le cuente qué caso me ha endilgado Coronas para que lo resuelva yo solito?

A medida que iba contándomelo o, mejor, escupiéndomelo, comprendía que su ánimo sombrío no era exagerado. Se trataba del típico caso ratonera para el que nadie en comisaría se hubiera ofrecido voluntario. Un asesinato entre familias rivales de etnia gitana, o sería más correcto decir entre clanes rivales. Un joven de veintisiete años había aparecido muerto de una puñalada asestada en el curso de una pelea. Existían sin duda testigos, pero ninguno estaba dispuesto a hablar, ni siquiera los familiares del muerto. Según el subinspector, éstos esperaban mejor ocasión para tomarse la justicia por su mano. La familia del presunto agresor echaba tierra encima de todo el asunto. El papel de la policía en este tipo de crímenes no podía ser más desairado: dar tumbos de un testigo mudo a otro, practicar alguna detención cautelar, lanzar globos sonda con la esperanza de que alguno hiciera saltar chispas, y cruzar los dedos para que al asesinato investigado no siguieran otro u otros. Frustración, ése solía ser el resultado final.

Intenté animarlo con frases hechas acerca de la profesionalidad y el sentido del deber, pero no encontré respuesta por su parte. Seguía gruñendo como un animal en su madriguera.

—Oiga, Garzón, aparte del trabajo intensivo y el síndrome posvacacional, ¿le ocurre algo más?

Me miró de reojo. Negó con un gesto.

—Quizá si me contara algo sobre sus vacaciones se sentiría un poco oxigenado y mejoraría su humor.

—¡Bah, aún sería peor recordar el pasado! Lo real es que ahora estoy pringado hasta las cejas, ya me ve.

Al subinspector le sucedía algo anormal, estaba convencida. No había querido soltar ni una palabra de sus vacaciones, y eso era inédito en él. Además, el ejercicio de la profesión, por muy duro que fuera, nunca lo sumía en semejantes estados de pesimismo. Decidí en aquel momento que, aparte de investigar el caso de Sant Cugat, averiguaría también qué le había pasado a mi compañero.

Cuando llegamos a la urbanización «El Paradís», el sol lucía con algo más de fuerza. Garzón dio varias vueltas en coche por el hermoso entorno hasta dar con la pequeña parada policial que solía indicar el comienzo de un caso: una ambulancia, dos coches patrulla y varios vehículos más. Nos esperaban ya con cierta impaciencia. El inspector Beltrán y los rastreadores del terreno habían extendido su campo de acción. Me alegró comprobar que el juez de guardia era Joaquín García Mouriños, un gallego de cierta edad, cordial y cachazudo con el que había coincidido varias veces y me llevaba muy bien.

—¿Ha visto esto, Petra? —me recibió abriendo las manos al estilo patriarcal—. Venga, venga aquí.

Me tomó del brazo y me hizo acercarme a la gran piscina que había al fondo. Me quedé sin habla al descubrir que, sobre el agua azul, flotaba boca abajo un hombre completamente vestido.

—Dígame qué le recuerda, venga, rápido, dígamelo.

No estaba para adivinanzas, la fascinación del cuerpo sin vida acaparaba toda mi atención. García Mouriños se impacientó:

—¡Vamos, Petra, está perdiendo facultades! ¿Cae o no cae?

—*El crepúsculo de los dioses* —musité.

El gallego hizo coincidir una palmada y una risa para festejar mi acierto.

—¡Exacto! Como si el gran Willy Wilder hubiera querido repetir su excelsa película en la realidad. No me extrañaría ver aparecer por aquí a Gloria Swanson dentro de un momento.

—¿Qué ha pasado, juez? —pregunté sin dejarme arrastrar por los apasionamientos de cinéfilo empedernido que ya le conocía.

—Se trata de Juan Luis Espinet, un abogado joven y, según su reputación, muy competente. Anoche estaban reunidos él y su esposa con dos matrimonios amigos que viven en la misma urbanización. Celebraban una cena. A las tres de la madrugada salió a buscar algo que había en casa de los Puig y no regresó. A los veinte minutos, mosqueados por lo que tardaba, salieron a buscarlo. Y lo hallaron aquí. A su mujer le ha dado un ataque de nervios muy aparatoso. Se la han llevado a casa de sus padres en Barcelona. A sus dos niños, también.

—¿Signos externos de violencia? —preguntó Garzón.

—Hasta que no saquen el cadáver… en seguida llegará el forense, espero, llevo más de una hora aquí.

—¿Dónde está el inspector Beltrán?

—Con sus hombres, inspeccionando la urbanización. Si quieren encontrarlos, sigan el camino central de las acacias y en seguida los verán.

—Iré yo —se ofreció el subinspector.

Lo vimos desaparecer a paso ligero. García Mouriños volvió a sus pensamientos.

—¡Una gran película, sí, señor, ya no se hacen películas así!

—¿Tiene alguna idea de lo que ha pasado aquí, juez?

—A lo mejor estaba borracho y se cayó.

—¡Bah, ninguno de los thrillers que usted ve se sustentaría con ese argumento! ¿Qué han estado haciendo los hombres de Beltrán?

—Buscar huellas e indicios como locos. Aparte de eso, también buscaban como locos la manera de tomar un café. Ya les advertí que dudaba mucho que encontraran un bar en esta urbanización; esto es un pequeño paraíso para jóvenes patricios. Mucho lujo, más del que usted y yo podremos disfrutar nunca, aunque luego resulte que, a la hora de la verdad, no puedes tomarte ni un mal café.

—¿Dónde están los amigos del muerto?

—Permanecen concentrados en casa de Espinet, es lo que determiné por si usted quería verlos a todos juntos.

En ese momento hicieron su aparición una ambulancia y un coche.

—Aquí tenemos a la autoridad sanitaria —proclamó alegremente el gallego.

Se notaba que ya llevaba unos cuantos años en mi

profesión, al forense también lo conocía. Alfredo Martínez, un tipo esquinado que casi siempre exhibía en público su perenne mal humor. El entorno de naturaleza y silencio tampoco parecía influir en su ánimo. Saludó lo imprescindible y se dirigió con una libretita y una cámara fotográfica hacia la piscina.

—¡Joder!... —exclamó—. Los cuerpos encontrados en el agua siempre complican las cosas.

No tenía ganas de escuchar sus exabruptos, de modo que decidí dejarlo solo mientras trabajaba, dando la posibilidad a García Mouriños de que hiciera otro tanto.

—¿Me acompaña a buscar al inspector Beltrán? Van a ser sus hombres quienes tendrán que sacar el cadáver de la piscina.

El juez se adhirió en seguida a mi propuesta; también conocía al doctor Martínez. Caminamos juntos por el sendero por el que Garzón había desaparecido.

—Es mal encarado el tal Martínez —comenté.

—¡Así es la viña del Señor! —filosofó mi compañero de paseo—. ¡No hay nadie completamente de una pieza en la personalidad humana! Seguro que Martínez tiene sus días buenos. Sólo el cine da personajes y situaciones que uno entiende y disfruta en profundidad.

Dejé de escuchar la previsible charla sobre séptimo arte que siguió para concentrarme en el panorama del pequeño «paraíso». A aquellas horas se empezaba a ver movimiento en la urbanización. Sin embargo, nadie salía para ver qué pintaba tanta policía por allí. Si sentían curiosidad, la controlaban muy bien. Se veían luces encendidas y olía a café. Eran los únicos síntomas de que, tras las paredes de los lujosos chalets, existía vida. En algunos jardines había juguetes abandonados el día anterior:

pelotas, pequeñas bicicletas de colores vivos. Sin duda, todos aquellos «jóvenes patricios», tal y como los había definido acertadamente el juez, tenían hijos pequeños en quienes habían pensado para tomar la decisión de irse a vivir a aquel lugar. Macizos de flores, árboles bien podados, setos uniformemente recortados... era un decorado tan idílico como irreal. Había sido preparado hasta el último detalle, nada crecía allí por generación espontánea. Las vallas que rodeaban las casas eran de poca altura, al estilo americano. Todas tenían colocadas en la puerta unos carteles que bautizaban las residencias con nombres de flores: «Los Geranios», «Los Lirios», «Las Violetas»... No dejaba de ser una cursilada, pero supuse que el promotor de la idea debió de sentirse un genio el día en que se le ocurrió.

Resultaba chocante pensar que, a pocos kilómetros de allí, se extendían las ciudades dormitorio periféricas de Barcelona. Obviamente, aquellos que podían se dotaban a sí mismos de una realidad creada artificialmente que nada tenía que ver con la fealdad, el ruido o la contaminación del entorno real. Sin embargo, todo era tan cuidadoso, tan elaboradamente aséptico, que parecía una especie de jardín botánico. Habría sido terrible para mí vivir en un sitio semejante, sin una tienda, ni un bar, un quiosco de periódicos o una parada de autobús. Lo peor, sin embargo, se me antojaba la falta de diversidad: familias de edades parecidas, de la misma raza y clase social y probablemente con parecidas ideas y principios. Representé mentalmente mis salidas matutinas de la casa de Poblenou para ir a trabajar a comisaría: las viejas señoras que acuden temprano a comprar como si el día fuera a quedárseles corto, mi charla diaria con el vendedor de periódicos, que me proporcionaba un primer acercamiento crítico a la actualidad nacional... los bares atestados, los currantes con mono de faena... No, no me acostumbraría jamás a levantarme y ver las flores que un jardinero ha plantado para mí, ni las calles que un constructor ha programado pensando en gente como yo, ni la casa que un arquitecto ha imaginado como habitáculo ideal para que yo viva dentro. Sería como permanecer aislada en un gueto concebido para obtener un determinado tipo de felicidad basada en la negación de otros mundos.

Cuando volví a conectar con la charla de García Mouriños, éste se hallaba disertando sobre la excesiva violencia de las películas de Tarantino. Afortunadamente, en seguida avistamos al grupo policial que buscábamos. Se encontraban en un punto de la valla metálica que protegía el perímetro completo de la urbanización. Beltrán hablaba animadamente con Garzón mientras varios policías jóvenes se acuclillaban en el suelo.

Nos hicieron un resumen preciso de la cuestión. Un intruso había cortado el alambre de la verja y posteriormente había penetrado en el recinto. Habían encontrado unas llaves cerca de la piscina, las que el muerto llevaba en el bolsillo.

—Sin duda, el intruso venía preparado —dijo Beltrán—. No se corta este calibre de cable con cualquier cosa. Debía de llevar consigo una cizalla.

Habían encontrado una única huella de un pie, el derecho, impresa en una pequeña zona en la que escaseaba el césped protector. Nada en la parte externa a la urbanización, ni siquiera marcas de neumáticos. Como si quienquiera que fuera hubiera aparecido allí volando.

Los hombres se afanaban en sacar un molde de la pisada.

—¿No hay guardia de seguridad? —pregunté.

—Dos, uno de día y otro de noche. El de noche lleva consigo un rottweiler.

—¿Y no oyó nada?

—Dice que no.

El hecho de que un extraño hubiera traspasado la barrera prohibida le daba un enfoque concreto al asunto. La posibilidad de un asesinato se concretaba ahí. Como siempre que me enfrentaba a los prolegómenos de un nuevo caso, sus componentes se me agolpaban en un estado de desorden absoluto, pugnando por conseguir un lugar preferente en mi atención. Varias preguntas concatenadas que los presentes me dirigieron acabaron de potenciar esa sensación:

—¿Quiere interrogar al guardia de seguridad?

—¿Vamos a ver la casa de la víctima?

—¿Buscamos ya testimonios?

—Lo primero es sacar el muerto del agua —dijo con firmeza el juez ante mi falta de respuestas.

—Supongo que sí —musité, haciendo visible mi turbación. García Mouriños se dio cuenta de mi estado y comentó:

—El responsable de una investigación es como el director de una película, debe poner orden en el caos.

Llevaba razón, y el caos se hallaba en aquel momento instalado cómodamente en el centro de mis neuronas. Atajé mis dudas embarulladas y bajé la claqueta: ¡Acción!

Sacar el cadáver del agua no era una operación sencilla. El doctor Martínez se negó a que se arrastrara el cuerpo hasta la orilla con algún instrumento por miedo a los roces o alteraciones que pudiera sufrir. Los policías de Beltrán empezaron a agitar el agua con las manos con la esperanza de que el cuerpo derivara hacia la zona poco profunda de la piscina. Lo consiguieron con destreza en muy pocos intentos. Después, pidiendo perdones hacia mí, se quitaron los zapatos y los pantalones. En calzoncillos se echaron al agua para izarlo. Eran jóvenes y alegres, de manera que, aunque su cometido se revelara como macabro, no podían dejar de sonreír y soltar bromas en voz baja como si estuvieran en medio de un juego acuático.

Por fin, los restos del abogado quedaron tendidos sobre el poyete de la piscina. Quise verlo antes de que el forense iniciara su inspección. Me acerqué con temor, todavía era un muerto, cuando se determinara que había sido asesinado pasaría a convertirse en «la víctima», un ente abstracto sobre el que podría trabajar con frialdad profesional. De momento aún veía el terrible y a la vez fascinante armazón humano del que la vida no hacía mucho que había escapado.

Lo observé bien, cara a cara, con la luz pálida y clara de la mañana. Enjuto, huesudo pero atlético, de facciones regulares y nobles, cabello rubio, nariz perfecta. Tenía los ojos abiertos, azules como aguamarinas, ya sin ninguna expresión que no hubiera borrado la muerte. Se los cerré, arriesgándome a una bronca del forense. Noté la carne fría de sus párpados, la piel húmeda y delicada. Sus pestañas largas y rubias brillaron al sol. Un hombre hermoso. Sentí ganas de llorar. Siempre es la belleza de una víctima lo que mueve a piedad, más que la pobreza o el sufrimiento.

El doctor Martínez, que había empezado a renegar por no poder tomar café, se acercó con su maletín y yo me hice a un lado. Garzón se percató de que me encontraba conmovida. Le sonreí y dije como disculpándome:

—Un hombre joven que muere, es absurdo, ¿verdad?

—Siempre lo es, aun cuando sea viejo, aunque sea de muerte natural.

Asentí con tristeza. Ajenos a la tragedia, García Mouriños, Beltrán, Martínez y los policías se habían convertido en un grupo de hombres que habrían matado por un café. Yo también empezaba a sentir ganas de tragar algo amargo y caliente, aparte de mi repentina congoja.

Al cabo de media hora, el forense se acercó con cara de trámite cumplido.

—¡Esto es un desierto! ¡Debe de ser el único sitio de España donde no han abierto un puto bar! Bien, inspectora Delicado, si aún tenía en la cabeza la posibilidad de una muerte accidental, ya puede ir descartándola. Ese hombre tiene una herida en el occipital, es una contusión muy fuerte que debió de provocarle conmoción cerebral inmediata. Es evidente que alguien le golpeó en la cabeza con un objeto pesado y romo. Sin embargo, dudo que el golpe fuera lo suficientemente fuerte como para matarlo. Cayó al agua inconsciente y se ahogó. Creo que ésa es la auténtica causa de la muerte.

—¿Y la hora?

—De dos a tres de la madrugada. De todas formas, ahora nos lo llevamos para el Anatómico-Forense. Pero no espere resultados de autopsia hasta dentro de una semana; están completamente desbordados. En este momento hay allí más muertos que vivos. En fin, señores, yo ya he acabado aquí.

Nos dio la mano y se largó desabridamente mientras los camilleros hacían los preparativos para llevarse a la víctima. Si no de certeza, como mínimo había dejado una pequeña estela de claridad tras de sí. Asesinato.

Contemplamos en silencio cómo metían al abogado en la ambulancia. Allá iba aquel cuerpo principesco, a yacer en el frío de una nevera. Todos nos estremecimos un poco. Garzón sacó al grupo del respetuoso *impasse.*

—¿Robo, inspectora?

—Ni siquiera le han quitado el reloj de oro que llevaba. Lo he visto en su muñeca.

—¿Alguien entró con intención de robar y él lo sorprendió?

—¿Y lo llevó hasta el borde de la piscina para agredirlo?

—A lo mejor caminaron hablando hasta allí.

—No cuadra.

García Mouriños interrumpió las primeras deducciones a bulto.

—Señores, yo he certificado lo que tenía que certificar. Ya no pinto nada aquí, y como además no se puede tomar café... A no ser que me endosen este caso, sólo me queda desearles suerte, porque quizá vayan a necesitarla, nada de esto tiene buena pinta, la verdad.

—Gracias por animarnos, juez —suspiré, víctima de la impotencia. El magistrado me tomó cariñosamente del codo.

—¡Valor, Petra!, el tiempo de vacaciones ya acabó. La vida criminal necesita sus servicios. Hablando de otra cosa, ¿cuándo va a acceder a casarse conmigo? Sería maravilloso, lo compartiríamos todo: delitos y afición por el cine. ¿Qué más se puede pedir? No soy un hombre exigente, le dejaría escoger película dos veces de cada tres.

Miré con simpatía su cara de hogaza gallega a medio cocer.

—Un día, juez, le voy a dar un buen susto contestando afirmativamente a sus peticiones de matrimonio. Yo en su lugar dejaría las bromas de corte sentimental. Son peligrosas para un viudo que lleva media vida haciendo lo que quiere.

Rió campanudamente como un demonio de guiñol. Luego lo vi alejarse entre flores preguntándome cómo lograba su apariencia de felicidad en un mundo tan duro. ¿Las ficciones del cine lo preservaban de la realidad?

—¡Mis respetos a Gloria Swanson! —gritó desde lejos corroborando mi suposición.

Garzón me sacó de las ensoñaciones en las que estaba cayendo con periodicidad alarmante.

—No tiene gracia la broma. Ese vejestorio siempre está coqueteando con usted.

—¿Y qué tiene eso de malo?

—Pues nada, sólo que usted suele decir que detesta a los tipos que se sienten obligados a coquetear en cuanto ven a una mujer.

Mis días de asueto me habían hecho olvidar que contaba con una conciencia alternativa. ¿Realmente mis presupuestos feministas habían calado tan hondo en el subinspector?

—¡Déjese de frivolidades, Garzón, y vaya a interrogar a ese guardia del rottweiler!

En condiciones normales, mi subordinado me habría obsequiado con alguna contestación sustanciosa, pero como persistía su humor repugnante, se limitó a encogerse de hombros y desaparecer. ¿Qué demonios le habría pasado durante las vacaciones?, ¿por qué había perdido su ánimo bonachón y bromista?

Beltrán y sus muchachos, ya vestidos, se afanaban buscando por última vez indicios o restos alrededor de la piscina. No podía demorarlo más, aunque no me apetecía lo más mínimo el maldito contacto humano que sigue a un crimen, debía entrar en casa de la víctima y hablar con sus amigos. Le temía como a nada al momento de presentarme ante familiares o allegados al muerto. Era como si me sintiera algo culpable del delito, responsable de un destino terrible, cómplice de la fatalidad.

La casa de los Espinet se llamaba «Las Margaritas». También tenía juguetes esparcidos por el jardín, que entonces me parecieron trágicos. Entré sin llamar, la puerta estaba entornada. Crucé un pequeño hall y ante mi vista se abrió el salón. Dos hombres y dos mujeres lanzaron sobre mí una idéntica mirada de sorpresa, como si realmente ya no hubieran esperado que alguien fuera a ocuparse de ellos. Las mujeres estaban sentadas en el sofá, una abrazaba a la otra, ambas con los ojos enrojecidos por el llanto. Uno de los hombres se encontraba de pie junto al ventanal, bebía una copa. El otro, acuclillado frente a un televisor, parecía haber estado mirando las imágenes de una pantalla que emitía sin voz. Me incliné por una presentación directa.

—Buenos días, señores. Soy la inspectora Petra Delicado y me han encargado esclarecer la muerte de Juan Luis Espinet.

—¿Le han asesinado? —preguntó a degüello el hombre de la televisión.

—Eso creemos.

La mujer que parecía más afectada se tapó la cara con las manos y empezó a sollozar. Su compañera la acunó.

—Rosa, por favor, cálmate.

—¿Puede explicarnos qué ha pasado? —volvió a preguntar el hombre.

—Es pronto aún. Sólo sabemos que alguien lo golpeó desde atrás, que cayó a la piscina y que allí se ahogó.

Un estremecimiento visible recorrió el pequeño grupo. Debí de hacer algún gesto que denotó mi cansancio, porque la mujer que consolaba a su amiga me señaló un sillón y dijo:

—Siéntese, inspectora. ¿Quiere que le prepare un café?

—¿Eso sería posible?

—¡Desde luego!, conozco muy bien esta casa. Si quiere, puedo preparar café para todos sus compañeros.

—Le aseguro que estaría haciendo una auténtica obra de caridad.

Se levantó y salió con aire resuelto. Era rubia, no muy alta, redondeada y de piel fina. De ella se desprendía un halo agradable y acogedor. Me volví hacia los demás y abrí mi libreta.

—Voy a necesitar todos sus datos.

El tipo del vaso en la mano tomó la iniciativa. Debía de tener treinta y tantos, como todos ellos. Era alto, moreno, y estaba muy bronceado. Llevaba elegante ropa informal y mocasines italianos sin calcetines. Parecía el típico guapo, incluso podría haber pasado por un gigoló.

—Bueno, empezaré yo. Me llamo Mateo Salvia y Rosa es mi mujer —señaló hacia la doliente del sofá.

—¿Dónde viven ustedes?

—Aquí, en «Los Nardos». Todos vivimos en esta urbanización. Somos amigos desde hace muchos años. Las tres parejas compramos las casas a la vez.

Después de apuntar volví la mirada hacia el otro varón. Era rechoncho, no muy atractivo, con calvicie incipiente y una nariz respingona que le daba aspecto de alumno empollón. Todo él parecía un niño que hubiera crecido de repente sin perder los distintivos de la infancia.

—Yo soy Jordi Puig y Malena, bueno, María Elena, la llamamos Malena, es mi esposa, la que acaba de salir. Vivimos en «Los Ibiscus». También soy abogado, socio de Juan Luis Espinet en el bufete. Tenemos tres hijos pequeños.

Se había violentado extraordinariamente al realizar aquella autopresentación. Casi temblaba. Dos cercos de sudor habían aparecido bajo las mangas de su camisa.

—¿Ustedes no tienen hijos? —retrocedí al guaperas.

—No —respondió.

—¿Trabaja usted fuera de casa, Rosa?

Rosa, una espigada castaña muy bella a pesar de los estragos del llanto, hizo un esfuerzo por hablar pero no pudo. Su voz se estranguló al primer intento y se echó a llorar. En ese instante volvió Malena con una bandeja llena de olor a café. Bendije mentalmente su presencia. Ella sonrió.

—Les he sacado unas tazas a sus compañeros y casi me han recibido con aplausos. Nunca había visto a nadie tan deseoso de tomar un café.

—Los policías nos alimentamos de café, no se trata de un tópico. Y no resulta muy fácil encontrar un bar por aquí, ¡es un sitio tan tranquilo!

Mateo Salvia estalló:

—¡Era tranquilo!, por eso lo escogimos, por eso y por la seguridad, y total, para que luego pase algo tan terrible como lo que acaba de pasar.

Procuré rebajar la tensión que habían generado sus palabras sin llegar a cortar una reacción que los movería sin duda a hablar y contarme algo sin necesidad de que yo lo preguntara.

—Comprendo muy bien lo que quiere decir. El sistema de seguridad de su urbanización no es malo; pero al parecer esta madrugada alguien ha cortado la alambrada que la rodea y ha penetrado en el recinto.

Hubo un momento de asombro general, de confusión. Salvia montó en cólera:

—¡Santo Dios!, ¿y dónde estaba ese puto guardia jurado? ¡Ya os dije que me parecía un inútil y un chulo! ¡Siempre paseándose con su maldito perro como si exhibirse fuera suficiente!

Malena se acercó a él y le puso una taza de café en las manos.

—Tranquilo, Mateo, ahora ya no sirve de nada gritar.

—¡Pero tendrá que dar explicaciones, ¿no, inspectora?, tendrá que darlas!

—Las dará. Mi compañero está interrogándole.

Me dirigí a Malena, que era la única que conservaba una cierta serenidad.

—Dígame, Malena, ¿usted trabaja fuera?

—No, de las tres amigas soy la única ama de casa. También soy abogada, pero mi marido y yo decidimos que me quedaría aquí mientras los niños fueran pequeños. Inés, la mujer de Juan Luis, tiene una tienda de ropa infantil y Rosa, ¿se lo has dicho, Rosa?

Rosa negó tristemente con la cabeza. Malena sonrió y dijo cariñosamente:

—Rosa es un crack. Tiene su propia empresa. Una mujer muy importante.

El crack musitó con voz alicaída:

—Malena, por favor, déjalo.

Miré a su marido, que había rechazado el café y se servía un nuevo whisky con gesto malhumorado.

—¿Y usted, a qué se dedica usted?

—Trabajo como economista en la empresa de mi familia. Fabricamos repuestos de automoción.

—Bien —dije, apuntando como una encuestadora aplicada. Y añadí sorbiendo con placer mi café—: ¿Quién lo encontró?

Jordi Puig se tensó visiblemente. Tenía las gafas empañadas por efecto de la transpiración.

—Yo, yo lo encontré.

—¿Cómo ocurrió?

—Habíamos cenado aquí. Después tomamos unas copas. Entonces Juan Luis recordó que había olvidado en el coche una botella de bourbon comprada para la sobremesa. Me levanté a buscarla, pero Juan Luis insistió, quería ir él para despejarse un poco. Cogió las llaves y salió. Al cabo de veinte minutos aún no había regresado. Comentamos que seguramente no lograba dar con la botella porque iba algo bebido.

—Era imposible que no la encontrara —apuntó Malena Puig.

—Bueno, el caso es que, entre bromas, decidí ir a ver. No estaba en el parking, no lo encontraba en ninguna parte hasta que… hasta que oí un ruido en la zona de la piscina y acudí por si estaba allí. —La emoción hizo que se le quebrara la voz. Su mujer se colocó junto a él y le pasó el brazo por los hombros—. Y sí, estaba allí, flotando boca abajo en la piscina. Fue espantoso; por más años que pasen nunca olvidaré esa imagen. Yo…

Se quitó las gafas de un golpe y se masajeó los ojos con los dedos evitando llorar.

—¿A qué hora fue eso?

—Sobre las tres de la madrugada.

—Es más o menos la hora en que murió. ¿Cómo fue ese ruido que oyó?

—No sé decir, como ramas o troncos rompiéndose, aunque pudo ser cualquier otra cosa. He estado dándole vueltas, y cuanto más lo pienso menos claro lo tengo.

—Seguramente, la persona que mató a su amigo estaba huyendo en ese momento.

Mateo Salvia explotó en un nuevo arrebato de furia:

—¡Sí, probablemente el ladrón estaba aún allí, podría haberte matado a ti también mientras ese pingüino dormía tranquilamente con su perro a los pies!

—¿Cree usted que se trataba de un ladrón? —pregunté elevando las cejas para resaltar mi curiosidad.

Me miró con la indignación saliendo a borbotones por sus ojos.

—Supongo que fue algún hijoputa que entró a robar. ¿Quién podría ser si no, inspectora?, ¿el vecino de al lado, que se dedica a asesinar en sus ratos libres?

—No te pases, Mateo —le increpó su mujer con cierta acritud.

—¡Coño, que esto no es un barrio bajo, ni una zona industrial apartada! —remachó el colérico amigo.

—¿De quién son estas llaves? —pregunté, mostrando las que Beltrán había encontrado, ahora metidas en una bolsita para pruebas.

—Son las del coche de Juan Luis —respondió Jordi Puig tras una simple ojeada.

Se estremeció. Los observé disimuladamente a todos. Los estragos de la tensión y la noche sin dormir se hacían evidentes.

—Ahora pueden irse a descansar o a sus quehaceres. Por supuesto, tendré que hablar con ustedes más veces, y los llamarán a declarar ante el juez, pero por el momento es suficiente. La casa quedará cerrada unos días. En estas tarjetas está mi número de móvil y el de comisaría. Para cualquier cosa, llámenme.

—Pero ¿y Lali? —preguntó Malena Puig con sorpresa.

—¿Lali?

—Juan Luis e Inés tienen una criada filipina. Está arriba, en su cuarto. La pobre lleva un susto horrible, lo está pasando fatal.

—Nadie me había informado. Tendremos que hablar con ella.

—Sea comprensiva, inspectora, la chica está muy afectada —me recomendó Malena.

—Descuide, como todos mis compañeros, siempre lo soy.

Me pareció una despedida adecuada que implicaba la mínima impertinencia necesaria en un miembro de la policía.

Salimos ordenadamente y fui en busca de Garzón, al que encontré haciendo anotaciones en su bloc.

—¿Qué tal, subinspector, cómo le ha ido con el guardia?

—Es un tontaina. Ya sabe, lo típico. Se ha pasado medio interrogatorio diciendo que le habría gustado ser policía para ayudar a los demás, pero no aprobó los exámenes de ingreso, una fatalidad. Me parece un colgado sin pizca de cerebro.

—¿Dónde estaba a la hora del crimen?

—Según él, dio una vuelta completa por toda la urbanización sin ver nada anormal, se nota que no hay espejos. Luego se metió en su caseta y estuvo escuchando la radio. Hasta las cinco de la madrugada no volvió a hacer ninguna inspección.

—¿Le ha parecido un tipo sospechoso?

—Veremos, en principio, no. ¿Qué tal usted con los amigos de Espinet?

—Ya lo leerá en el informe, yo diría que son gente bastante normal. Aún queda por interrogar a la asistenta filipina que vive con los Espinet. Acompáñeme, estoy harta de tomar apuntes como una estudiante.

Me siguió, obediente y silencioso. Subimos al piso superior de la hermosa casa de los Espinet. El cuarto de servicio era una enorme habitación con baño. Estaba decorada en un estilo entre country y naïf, como si perteneciera a un niño. Tenía un gigantesco televisor. La asistenta se encontraba sentada en un sillón, acurrucada sobre sí misma como un pollo asustado. Lo primero que hizo al vernos fue echarse a llorar. Sentí la tentación de no ser comprensiva con ella, las lágrimas me sacan de quicio.

—Tranquilícese, Lali, por favor.

—El señor está muerto.

—Sí, lo sabemos, somos los policías encargados de la investigación.

Empequeñeció aún más sus ojos oblicuos y arreció en el llanto.

—Lali, te lo ruego, tenemos que hacerte unas preguntas.

Lo único que conseguí con aquella declaración de intenciones fue que lo que hasta el momento habían sido lloros silenciosos se convirtieran en el berreo de un bebé. Garzón y yo nos miramos con desánimo. Él se hizo voluntariosamente con las riendas de la situación.

—Vamos a ver, Lali, ¿no puedes parar de llorar?

La voz de mi compañero tuvo la virtud de instalarla ya en el centro de la histeria, fuera de todo control. Aullaba como un lobo perdido en la estepa. Mi móvil sonó. Me aparté unos pasos de aquel surtidor.

—¿Inspectora Delicado? Soy Malena, la mujer de Jordi Puig. ¿Todo va bien con Lali?

—Pues, a decir verdad, no hemos conseguido que se serene como para poder hablar.

—Me lo imaginaba, por eso la llamo. Todos sabemos cómo es, se trata de una muchacha un poco infantil y simple. ¿Quiere que vaya? A lo mejor se tranquiliza si me ve.

—Se lo agradezco, si no es abusar...

Bendije hasta la sombra de aquella encantadora mujer, capaz de echar una mano en los momentos críticos y, sobre todo, de hacer café caliente. A los cinco minutos ya estaba allí. Lali se echó en sus brazos cuando la vio. Ella la cobijó, la consoló, le limpió la cara como si se tratara de una niña.

—Lali y yo somos buenas amigas, ¿verdad? Ella me cuenta cosas de su familia en Manila, ¿no es cierto, Lali?

La filipina asintió considerablemente más serena.

Malena la había manejado con habilidad. Al cabo de un instante estaba dispuesta a contestarnos. Nuestra salvadora hizo ademán de marcharse, pero le pedí que siguiera presente para evitar nuevas cataratas de dolor.

—¿Puedes decirnos qué hiciste anoche?

—Servir la cena, arreglar la cocina, ver la tele y dormir.

Atribuí tanta concreción a su escaso dominio de la lengua.

—¿A qué hora te fuiste a la cama?

—A las doce.

—¿Has oído esta noche algo especial?

—Sí, a mitad de dormir oí cosas.

Garzón y yo nos miramos con un relámpago de complicidad. Era bastante irregular que Malena permaneciera presente durante el interrogatorio, en especial si el testimonio resultaba sustancioso. Le di las gracias por su cooperación y la hice salir. Ella se aseguró de que Lali iba a estar bien, le recomendó que contestara a todas nuestras preguntas y le dio un beso cariñoso en la mejilla. Antes de que tuviera el segundo pie fuera de la habitación, Garzón disparó a saco, sin miedo a herir la sensibilidad de la chica:

—¿Qué es lo que oíste?

—A la señora loca de al lado. Anoche gritó con la cabeza fuera de la ventana. No es especial.

El español rudimentario de Lali formó una niebla en torno a sus palabras.

—¿Puedes explicarte mejor?, ¿hay una señora loca que vive al lado?, ¿por qué dices que no es especial?

—No es especial que diga cosas en la ventana de donde duerme. Muchas veces dice cosas, anoche también.

Garzón tiró de una silla y se sentó frente a ella, mirándola con intensidad.

—Vamos a ver, ¿quieres decir que en la casa de al lado vive una señora que está loca?

La chica, algo intimidada, respondió:

—Sí, en «Las Adelfas». Una señora vieja con un señor viejo que no está loco.

—¿Y qué dijo anoche, puedes recordarlo?

Lali me lanzó una mirada que era una petición de ayuda. Garzón estaba forzando la máquina. Intervine:

—Tómate el tiempo que necesites para pensar.

—Siempre dice cosas tontas: «¿Cómo te llamas?», «Hoy llueve agua». Ayer decía: «¿Adónde vas, pajarito, quién eres tú?»

—¿Viste a alguien, a algún extraño?

—No. Miré y tampoco había ningún pajarito.

—¿Recuerdas a qué hora fue eso?

—No. Dormía y me levanté, pero no miré el reloj.

Miré por la ventana. Daba al lateral trasero de la casa. Un seto y una valla metálica separaban el jardín del contiguo. Las ventanas vecinas, también traseras, estaban muy cercanas.

—Esa señora loca está mucho en la ventana.

—¿Sabes cómo se llama esa señora?

—Señora Domènech.

—Muy bien, Lali, lo has hecho muy bien. ¿Dónde te vas a quedar hasta que vuelva la señora Espinet?

—La señora Espinet me deja que por la noche vaya a dormir a casa de Tahita, que trabaja en «Los Girasoles». Tengo miedo aquí sola.

—Es una buena idea.

Dimos una vuelta por el jardín antes de marcharnos.

En la parte posterior de la casa había una puerta que daba a la cocina. Los hombres de Beltrán ya habían inspeccionado el terreno sin hallar nada, ni pisadas, ni objetos olvidados, ni rastros. El césped tupido que crecía por todos lados dificultaba las improntas. Garzón se rascó la oreja al estilo canino.

—«¿Adónde vas, pajarito, quién eres tú?» ¿Hasta qué punto estará loca esa vieja señora, Petra?

—Habrá que comprobarlo. ¿Se ha hecho el interrogatorio rutinario a los vecinos?

—El de rutina, usted lo ha dicho, sin más profundización. Coronas ha dado orden de no crear alarmas innecesarias. También se ha hablado con el presidente de la comunidad. Resultados negativos, todo el mundo dormía. Hemos repartido tarjetas con nuestros números de teléfono.

—¡Vaya, nuestro jefe no quiere que molestemos a estos tranquilos ciudadanos. No me negará que hace gala de una gran sensibilidad hacia las clases privilegiadas!

—Así es el mundo.

—Habrá que hablar con el señor viejo que no está loco.

—Vamos allá.

—Espere, quiero un poco de información previa. No podemos llamar a la puerta y preguntar: «Aquí vive una vieja loca, ¿verdad?»

—El presidente de la comunidad se ha ido ya a su trabajo. Es el único que podría informarnos.

—Iremos a casa de Malena Puig. Siendo tan servicial, no creo que le importe colaborar un poco más.

Pusimos rumbo a «Los Ibiscus» caminando entre casas floreadas.

—¡Vaya chozas!, ¿no? —exclamó el subinspector.

—¿Le gustaría vivir aquí?

—No sé, a lo mejor. Si montaran un bar…

—Se aburriría mucho, Fermín.

—Podría plantar un huerto en el jardín y comer tomates frescos todo el año.

—La comunidad no se lo consentiría. Pensarían que eso de los tomates es una cutrez y le obligarían a poner plantas decorativas.

—Lleva razón. Estoy de maravilla donde estoy. Pensándolo bien, en ninguna otra parte podría estar mejor. Solo en mi apartamento, tranquilo, un poco de música, un partidillo de fútbol en televisión y la nevera bien provista de cerveza y pizza congelada. ¡No saldría de allí ni aunque me propusieran el palacio de Buckingham!

No esperaba semejante andanada hogareña de Garzón. Desde que nos habíamos visto a la vuelta de vacaciones, aquella inusitada reivindicación había sido su primer comentario positivo. Definitivamente estaba raro.

Frente a «Los Ibiscus» llamamos a la puerta del jardín. Inmediatamente, un labrador juguetón apareció ladrando en tono poco amenazante. Un segundo más tarde apareció una chacha de uniforme. El acento con que dijo: «Sí, pasen, en seguida avisaré a la señora Puig» la delató como originaria de algún país sudamericano, quizá ecuatoriana.

Nada más entrar en el amplio hall llegó Malena Puig. Llevaba a un niño varón cogido de cada mano. Calculé que tendrían siete y cinco años, no más. Al vernos sonrió. Se había duchado y cambiado de ropa. Ahora tenía un aspecto juvenil, con tejanos y una camiseta azul celeste. Me vi en la necesidad de disculparme.

—Perdone, ya estamos de nuevo aquí. No queremos molestar, pero…

—No me molestan. En seguida los atenderé. Tendrán que esperar un instante porque, si no, estos chicos van a perder el autobús del colegio. Decid buenos días, niños.

Los dos niños obedecieron con aire soñoliento.

—¡Hola, chavales! —soltó Garzón con un detestable estilo de campechano cura rural.

Malena les puso a los chavales unas pequeñas rebecas de punto, ayudó a ambos a cargarse una desproporcionadamente grande mochila a la espalda y los besó. Hacía esas maniobras con una gracia admirable, como si formara parte de un ballet. Sus gestos denotaban cariño y firmeza.

—¿Ya han empezado el curso? —preguntó mi compañero, empeñado en la sociabilidad infantil.

—Aún no. Pasan las mañanas de setiembre en un centro donde hacen deporte y aprenden inglés.

El subinspector asintió cargado de razón, como si aquellas dos actividades le parecieran el colmo de la prudencia educacional.

—Sí, señor, eso es lo que hay que hacer, prepararse para el futuro, que es muy competitivo —apuntó, ya completamente instalado en el lugar común.

La madre se volvió e impulsó a los niños por la espalda.

—Vamos, id con Azucena, ella os acompañará al autobús.

Salieron como un par de pequeños autómatas programados. Malena Puig volvió a sonreír.

—Tardan en despertar. Entren y siéntense.

—Sólo queremos hacerle una pregunta.

—¿Por qué no vienen a la cocina y desayunamos como Dios manda? Con esta historia terrible aún no he probado bocado.

Nos negamos hasta donde la cortesía nos dictó y luego entramos con ella en la cocina, encantados con la posibilidad de comer algo. Era una cocina alegre y llena de luz. En una amplia mesa quedaban los restos del desayuno de los niños. Malena los retiró en dos segundos y colocó un mantel de colores. En otros dos segundos, un servicio completo de café y un gran bizcocho ocuparon el espacio vacío.

—Lo he hecho yo, espero que les guste.

—¡Un bizcocho hecho en casa, no me lo puedo creer, esas cosas ya no existen! —exclamé.

—Es terrible, ¿verdad, inspectora?, perder el tiempo preparando pasteles.

—No he querido decir eso.

—Ya lo sé, pero es terrible de todos modos. Hace poco leí que muchas amas de casa americanas hornean su propio pan para dar más calidad de vida a su familia. Yo espero no llegar a tanto. Supongo que cuando los niños crezcan volveré a trabajar.

—¿Llegó a trabajar como abogada?

—Sí, tuve varios trabajos relacionados con el mundo del Derecho. Luego entré en el bufete de Adolfo Espinet, el padre del pobre Juan Luis. Supongo que han oído hablar de él, es uno de los abogados más prestigiosos de Barcelona. Ahora ya está jubilado, pero su nombre aún abre todas las puertas. Me imagino cómo les habrá caído esta muerte absurda a él y a su esposa. No creo que logren levantar cabeza nunca más.

—Usted y su marido, ¿se conocieron en el bufete del padre de Espinet?

—En cierto modo, sí. Yo era amiga de Juan Luis y me propuso entrar en el bufete. Después, él mismo me presentó a Jordi. Nos enamoramos y nos casamos. Todo iba bien hasta que anoche...

Se ensombreció de pronto, e hizo un gesto de desesperación. El subinspector, que ya le había metido mano al bizcocho, participó por primera vez en la charla.

—Usted parece la única que conserva la entereza después de lo que ha pasado.

—Sí, mi especialidad es mantener la calma, pisar fuerte en la realidad. Tengo ese rol en el grupo.

—¿El grupo?

—Las tres parejas estamos muy unidas. Los niños van a los mismos colegios, celebramos todo en común, compramos las casas por las mismas fechas... Somos como una pandilla... o, mejor dicho, lo éramos. Ahora no sé qué pasará. Sólo espero que Inés no decida abandonar «Las Margaritas» e irse a vivir con sus padres. Sería un error tremendo. Aquí podemos ayudarla, animarla un poco.

Encendí un cigarrillo. Nuestra amable anfitriona fue en seguida a buscar un cenicero.

—No le he preguntado si permite fumar en su casa.

—Por supuesto que sí. Nuestra familia no es muy escrupulosa con las reglas. El perro, y también dos gatos que tenemos, pueden entrar en toda la casa, excepto en la cocina. Los niños no tienen vetado ningún lugar y las visitas se presentan sin anunciarse. Supongo que no hago bien permitiendo tanta relajación, pero me gusta vivir en un ambiente de cierta libertad. Además, no quiero estar permanentemente enfadada, y el mejor método para conseguirlo es no implantar demasiadas reglas.

Me reí. El dominio de aquella mujer fuerte de aspecto débil sobre su pequeño reino me fascinaba. Garzón no parecía apreciar estos detalles, debían de sonarle como la típica conversación entre mujeres, y quizá lo era.

—Inspectora —dijo, limpiándose las migajas—, hemos venido para hacerle una pregunta a la señora Puig, ¿recuerda?

—Cierto, perdóneme. Nos ha tratado tan amistosamente que había olvidado nuestra obligación. Dígame, Malena, ¿es verdad que junto a la casa de los Espinet vive una señora loca? Eso nos ha contado Lali.

Pestañeó varias veces, pensando, luego se dio una pequeña palmada en la frente y exclamó:

—¡Una señora loca, por Dios Santo, la pobre señora Domènech! Esa Lali siempre está exagerándolo todo, ya les dije que era un poco especial. Los Domènech viven en «Las Adelfas», junto a la casa de los Espinet. Él es un empresario textil jubilado y su esposa sufre el mal de Alzheimer. ¡Pobrecita, y pobre de él también! Aunque durante el día tiene una enfermera que lo ayuda, debe de ser terrible ver cómo su mujer se consume de esa manera. Supongo que por eso decidió venir a vivir aquí, están tranquilos y pueden salir a tomar el sol.

Asentí varias veces. Eso explicaba el extraño testimonio de la filipina. La cuestión que no tardaría en planteársenos era: ¿un enfermo de Alzheimer es fiable cuando dice: «¿Adónde vas, pajarito, quién eres tú?»? ¿Significa eso que ha visto a alguien en realidad, un auténtico pajarito, está refiriéndose a un intruso, se trata de una simple frase aleatoria, de una alucinación?

Nos levantamos entre sinceras muestras de agradecimiento por el desayuno y la información. En el momento de ganar el hall, algo me llamó la atención en la escalera. Un puntito vacilante venía hacia nosotros parándose en cada escalón. Me quedé inmóvil viendo bajar a una niña de apenas dos años, muy atenta a sujetarse en el pasamanos. Era rubia, de piel blanca, tenía unos enormes ojos color avellana y llevaba un pijama cuajado de ositos. Malena se volvió hacia ella y la esperó con los brazos abiertos.

—¡Ana!, ¿ya está despierta mi querida niña?

La cogió en un abrazo apretado mientras ella nos miraba con curiosidad.

—Mira, estos señores han venido a hablar con mamá.

—Hola —dije sin saber muy bien qué correspondía a aquel tipo de presentación—. Es preciosa —añadí, dirigiéndome a su madre.

—Sí, es la pequeña joya de la familia. Dale un beso, Ana.

Me acerqué y, para mi sorpresa, la niña extendió los bracitos hacia mí y se apretó contra mi cuello en un arranque espontáneo. La abracé. Era tierna como el algodón recién recolectado. Olía a colonia, a sueño. Un calorcillo agradable se expandió por mi cuerpo. Me sentí azarada, muda de placer.

—Dale un beso al señor también.

Ana miró de reojo a Garzón sin demostrar demasiada efusividad. Su aspecto de revolucionario mexicano no debía de parecerle tranquilizador. Sin embargo, ya imbuida a tan tierna edad del encanto social pertinente, aproximó su boca a la del subinspector y le plantó un beso sonoro cerca del bigote. Garzón se echó a reír.

—Gracias, bonita, ha sido un beso estupendo —dijo al tiempo que le palmeaba la mejilla quizá con demasiado ímpetu.

Deposité mi cálida carga en el suelo y ésta salió corriendo hacia la cocina, sin duda en busca de la chacha. Noté cómo la parte de mi cuerpo que había estado en contacto con el suyo se enfriaba. Había sido una experiencia placentera, como cuando un gato peludo decide ronronear junto a tu oreja.

Cuando estábamos plantados frente a «Las Adelfas» en espera de que alguien nos abriera, aún me encontraba turbada por la ternura de aquel bebé. Pero si me había dejado llevar en exceso por la parte sonriente de lo cotidiano, me aguardaba un contraste definitivo para hacerme una idea global de lo que la vida es. Los preámbulos de la visita a los Domènech fueron exiguos, casi no hubo que hablar. El marido en seguida nos atendió, aunque de mal humor. Recibir dos veces a la poli en la misma mañana es una prueba de que ningún ciudadano modélico suele pasar sin renegar un rato. Y renegó, ¿pensábamos que era lícito molestar a los vecinos más viejos y más necesitados de calma de la urbanización? Garzón cayó en la funesta tentación de recordarle sus obligaciones y el jubilado se rebotó:

—Oiga, toda mi vida he trabajado como el que más para formar una empresa floreciente. Mi obligación ahora es vivir en paz, y la suya procurar que lo consiga.

La cosa no podía comenzar peor, era una situación viciada incluso antes de formular la primera pregunta. Sin duda, los rumores y las noticias habían alterado a los habitantes de aquel lugar apacible, aunque no se notara. Intenté reconducir la conversación y atajar males mayores.

—Señor Domènech, no venimos aquí por gusto o ganas de molestar, sino cumpliendo un deber de trabajo. Nos han informado de que es posible que su esposa haya visto al asesino de Juan Luis Espinet. No tenemos más remedio que interrogarla.

La expresión del empresario se desarticuló debido a la sorpresa, y cuando volvió a la normalidad su mal humor se transformó en abierta cólera:

—¡Por todos los santos, no lo puedo creer! ¿Quién ha podido informarles de una estupidez semejante? ¡Mi esposa es una mujer enferma y si ustedes tuvieran dos dedos de frente no se presentarían aquí con la pretensión de...!

Ni todas las canas de Matusalén le habrían librado del golpe que di sobre la mesa.

—¡Basta ya, no tiene ningún derecho a gritarnos así! Si no quiere cooperar con nosotros, le enviaré una citación del juez para que su esposa declare en un organismo oficial.

—¡Mi esposa no está en sus cabales, de modo que no puede declarar!

—¡Para saber si su esposa está o no en sus cabales tendrá que pasar las pruebas de nuestros médicos! ¿Es eso lo que quiere?

A veces gritar al que grita va bien. Domènech se calló. Se miró las rodilleras de los pantalones, quizá contando hasta diez, y suspiró con profundidad.

—Está bien. Díganme lo que quieren.

—Una testigo oyó a su mujer decir textualmente desde una ventana de su casa: «¿Adónde vas, pajarito, quién eres tú?» Era un rato antes de que Juan Luis Espinet fuera asesinado, y podría tratarse de una frase significativa. Queremos hablar con ella.

No reaccionó. Asintió tristemente con la cabeza.

—Está bien, vengan por aquí. Ella no sabe nada de ese horrible asesinato, habría sido inútil decírselo.

La casa tenía similitudes de construcción con las restantes, pero la decoración era bien distinta de la de los Espinet o los Puig. Muebles clásicos y oscuros cuadros antiguos reflejaban una generación anterior. La ligereza de la madera clara y los sofás de colores había sido sustituida aquí por un empaque un tanto opresivo.

En el salón, junto a una mesa camilla arrinconada frente al ventanal, estaba la señora Domènech. Tenía un aspecto pulcro, elegante, perfectamente normal. Los cabellos blancos estaban bien cortados, peinados hacia la nuca. Llevaba una falda negra y una hermosa blusa de seda blanca. Cualquier fantasioso paralelismo con el mito de «la loca que habita la casa de al lado» se esfumaba en la improbabilidad. Sólo sus ojos azules presentaban un interrogante. Era como si estuvieran vacíos, como si no los animara ninguna intención conocida.

Domènech se sentó a su lado y le palmeó la mano con cariño. Su actitud, el tono que empleó para hablarle, no podían ser más opuestos a los que había exhibido con nosotros. Se transfiguró.

—Lolita, querida, hay unos señores que han venido para saber cómo estás.

La anciana nos miró sin cambiar de expresión. Luego se volvió hacia su marido.

—¿No paseamos hoy?

—Sí, claro que sí, cómo no vamos a pasear en un día tan hermoso. Pero antes tenemos que atender a nuestros invitados. Ellos quieren preguntarte una cosa y a lo mejor tú les puedes contestar.

El esposo me hizo un gesto con la cabeza para darme entrada y, sin saber muy bien qué tono emplear, sonreí.

—Señora Domènech, soy Petra Delicado, y él es Fermín Garzón.

—Mucho gusto —dijo lúcidamente como una niña bien educada. Era la primera vez que, en circunstancias de interrogatorio policial, me contestaban algo así.

—Anoche estaba usted en su dormitorio como cada noche, ¿verdad?

—Sí, tengo un dormitorio para mí sola.

La contundencia de su tono y la comprensión que demostraba me hicieron concebir esperanzas.

—A media noche, ¿vio usted a alguien en el jardín de sus vecinos los Espinet, algún extraño, alguien que pasara o se escondiera?

Miró con cierta angustia a su marido y éste le guiñó un ojo para transmitirle tranquilidad.

—Yo no tenía sueño aún. Algunas noches miro por la ventana.

—Sí, eso es; entonces quizá pueda decirnos qué es lo que vio.

—Las flores, que se cierran porque ya no hay luz.

—Desde luego, las flores; ¿vio algo más?

—A veces salgo al jardín.

Miró de nuevo a su marido como si hubiera cometido alguna maldad. Él fue a hablar, pero lo interrumpí con una indicación.

—¿Salió anoche?

—A lo mejor sí, pero no puedo salir porque me perdería y no sabría dónde estoy.

—Señora, piénselo bien, por favor, ¿vio usted a alguien anoche por la ventana o en el jardín, si es que salió? ¿Le dijo usted a alguna persona: «¿Adónde vas, pajarito, quién eres tú?»?

Al oír la frase quedó por completo ausente. Si rememoraba lo sucedido o se había extraviado en algún recoveco de su mente, resultaba imposible saberlo. Desvió la mirada desde mi rostro a la ventana, la dejó vagar por el jardín. De pronto se animó:

—¡Mire allí! —exclamó. Miré sin comprender a qué se refería—. ¡Allí, allí! —señalaba la rama de un sauce que casi rozaba el cristal.

En efecto, un jilguero se hallaba posado en el árbol y se movía con la inquietud permanente de los pájaros.

—¡Un pajarito de verdad!

—¿El que vio anoche no lo era, señora Domènech, era quizá un hombre?

Me encaró de nuevo. Su expresión había cambiado. Parecía no reconocerme en absoluto. Casi asustada, se dirigió a su esposo:

—Tengo sed.

—En seguida te traerán agua.

—Tengo sed, tengo sed, tengo sed…

Continuó repitiendo lo mismo con creciente angustia y exasperación. Luego se echó a llorar con el mayor desconsuelo y ni siquiera su marido conseguía calmarla. Comprendí que había llegado el momento de marcharnos. Salimos sin intentar una despedida convencional que habría sido inútil. Domènech llamó a la criada para que se quedara con su mujer y nos acompañó hasta la salida. Estaba grave y nervioso.

—Bueno, ya han visto lo que ha pasado, hemos conseguido sacarla de quicio.

—¿Ella nunca percibe la realidad tal como es?, ¿el Alzheimer anula por completo su fiabilidad?

—Inspectora, yo les he permitido que hablen con mi esposa. Si quiere saber algo sobre el mal de Alzheimer, tendrá que investigar por su cuenta. No me dedico a impartir cursillos.

Supongo que llevaba razón. La puerta selló aquella tragedia cotidiana a nuestras espaldas. Nos encaminamos hacia el coche. Garzón sacudió la cabeza.

—Estoy acostumbrado a que los quinquis nos den caña, pero que ni siquiera los empresarios jubilados se pongan de parte del orden tiene tela. No sé adónde vamos a ir a parar.

—Es normal, se trata de un hombre amargado por las circunstancias. Usted, en su lugar, reaccionaría de la misma manera.

—Puede que peor. Si no me atacaba los nervios la enfermedad de mi mujer, me los atacaría vivir en este sitio tan horrible.

Conduciendo de vuelta a la ciudad rompí una lanza en favor de «El Paradís».

—No puedo comprender por qué le ha parecido un lugar tan horrible. A mí me ha causado una cierta nostalgia.

—¿Nostalgia de qué?

—De aquello que no tengo.

—¿Y qué puede encontrarse en «El Paradís» que usted no tenga?

—Pues no sé, niños pequeños, una familia… el tipo de cosas que tiene la gente normal.

Se removió inquieto en su asiento.

—¡Joder! —espetó con desprecio.

—Puede maldecir todo lo que quiera, pero lo cierto es que la familia presenta aspectos agradables. ¿Ha visto a esa niñita en pijama? ¿No era una auténtica belleza natural como un río o una montaña?

—Con su permiso le diré, jefa, que lo último que esperaba en esta vida era oírla cantar las excelencias de la familia.

Estuve a punto de salirme de la carretera por culpa de la mirada que le lancé.

—¿Qué mosca le ha picado, Fermín? ¡Usted siempre ha sido defensor de las delicias del hogar!

—¡Bah, y usted siempre ha sido una renegada! Lo que ocurre es que ve cinco minutos a una cría muy mona y le sale un raro instinto maternal.

—¿Raro, y qué tiene de raro? Le recuerdo que soy una mujer de la misma pasta que las demás. Si el instinto maternal existe, ¿por qué yo no tendría que sentirlo?

—Creí que, por lo menos usted, no se dejaba licuar el cerebro con esas pendejadas.

¡Increíble, una inversión de papeles en toda regla! Garzón actuando en plan «rebelde sin causa» y yo reivindicando algo que me quedaba tan lejos como la maternidad. Corté bruscamente la conversación, era absurda y ridícula, como todo lo que no se matiza, y no estaba en mi ánimo ponerme a matizar con un Garzón asilvestrado y partidario de Herodes. ¿Cómo podía hacerle llegar las ideas, dudas y contradicciones que habían surgido en mí durante la visita a Malena Puig? ¿Era incapaz de comprender que yo apreciara algunas de las cosas que habíamos visto esa mañana? Por ejemplo, ¿qué tenía de malo reconocer que es agradable besuquear a un niño pequeño cuando se despierta? O en el otro extremo de la cadena, ¿acaso no resultaba reconfortante comprobar que un viejo marido siga hablando con cariño a su vieja esposa incluso cuando ésta ya no puede agradecerlo? ¡Demasiado para el bruto de mi compañero!

Comimos en una tasca inmunda que se contaba entre las predilectas de Garzón. Él pidió unas judías con chorizo y las atacó como si le hubieran ofendido. Comía con apetito, con brío, casi con sensualidad, y le pegaba tientos largos y meditados al vino.

Yo seguía ensimismada, aturdida, como si me hubieran despertado bruscamente de un sueño profundo. No hacía ni veinticuatro horas era aún una mujer libre, espiritual, un ser que se interesaba por la lectura, que se extasiaba ante los paisajes nórdicos llenos de belleza, mientras que ahora me encontraba caída como de bruces en un asunto criminal en el que ni siquiera conseguía centrarme.

—¡Esto sí que es vida! —exclamó el subinspector, sobresaltándome—. Un bar bien animado, un platito de judías, vaso de vino de Rioja y al cuerno con las preocupaciones. Por mí, las familias pueden quedarse tranquilas, no pienso unirme a ellas como un borrego al rebaño.

Cada vez me sentía más intrigada. ¿A qué venía aquella súbita fobia de Garzón contra las instituciones básicas? ¿Se había convertido de pronto en un anarquista radical o había sufrido alguna experiencia traumática con una familia en aquellas vacaciones de las que se negaba a hablar? Lancé un dardo explorador:

—¿Dónde ha pasado las vacaciones?

Clavó la mirada en el plato con cara de malas pulgas.

—En Mallorca —masculló.

—¡Pero Fermín, eso es estupendo! ¿Ha alquilado un apartamento o ha ido a un hotel?

—Viajé con el Club Méditerranée.

—¡Un club de vacaciones, qué idea tan buena! Deportes, fiestas, actividades organizadas y, además, se conoce a mucha gente, ¿no?

Respondió con un lacónico «sí» y se abismó en sus alubias. Era inútil, no estaba dispuesto a hacerme la más mínima confidencia, aunque por su mal humor deduje que el quid de la cuestión se hallaba efectivamente en las vacaciones. Ya con pocas esperanzas, añadí dos o tres lugares comunes sobre la belleza de las islas, pero cuando estaba poniéndome muy pesada atajó con una pregunta directa:

—¿Qué le parece el asunto?

—¿Qué asunto?

—Inspectora, estamos trabajando en un caso, ¿se acuerda?

—Vagamente, sí.

—¿Por qué no se concentra de una vez?

—Me encuentra dispersa, ¿verdad? Debería comprenderme un poco. Esta vuelta al trabajo ha sido como un secuestro. Aún no me encuentro mentalizada.

Me observó con censura. No esperaba de mí semejantes reblandecimientos. Bien dicen que mostrarse débil frente a un subordinado es un error, por muy pequeña que sea la debilidad o muy grande la mutua simpatía.

—¿Ha visto esa señora a un pájaro con plumas o con pantalones? —insistió en llevarme hacia el deber.

—No lo sé, pero en caso de que hubiera visto a alguien merodeando por casa de los Espinet, eso significaría que quizá ese alguien estaba esperando a que saliera algún miembro de la familia o, concretamente, Juan Luis.

—O no, el intruso oyó ruido proviniendo de la fiesta, se acercó, acechó, vio salir a Juan Luis, lo siguió y...

—¿Y qué? No tiene sentido.

—Nada de esto parece tenerlo. Un hombre joven, de éxito, brillante, perteneciente a una buena familia, felizmente casado..., ¿por qué alguien querría cargárselo?

—¿Descartamos a un ladrón casual?

Ninguno de los dos quería descartar nada. Era tan prematuro como lanzar hipótesis al aire. Sin embargo, la posibilidad de un ladrón fortuito pescado in fraganti por la víctima y que condujera a ésta hasta el borde de la piscina para matarlo se debilitaba por simple sentido común.

—La comida estaba buena —dijo Garzón pasándose la servilleta por la boca repetidamente—. ¡Bah! —añadió—. No sé cómo la gente es capaz de vivir en un sitio donde no hay ni un mal bar. ¡Los bares son el auténtico hogar de la gente sencilla, inspectora!

Quizá se debiera a mi estancia de casi un mes perdida en el campo, o quizá a la brusca zambullida en el mundo del delito, pero lo cierto era que encontraba especialmente pelmazo al subinspector. Una transición más lenta entre el lago sueco y la piscina mortuoria de Sant Cugat habría hecho las cosas más llevaderas.

Al atardecer, ordenando papeles en mi despacho, fui plenamente consciente por primera vez de que un hombre había muerto. Intenté recordar su cara pero no lo conseguí. Un poderoso sentimiento de malestar me invadió por completo. Salí de comisaría con el propósito inmediato de ver a Juan Luis Espinet de nuevo. Puede que la muerte hubiera borrado ya de aquel rostro cualquier vestigio de su auténtica fisonomía o expresión, pero quizá pudiera hallar en el cadáver rasgos de su personalidad.

No tenía permiso específico del forense o el juez para acceder a la morgue, pero el funcionario me conocía y me dejó entrar. Abrió para mí el cajón frigorífico e incluso consintió sin problemas en dejarme a solas con el muerto.

Espinet descansaba en espera de la autopsia. Lo miré atentamente, desterrando de mi ánimo cualquier emoción. El rigor había tensado sus rasgos. La boca se torcía ligeramente en el labio inferior. Sin embargo, aún era hermoso. Ni siquiera la palidez cerúlea de la piel ni la falta de brillo del pelo lograban desdibujar su apostura. Era hermoso.

¿Fue aquel hombre una persona honrada, paciente, curiosa, fiel? ¿Alguna vez se salió del guión que marcaba el decurso de su vida exitosa? ¿Se apreciaba en su cara algún rastro de locura, de vehemencia, de apasionamiento? Nada, sólo la quietud desasosegante de la muerte. Un segundo antes de recibir el golpe fatal, aquel cuerpo respiraba, aquella cabeza inerte se encontraba llena de ideas, de percepciones, de recuerdos. Un segundo después ya no era nada, un volumen que podía meterse en un cajón aguardando ser definitivamente acogido por la tierra. Me estremecí. Había sido absurdo el impulso de volver a ver aquella cara muerta.

Salí al pasillo, aún llena de aprensión e inquietud. Mi propósito firme era trincarme un whisky en el primer bar que encontrara, pero el azar puso en mi camino al juez García Mouriños.

—¡Petra Delicado, no me lo puedo creer! ¿Qué hace usted en la morada de la muerte?

—¿Y usted, juez?

—¡Bah, puro trámite y certificación! Seguramente lo suyo es más interesante.

Decidí ser sincera con él, ya que mi estado de angustia no me permitía el disimulo.

—¿Me invita a una copa, juez?, la necesito.

—¡Desde luego que sí!, ¿le ocurre algo?

—He cometido un error. Vine a ver otra vez a ese abogado de Sant Cugat para entrar con más ponderación en el caso y... en fin, no creí que me impresionara tanto ver a un cadáver a estas alturas, pero...

—¡Venga, salgamos de aquí! Beberemos un orujo en un bar que conozco.

Sentados frente a frente en medio del jolgorio de un bar gallego, García Mouriños me miraba con preocupación paternal.

—Suelo ser una mujer dura, pero hoy... ese hombre sin vida, el silencio...

—¡La muerte es cosa seria, Petra, pocas bromas! Aunque creas que estás acostumbrado, un buen día te coge la angustia por el cuello y no te suelta hasta que te hace resollar. Conoce mi historia, ¿no es cierto?

Asentí, todo el mundo en comisaría y en los juzgados conocía la historia del juez. Se casó muy joven, reción aprobada la oposición. Salió de viaje de novios con su mujer a Santiago. Alquilaron una moto para pasear, chocaron contra una camioneta en un mal viraje y ella murió. No se había vuelto a casar.

—Hace más de treinta años de eso. ¿Lo recuerdo aún con dolor? Pues no, ésa es la verdad. Hago mi vida y pocas veces pienso en la tragedia. Sin embargo, alguna noche larga me da por reflexionar y me sobreviene una oleada de terror. Mi esposa ya no es, ya no está, la muerte la borró para siempre, y cuando yo muera desaparecerá su recuerdo también. Es absurdo, Petra.

Se tragó de una tirada su copa de orujo y comprobé hasta qué punto la seriedad se le había instalado en los huesos de la cara, marcados y secos de pronto, angulosos. Luego dio una risotada y me palmeó un hombro con fuerza.

—¡Cojonudo! Usted sale deprimida del depósito de cadáveres y yo la remato con una historia fúnebre. ¿Sabe qué podríamos hacer para salir de nuestras horas bajas? ¡Vayamos al cine!

—No, juez, es muy tarde ya.

—Vamos, no sea aburrida, acompáñeme. Pasan *Pulp Fiction* en la Filmoteca dentro de un ciclo de violencia y ficción. El otro día dijo que Tarantino le gustaba.

—Me gusta, sí, pero...

No hubo opción a rehusar. Acompañé a García Mouriños y ambos vimos la célebre película por enésima vez. A la salida me ilustró con una larga teoría de por qué toda la cadencia jazzística de la acción se condensaba en el diálogo del «masaje de pies» entre John Travolta y Samuel L. Jackson. Sabía un montón, era un experto. Me miró con simpatía.

—La vida es más compleja que el cine, Petra, más aburrida también, tiene todo lo que un buen director tiende siempre a eliminar: tiempos muertos, digresiones, repeticiones, vueltas atrás...

—Como una investigación.

—¿Está preocupada con ese caso que acaban de empezar?

—Supongo que sí, mucho me temo que va a ser de los que se prolongan demasiado.

—¿Por eso quiso ver de nuevo a la víctima, para que no se esfumara de su imaginación?

—Quizá. Aunque ningún asesinado acaba de morir hasta que su caso queda aclarado.

—Usted lo conseguirá.

Sonrió enseñando sus grandes dientes demasiado separados y se despidió de mí haciendo sonar cordialmente su potente vozarrón.

Cuando llegué a casa estaba tan cansada que me metí en el dormitorio y me tumbé en la cama. Desde allí podía ver mi maleta, aún sin deshacer. No me encontraba con ánimos de intentarlo siquiera. Necesitaba dormir y despertarme ya bien ubicada en la vida diaria. ¿Por qué me costaba tanto reinstalarme en mi mundo policial?

Una motocicleta pasó a toda castaña por la calle haciendo un ruido atronador. En aquel momento comprendí que las vacaciones habían acabado y que, un año más, me quedaría sin ver a los patos salvajes surcando el cielo en su migración hacia cálidas tierras de acogida.

CAPÍTULO DOS

Me ubiqué en la vida diaria, ¡vaya si me ubiqué! El comisario Coronas se encargó de devolverme a la realidad más inmediata por el procedimiento de la bronca sumarísima. Había olvidado por completo la reunión de seguridad del papa y simplemente no asistí. Coronas rugía contra mi desidia profesional. Le objeté que mi ausencia no había sido tan importante, puesto que la reunión pudo celebrarse sin mí, y la bronca arreció. Me dijo que la seguridad del papa tenía tanta trascendencia como cualquier caso de asesinato que lleváramos entre manos. Añadió que, si algo llegaba a sucederle al pontífice a su paso por nuestro distrito, la carrera policial de todos los integrantes de la comisaría podría considerarse finalizada.

Bien, seguramente tenía razón, pero ni aun así lograba tomármelo en serio. Además, no era justo, por el papa se había movilizado hasta la última unidad policial, mientras que el cadáver de Juan Luis Espinet sólo nos tenía a Garzón y a mí como valedores. En cualquier caso, me callé, inculcando el principio tantas veces transgredido de que una orden no se discute jamás. Apunté en mi agenda la nueva reunión para aquella misma tarde. Petra Delicado pondría todo su talento detectivesco para evitar el gran magnicidio.

Para prepararme por si era verdad que tanto se esperaba de mí, me fui a desayunar a La Jarra de Oro. Sólo poner los pies en la calle vi al subinspector Garzón flanqueado por dos bellas gitanas. Según sus gestos, habría jurado que estaba intentando desembarazarse de ellas. Acercándome, comprobé que así era.

—¡Basta, basta! —decía—. Si quieren declarar algo, acudan al juez.

Mi llegada desconcertó a las mujeres y las disuadió de perseverar en la persecución de mi compañero. Se escabulleron calle abajo.

—¿Qué querían? —le pregunté a un Garzón sudoroso y descompuesto.

—Unos y otros me siguen y me vuelven loco. Falsas declaraciones, testimonios amañados... lo que ocurre es que nadie quiere en definitiva que se sepa la verdad.

—¿Podría yo serle de ayuda?

—No sé si me la imagino en este tema, inspectora. Es mejor que me lo deje a mí.

—Todo suyo. ¿Me acompaña a desayunar?

Tomamos café con churros y, aunque seguía teniendo la impresión de que el subinspector estaba raro, decidí no prestarle más atención.

—¿Hay algo nuevo en lo de Espinet? —pregunté.

—La viuda aún no puede declarar. El médico dice que mañana o pasado estará mejor, menos sedada. Por cierto, inspectora, ha llamado el doctor Martínez. Hoy a las doce hará la autopsia, dice que si quiere usted estar presente.

No era una práctica habitual que un detective de homicidios fuera invitado a una autopsia. Me pregunté cuál sería la razón. Mi compañero dominaba más que yo los entresijos de la práctica, así que le pregunté. Frunció los ojos para pensar con intensidad.

—¿Le ha llamado usted por teléfono o algo así?

—No, pero ayer estuve en el depósito para volver a ver el cadáver, aunque el forense no estaba allí.

—No diga más, alguien se lo sopló y ahora cree que no se fía de él, que piensa presentar alguna alegación contra su trabajo o algo por el estilo. Por eso quiere que esté presente.

Presenciar una autopsia no me hacía especial ilusión, pero no iba a darle el gusto de declinar a aquel gilipollas de Martínez. Se revelaba como imprescindible contar con alguien tan experimentado como Garzón en piques profesionales.

A las diez en punto teníamos que interrogar a José Olivera, guardia de día en «El Paradís». Tenía casi sesenta años, viudo. Era un tipo rechoncho y fuerte, de aspecto tranquilizador. Llevaba un bigote zapatista y una camisa de leñador con grandes cuadros rojos. Estaba impresionado por lo ocurrido y defendía a la empresa y a su compañero el guardia nocturno, al que definía como «un buen chaval». La noche del crimen había estado en su casa, cenando y viendo la televisión como hacía diariamente. Su hipótesis sobre el asesinato de Espinet era clara: alguien había saltado la tapia para robar justo después de que el guardia de noche hubo acabado la ronda. El intruso deambulaba por la urbanización cuando Espinet tuvo la mala fortuna de topárselo. Descubierto, el hombre quiso liquidarlo para que no lo delatara e, incapaz de matarlo directamente, lo llevó hasta el borde de la piscina y lo golpeó con la esperanza de que se ahogara.

La versión de aquel hombre no era satisfactoria, ¿por qué un simple ladrón decide matar? La historia del miedo a cargarse a alguien directamente tenía más fundamento, yo ni siquiera lo había pensado y, sin embargo, era tan lógica que debería haberlo hecho. Obviamente, en todo guardia de seguridad había un policía frustrado. Lo miré con curiosidad: ojos acuosos, manos gastadas... un trabajador más de los muchos que cumplen su jornada en silencio, sin que casi nadie sepa que existen. Aunque la cosa le venía un poco lejana, estaba seriamente cariacontecido. Por su último comentario comprendí la razón:

—¡Un poco más y me habría jubilado sin que nada hubiera pasado en mi empresa!

—¿Cuándo se jubila?

—Dentro de un mes.

Prurito profesional, como si la empresa de seguridad le perteneciera. ¡Ah, los empresarios nunca llegarán a saber hasta qué punto cuentan con hombres fieles! Aunque en esta oportunidad eran bastante conscientes. Los informes que habíamos pedido sobre ambos guardias no podían ser mejores. Matías Martín, el subnormal nocturno, era calificado como un trabajador que había cumplido siempre sin tacha su obligación, y José Olivera, trece años en la empresa, estaba considerado como un hombre íntegro y eficiente. Tampoco a la empresa le interesaba la menor implicación en el caso, pero justamente por eso, de haber sido inestable o conflictivo uno de los dos empleados, se habrían aprestado a hacerlo constar como elemento exculpatorio.

Solos en el despacho, Garzón y yo nos miramos. Él abrió los brazos y enarcó al tiempo las cejas, lo cual significaba que tenía poca fe en los hallazgos que pudiéramos realizar transitando por el camino de los guardias. Ninguno de los dos infundía sospechas. Me cargué de razón para decir:

—¡Ya ve cómo se presenta el jodido caso! Todo es tan simple que no se sabe por dónde empezar.

—Usted sabe que, por más bien tejida que esté una red, siempre hay un punto débil por donde puede comenzar a desmallarse.

—Me alegro de verlo animoso. Ya le dije ayer que lo encontraba raro.

—¡Bah, no haga caso, es el estrés!

No conseguía convencerme del todo. Lo conocía bien y sabía que algo ocurría en su mollera de una pieza, pero lo dejé en paz. Me puse la gabardina y me despedí.

—¡No se olvide de la reunión del papa! —gritó Garzón.

—Descuide —dije bajito. Estaba segura de que Coronas le había encargado hacerme de agenda viva.

Tomé un taxi para ir al depósito. La visión de la gente, ajena a cualquier tema de muerte o delincuencia, moviéndose con despreocupación por la ciudad, no me tranquilizó como otras veces. Mi mente repetía una pregunta: ¿por qué aceptaba en realidad asistir a aquella autopsia? ¿Para echarle un pulso a aquel bobo de Martínez? No, el cuerpo sin vida de Juan Luis Espinet ejercía una especie de fascinación sobre mí. Los rasgos finos, la boca extinta, las manos largas y varoniles... creo que lamentaba su muerte porque tanta belleza masculina había sido borrada de la tierra. Habría deseado conocerlo vivo, saber de qué manera se movía, qué gestos hacía, cómo sonaba su voz.

Garzón era un sabio. Martínez, en efecto, se había enterado de que yo había estado viendo el cuerpo la noche anterior y pretendía sondearme sobre mis intenciones, pero yo no lo saqué de dudas y me comporté como la más profesional de los policías; es decir, guardé silencio y puse cara de saber más de lo que en realidad sabía.

Ver de nuevo a Espinet me hechizó por completo. Seguía hermoso y hierático, como una estatua yacente en una catedral. Sentí ganas de llorar por él y por todo lo bello que muere sin remisión. Fue necesario que el bestia de Martínez le partiera las costillas y le sacara todos los órganos para que comprendiera en profundidad que Juan Luis Espinet era sólo un despojo.

Aguanté bien. Me mentalicé para pensar que aquel estrago de carne muerta no iba conmigo, que era algo ajeno a cualquier hombre o personalidad que hubiera existido alguna vez. Llegué a imaginar que era un animal de granja perecido en una inundación.

El forense iba cantando las conclusiones a una grabadora. Todo parecía ser normal. Espinet gozaba de la lógica salud de un hombre joven. Había muerto ahogado y el golpe en la cabeza se lo infligieron con un objeto romo. Tenía hendido el occipital, por lo que se deducía que el impacto fue muy fuerte. Cuando la carnicería estaba casi concluida, el doctor Martínez echó una ojeada a los signos externos en la piel. Ahí se produjo el primer hallazgo inesperado, que por desgracia también fue el único.

—Mire, inspectora —dijo el médico—. Una marca reciente en el omóplato derecho.

Observé la espalda de Espinet y pude ver un rasguño apenas insinuado sobre su piel lisa y blanca.

—Parece un arañazo —dije.

—Lo es. Un arañazo hecho con uñas largas y puntiagudas. Yo diría que tiene más de una semana de antigüedad. Su hombre se peleó con alguien, o hizo el amor a lo bestia con alguna mujer. No puedo concluir nada más, las marcas se han retraído, pero por la forma estoy casi seguro de que pertenecen a uñas humanas.

Por fin, aquel muerto impoluto, perfecto, alejado de cualquier conflicto o fealdad, tenía un pequeño talón de Aquiles por el que se había colado la violencia, o el amor menos espiritual.

El forense, encelado en su presa como una ave de rapiña, tomaba muestras de las mucosas de lo que ya sólo era un amasijo sanguinolento. No fue necesario esperar a un análisis para obtener los primeros resultados: en un repliegue profundo de la mucosa nasal del abogado, Martínez encontró restos de un polvo blanco que en seguida identificó como cocaína.

—¿Cocainómano? —preguntó al aire como si ésa fuera la única posibilidad.

—Habían celebrado una fiesta —dije como toda explicación.

Aquel descerrajador de vísceras desconocía probablemente los hábitos lúdicos de la burguesía ilustrada. Me miró con cara de póquer y por toda respuesta farfulló:

—Pues la fiesta acabó mal.

Volví a comisaría con las cosas ligeramente más claras. Aquel bellísimo ángel caído, del que casi me había enamorado, aquel hombre joven, rico, distinguido, brillante, padre y esposo, tenía las suficientes debilidades como para que alguien hubiera desollado su tersa espalda. También era proclive a los placeres artificiales del polvo blanco. Aquello ya era un punto del que arrancar, no hay nada más estéril que la perfección. Romper la apariencia plana y cómoda de una vida es el primer paso para reconstruir la realidad. Mi instinto me decía que nos hallábamos frente a un asunto biográfico, y que ya podíamos dejar de pensar en ladrones casuales y atacantes anónimos. Habíamos encontrado la materia mínima suficiente para buscar un porqué.

Como de costumbre, Garzón no estuvo de acuerdo conmigo cuando le relaté mi impresión de la autopsia. Seguir los instintos policiales, o quizá todos los instintos sin excepción, le parecía arriesgado. Se decantaba por la posibilidad de que el arañazo de Espinet se debiera a un accidente fortuito o a un encuentro amoroso cotidiano y legal con su propia esposa.

—Las esposas no van hincando las uñas en la espalda de sus maridos cualquier noche de sábado, Fermín. Ese tipo de pasiones sólo se producen en el adulterio.

—Sobre eso no puedo opinar. Mientras mi esposa vivió, siempre le fui completamente fiel.

Me pareció de mal gusto preguntarle cuántas veces su esposa le había estropeado la piel en refriegas eróticas, así que me limité a decir:

—Entonces tendrá que fiarse de mi experiencia.

Recibí una mirada de reproche. En el fondo, Garzón seguía aspirando a que yo fuera una buena chica, y cualquier alarde de mis devaneos le incomodaba. Como además su humor no había mejorado, se lanzó a la elaboración seriada de teorías más o menos peregrinas sobre la posibilidad diaria y vulgar de que a uno le rasguñen el omóplato.

—Todas sus hipótesis son absurdas —declaré.

—Ya se le ha metido una idea entre ceja y ceja y no piensa sacarla de ahí, ¿verdad, inspectora?

—Verdad.

—Tener ideas preconcebidas es lo peor que puede hacerse en una investigación. ¿Lo sabe?

—Sí, pero me da igual. Me propongo destripar la personalidad de Espinet del mismo modo que el forense ha destripado su cuerpo.

Nos pusimos en marcha. El primer paso obligado era explorar el entorno laboral del abogado. Salimos escapados hacia su bufete. De repente todo corría prisa. Ya teníamos un objetivo delimitado con claridad. Además, yo había conseguido superar la fase de estupor posvacacional y contaba con una circunstancia aceleradora de los procesos como ninguna: sentía curiosidad. Aquel ser estático que me había subyugado como estatua fúnebre se animaba de pronto y demostraba querer contar algo sobre su asesino.

En el coche me sentía casi eufórica.

—¡Abra bien los ojos, Fermín! Quiero que lo observe todo en ese puñetero bufete. Fíjese en las secretarias, en los empleados, en el tipo de decoración, en la clientela que esté aguardando. Regístrelo todo en su retina. ¿Me ha comprendido?

No dijo nada. De todas las cosas que uno no puede compartir, la euforia es la peor, porque genera resentimiento contra quien la siente. Claro que mi euforia no era auténtica al ciento por ciento. La exageraba con el propósito de que tirara del carro y acabara sacando del bache a mi compañero. Con escasos resultados.

Jordi Puig no se sorprendió mínimamente al vernos. Lo habíamos pescado en medio de una reunión y nos pidió un receso antes de recibirnos.

—¿Podemos inspeccionar mientras tanto el despacho de Espinet?

La idea no lo llenó de entusiasmo, pero no tuvo más remedio que transigir. Nos pidió que procuráramos no alterar la marcha general del trabajo. Era un profesional muy concienciado. Incluso su aspecto físico cambiaba enmarcado en el contexto laboral. No habría dicho jamás que en hábito de abogado se convirtiera en un hombre atractivo, pero tenía menos aspecto de cerdito doméstico que en «El Paradís». En cierto modo, iba disfrazado de triunfador convencional: una horrenda camisa de rayas con el cuello blanco y unos tirantes de marca que sostenían los impecables pantalones de fieltro. Pensé que todos los jóvenes triunfadores actuales adoptan el patrón Wall Street. Ellos sabrán por qué.

Comprobé que una orden mía del día anterior había sido cumplida con escrupulosidad.

—Sus hombres se han llevado esta mañana todos los papeles de Juan Luis.

—Lo sé, se trata sólo de una inspección ocular. Queremos saber cuál era su espíritu de trabajo.

Semejante concepto debería haberle parecido una absoluta gilipollez, pero no le extrañó. Debía de estar acostumbrado a manejar abstracciones mucho más descabelladas. Puso a nuestra disposición, y me temo que también tras nuestras huellas, a una amable recepcionista para que nos ayudara. Pero decliné cualquier compañía; aunque no tuviera esperanza de encontrar nada, quería husmear a placer.

—¿No le parece que Puig ha sido un poco remiso a dejarnos entrar? —le pregunté a Garzón.

—A ningún hombre le gusta que fisgoneen en su lugar de trabajo.

Si se trataba de una cuestión típicamente masculina, no pensaba entrar a discutir, de modo que observé el despacho de Espinet intentando hacerme una idea de su personalidad. La mesa de trabajo estaba impoluta y todo el mobiliario se regía por un estilo ecléctico y funcional. En un marco destacaba el retrato de una mujer joven, era fácil deducir que se trataba de su esposa. Tomé la foto para verla de cerca. Inés Espinet era atractiva, con aspecto aniñado y expresión angelical. Otra foto mostraba a los niños, rubios, sonrientes, vestidos con prendas deportivas. Garzón abría cajones y miraba el interior.

—Relájese, Fermín, el inspector Sangüesa ya se ha llevado todos los papeles. Si hay alguna irregularidad de tipo financiero o profesional, el departamento la encontrará. Nosotros poco podemos hacer ahí.

—Entonces, con perdón, no sé por qué hemos venido a este sitio. Si no hay nada que revisar y no preguntamos nada a los empleados…

—La única pregunta que me apetecería hacer resultaría inútil.

—¿Cuál es?

—La que me llevara a saber si Juan Luis Espinet estaba liado con alguien de esta oficina.

—¿Y si lo mataron por celos profesionales? Puig y él eran socios, pero sin duda Espinet tenía el prestigio y el pedigrí.

—Veremos cómo estaba constituida la sociedad, pero en principio ese móvil es excesivamente débil. Además, Puig no me parece un asesino.

—Ya sabe cómo son ese tipo de cosas. Los vecinos del asesino en serie más sanguinario siempre suelen declarar que era encantador cuando bajaba a comprar el pan.

—¿Y por medio de quién lo asesinó?

—Un profesional.

—¿Que le atiza para que muera ahogado en la piscina? No creo, la verdad. No seré yo quien niegue que los hombres son fieramente competitivos en el trabajo, pero aun así...

Una mirada torva de Garzón me indicó que no estaba aún para bromas ni ironías. Lo ratificó diciendo:

—Es un defecto más de los miles que tenemos los hombres.

—Oiga, Garzón, así no se puede trabajar. Desde que llegué de vacaciones está usted antipático, picajoso, hipersensible. Dígame en qué le he ofendido y le pediré humildes disculpas, pero no sigamos en este plan.

—Perdone, inspectora, lleva razón. Estoy de mal humor por razones personales que no comentaré, pero procuraré que eso no interfiera en el ejercicio de mi trabajo.

—Bien —dije, tragando a espuertas la curiosidad que sentía—. Lo único que quería matizar con mis palabras es que Espinet me parece que era un hombre con más debilidad en la bragueta que en la mesa de trabajo.

—Eso es mera suposición.

—Lo es, pero no olvide que tenemos la marca en la espalda del muerto.

—Ni siquiera conocemos a su esposa.

—¿Esa chica de la foto le parece capaz de un arañazo felino?

Se encogió de hombros con algo parecido al pudor. Entre las líneas de nuestra conversación surgían cuestiones latentes bastante espinosas. ¿Ser guapo y rico comporta per se riesgo de cometer infidelidad? ¿Se puede ser infiel aun teniendo el cónyuge perfecto? Garzón estaba en lo cierto, se imponía interrogar a la viuda cuanto antes mejor. Si es verdad el aserto de que una esposa dice mucho sobre la personalidad de su cónyuge, por muy deprimida que estuviera Inés, debería encontrar un momento de serenidad y dedicárnoslo.

Después de nuestra infructuosa inspección interrogamos a todo el mundo, más por cumplir que por seguir un plan determinado: secretarias, recepcionistas, pasantes... incluso un becario en prácticas nos informó sobre los pormenores del bufete y su organización. Todos los testimonios añadieron normalidad sobre lo que ya se anunciaba como una balsa de aceite. Para poner la guinda final en un tan edulcorado pastel contábamos con Jordi Puig. Cada uno de los rasgos que atribuyó al carácter de su socio contribuyó a ensalzarlo un poco más. Según él, era un hombre perfecto. Aproveché para introducir la cuña que me interesaba.

—¿Sabe usted si era fiel en su matrimonio?

Puig no se inmutó.

—Sí, claro, claro que sí. Estaba muy enamorado de Inés.

—¿Tomaba su amigo cocaína habitualmente?

Ahí se inmutó un poco, pero tras un segundo contestó con naturalidad:

—No. La tomábamos en alguna ocasión con motivo

de fiestas o cenas; por ejemplo, la noche que murió habíamos esnifado una raya o dos, pero en muy poca cantidad. Nos la proporcionaba un amigo común, abogado también, si quieren puedo darles su dirección.

—No será necesario.

Aquel hombre era sincero, y un buen amigo, además. Me dio la impresión de que el concepto que tenía de Juan Luis se reflejaba realmente en sus palabras. Salí del bufete de abogados segura de que nada nuevo e interesante para nuestra investigación ocurriría allí.

Durante toda la semana siguiente, los datos que llegaban de las indagaciones que el inspector Sangüesa tenía en curso arrojaban un saldo negativo en cuanto a indicios de delito. Espinet y su bufete estaban limpios. No había impagados, ni los socios tenían deudas empresariales, ni existían síntomas de malversación. Las cuentas personales de la víctima aparecían inmaculadas, incluso había liquidado la hipoteca de su casa. Los clientes del despacho se encontraban alejados de toda sospecha, y Espinet nunca había llevado casos conflictivos de índole penal. Todo era respetabilidad. ¿Demasiada? No, no se puede negar por sistema que hay gente respetable en el mundo.

Por otra parte llegaron los resultados de analítica ejecutados en el cadáver de Espinet. Nada interesante ni sustancial. El arañazo de la espalda tenía la suficiente antigüedad como para estar limpio de tejidos o sangre. Imposible determinar el ADN de quien se lo infligió.

Tampoco el rastreo más concienzudo del jardín y alrededores que se había ejecutado durante los dos días posteriores al crimen aportó ninguna información. La huella del pie pertenecía a un número cuarenta y dos.

Por la profundidad se deducía que debía de tratarse de un hombre corpulento. El modelo de calzado pertenecía con toda probabilidad a unas botas de trabajo de las que había miles en el mercado.

Para colmo de males, Inés Espinet continuaba en observación médica y el juez nos negaba el permiso para interrogarla.

Ni la medicina, ni la técnica criminológica ni los estudios económicos estaban dispuestos a echarnos una mano.

—Sólo contamos con nuestra destreza y brillantez profesional —dije con cierta mala uva.

—¡Pues andamos jodidos! —sentenció el subinspector sin un atisbo de vanidad hacia sí mismo o halago hacia mi persona.

—Sigo pensando en un crimen pasional.

—Allá usted. ¿Le apetece una cerveza?

Acepté. Cruzamos hacia La Jarra de Oro no precisamente con el ánimo de una celebración. Dos pasos antes de enfilar la puerta, una voz cantarina sonó a nuestra espalda:

—¡Fermín, qué casualidad!

Me volví con el giro rápido de una peonza y me quedé patidifusa al comprobar que la emisaria de aquella voz era una mujer acompañada de otra mujer. Ambas, cincuentonas largas, pimpolludas de aspecto, llamativas, elegantes, dos auténticos brazos de mar. Besuquearon a un hierático Garzón con ruido y parafernalia.

—Pero ¿qué haces aquí? —lo interpeló la segunda con un tonillo coqueto.

—Bueno, ya veis, trabajo en la comisaría de ahí delante. ¿No lo recordabais?

—¡Pues no, no había caído! ¿No nos vas a presentar?

Ambas me miraban por entre el exceso de rímel como si estuvieran deseando lanzarse sobre mí y propinarme un besuqueo análogo al de Garzón.

—Aquí, mi jefa, la inspectora Petra Delicado.

Chillaron como si se hubieran topado con una estrella del pop.

—¡Petra Delicado, Fermín nos ha hablado tanto de usted!

—Ellas son las hermanas Enárquez: Emilia y Concepción —dijo Garzón con agónica mirada de cordero degollado, y se vio en la obligación de continuar informando—: Nos conocimos en Mallorca este verano, en el Club Méditerranée.

Estuve a punto de enlodarme soltando un tópico basto y picarón, un «¡qué callado se lo tenía!», o algo peor; pero mi sexto sentido me advirtió de que flotaba un peligro indeterminado en el ambiente. Lo cambié por un comedido:

—Tengo entendido que lo pasaron muy bien.

—¿Bien dice, inspectora, bien? ¡Eso es poco decir! Fueron unos días pletóricos, locos, maravillosos, ¿verdad, Fermín?

Garzón asintió en plan suplicatorio frente a la rotunda Concepción, algo mayor y más fornida que su hermana, con reflejos rojo sangre en el pelo.

—¿Y sabe a quién se debió tanta juerga?, ¡pues al increíble Fermín Garzón, subinspector en activo de la Policía Nacional! ¿Qué le parece, Petra, a que usted a lo mejor no lo conoce en ese plan?

Observé con cabeceo apreciativo a mi subordinado, que iba cambiando de color por momentos.

—Pues no, la verdad. Sabía que era un hombre animado y mundano, pero hasta ese punto...

Traduje la mirada que me lanzó Garzón como deseo de rebelión y ataque directo. Tomó la palabra Emilia, una rubia de reflejos albinos y blusa floreada:

—Fermín es un fuera de serie. Participamos los tres juntos en absolutamente todas las actividades que proponía el club y, encima, por las noches seguíamos el jolgorio por nuestra cuenta: baile, bingo, copas... Ni un solo día nos acostamos antes de las cinco.

Aquello ya merecía dar rienda suelta al hediondo tópico que acababa de descartar:

—¡Qué callado se lo tenía, Fermín!

Masculló algo que nadie pudo entender, si bien yo identifiqué la cara que solía poner cuando soltaba un rotundo: «¡No me joda, inspectora!»

—Creo que se impone una cerveza como conmemoración de tan buenos momentos. ¿Nos acompañan?

Aceptaron encantadas mi invitación, y pedí jarras para todos. Las Enárquez gorjeaban de felicidad y rodeaban a Garzón demostrando que ni mucho menos se sentían demasiado mayores para coquetear. Conociendo a mi compañero, conociendo a cualquier hombre en realidad, estaba claro que debía de sentirse orgulloso al recibir un trato tan halagüeño. Pues bien, contra todo pronóstico, el subinspector se mostraba esquivo y distante. Claro que ellas no se daban por enteradas y continuaban su cháchara gozosa cada vez con más brío. Me fijé bien en ambas intentando localizar lo que desagradaba a Garzón. Eran guapetonas, vestían con gracia, demostraban cultura y sentido del humor. ¿Qué pega les encontraba, pues, sólo que desvelaban sus secretos frente a mí?

Pero algo le incomodaba sin duda, porque en cuanto vació su jarra, saltó del taburete y me dijo:

—Inspectora, tenemos que marcharnos. Nos reclama el deber.

—¿Llevan un caso complicado? —preguntó Emilia.

—Llevamos dos —contestó Garzón, animado por primera vez—. El del abogado que apareció muerto en Sant Cugat y el de un chico gitano al que asesinaron.

—¡Oh, es terrible! —exclamaron a coro cambiando de actitud.

—Sí, lo es. El crimen no descansa —remató el subinspector poniéndose a mi altura en cuanto a tópicos. Me estiró de la manga y salió con poco disimulada precipitación.

Aquel secuestro se vio interrumpido por Concepción.

—Inspectora, tenga nuestra tarjeta. Volveremos a vernos, ¿no?

—¡Cuando quieran! —dije al vuelo mientras era arrastrada.

Cruzamos la calle a uña de caballo y ya en comisaría me desembaracé de un brazo que era casi un garfio.

—¡Fermín!, ¿quiere soltarme y decirme qué coño pasa?

—Nada, Petra, hasta luego, me voy a trabajar.

—¡Usted no se va a ninguna parte! ¡Entre en mi despacho!

Me senté y lo observé.

—¡Nunca me habían sacado a la fuerza de un local!

Sólo le faltaba retroceder y escarbar en el suelo para parecer un becerro poco dispuesto a dar la cara.

—Lo siento, tengo mucho trabajo. ¿Quiere algo de mí?

—Sí. ¿Puede contarme por qué hemos huido de ese par de damas encantadoras?

No tenía salida. Capituló:

—Inspectora, estoy siendo víctima de un acoso sexual.

Lo inesperado estuvo a punto de hacerme soltar una carcajada, pero la atajé.

—¿Puede explicarse mejor?

—Esas mujeres que acaba de conocer no me dejan en paz. ¿Ha oído lo que han dicho cuando nos han encontrado en la calle?

—¿Qué?

—¡Qué casualidad!, han dicho ¡qué casualidad! Pues bien, no se trataba de ninguna casualidad. Ellas saben dónde trabajo y me acechan. Y no sólo eso, además me llaman por teléfono, me invitan a cenar, se hacen las encontradizas en los alrededores de mi casa... se trata de un acoso, de verdad.

—Bueno, considerando que es usted un hombre increíblemente divertido, un juerguista total...

—¡Sabía que se lo tomaría a cachondeo!

—Lo que quiero decir es que no hace mucho que ha pasado usted ratos muy agradables con ellas. Es normal que quieran prolongar la amistad, salir alguna vez...

—Es más que eso.

—¿Usted ha dado pie a que vayan más allá de lo normal?

—¡Estábamos de vacaciones, inspectora, en terreno neutral! Bueno, sí, he coqueteado, he hecho un poco el tonto...

—¿Con cuál de las dos?

—¡Con las dos, era un juego inocente!

—En ese caso, es que una de las dos tiene ganas

de iniciar una simple aventura con usted. ¡No es para huir así!

—Pero bueno, ¿ha visto la edad que tienen?

Salté sobre él sin darle tiempo a reaccionar:

—Perdón, se me olvidaba que es usted un joven impulsivo que suele ligar con chicas de veinte.

—¡Pare el carro, Petra, no voy por ahí! Quiero decir que dos mujeres de esa edad no tienen la manera de pensar sobre las aventuras que pueda tener usted, que es más moderna.

—¿Y qué quieren entonces de usted?

—Yo creo que tienen aspiraciones matrimoniales.

—¿Cuenta con pruebas para decir eso?

—Indicios, comentarios, indirectas...

—¿No será que en un momento de máxima animación les propuso usted casarse?

Se levantó de un salto.

—¡Ahora sí que me voy!

—¿Qué ocurre, no puedo preguntarle eso?

—Puede preguntarme lo que le dé la gana, pero tiene usted la extraña habilidad de someterme a un tercer grado y hacerme sentir culpable aunque no tenga nada que ocultar.

—Es pura deformación profesional.

Aunque pareciera imposible llegados a aquel punto de la discusión, Garzón se echó a reír.

—Mire, eso ha estado bien. Ha sido gracioso, ésa es la verdad.

¡Loados fueran los cielos!, le había hecho gracia, se había reído con una risa típicamente suya, floja, muda, de la que hacía estremecerse los michelines y subir y bajar los hombros.

—Petra, ¿podrá echarme una mano? No quiero ser grosero con ellas, son unas chicas muy simpáticas y amables, pero no me gustaría que siguieran dándome la tabarra, la verdad. Estoy convencido de que usted sabrá cómo hacerlo.

—Bueno, Garzón, me conoce lo suficiente como para darse cuenta de que detesto interferir en la vida de los demás, y no digamos nada si esa vida tiene algo que ver con lo sentimental, pero si ayudarle a librarse de esas chicas va a devolverlo a su buen humor habitual, y si va a conseguir con eso portarse como un policía atento a su trabajo, y si...

—Ya está bien, inspectora, no se aproveche de la situación.

—De acuerdo, idearé una estrategia para alejarlas.

—¡Bien!

Parecía más tranquilo, liberado, casi feliz. Sólo haber sido capaz de comunicarme sus temores había causado un efecto terapéutico en él. ¡Debería haberlo hecho antes y eso habría redundado en beneficio de la investigación!

—Y ahora, ¡al tajo, Petra!, tenemos mucho que hacer —exclamó, acabando de despejar todos mis resquemores.

El tajo se concretaba para nosotros en algo que ya estábamos deseando hacer: interrogar a la viuda de Juan Luis Espinet. Las sutiles presiones que habíamos ejercido sobre los médicos que debían dar la autorización no hicieron sino empeorar las cosas. El tiempo pasaba sin un testimonio crucial y por eso, cuando se nos comunicó que el estado de salud emocional de Inés podía considerarse casi normal, dimos prioridad absoluta al asunto.

Para que ella no debiera desplazarse a comisaría, fuimos Garzón y yo a casa de sus padres en Barcelona, donde aún se alojaba con los niños. Era un gran piso de la calle Balmes, de un inmueble antiguo, elegante y burgués.

La joven viuda nos recibió sentada en un sillón de la sala. Iba sin maquillar, y estaba pálida como una princesa de cuento. Como una princesa también, llevaba el pelo rubio suelto sobre los hombros. Seria, inmóvil, replegada en sí misma, era la imagen clara de la desdicha y la indefensión. Resultaba bastante probable que se hallara todavía bajo los efectos de alguna medicación psicótropa o tranquilizante. Sus escasos gestos parecían torpes, enlentecidos, y las pupilas se notaban dilatadas. Todos los deseos prácticos y acuciantes que había sentido de tenerla frente a mí para someterla a una batería de preguntas se esfumaron de pronto. No sabía por dónde empezar. Me asaltó la intuición de que no sacaríamos de sus declaraciones nada de valor. Sin embargo, sólo verla, observarla, tenerla delante, me daba las claves necesarias para elaborar una idea mínima de cómo era el matrimonio Espinet.

—Sabemos que hablar de su marido va a costarle mucho —inicié de modo titubeante.

Sólo oír esa frase, su boca se abrió como si fuera a hablar, pero no lo hizo. Buscó aire como un pez sacado del agua. Se puso las manos frente a los ojos y empezó a llorar quedamente. Garzón me miró con apuro. «Se suponía que estaba mejor», decía su mirada. Lo intenté antes de que la cosa fuera a más.

—Inés, por favor, lo entendemos, entendemos su dolor, pero tiene que sobreponerse. Su testimonio nos puede ayudar. Ya han pasado bastantes días desde la muerte de su esposo y cada nueva jornada nos aleja más de encontrar la solución.

Se apretó la nariz con un pañuelo de papel. La barbilla le temblaba. Parecía una niña desorientada y frágil.

—Ya lo sé —susurró por fin—. Les aseguro que lo intento, me he preparado para cuando ustedes llegaran, pero no puedo, no puedo, yo...

No dejaba de llorar, despacio, dejando fluir lágrimas y tiempo.

—¿Quiere que llamemos a su madre para que esté aquí presente?

—Sí, por favor —dijo emergiendo de una especie de desmayo.

La madre de Inés era alta, bien parecida, más corajuda y segura que su hija. Supongo que ya gravitaba sobre ella la experiencia de la vida, por lo que su mirada dejaba traslucir una serenidad desencantada. Estaba dispuesta a ayudar a que su hija superara su zozobra, a que contestara a todo aquello que pudiera aclarar el asesinato de Juan Luis. Gracias a su presencia fue más fácil para mí preguntar, mientras Garzón apuntaba en su libreta.

—¿Cómo era su marido, Inés?

—Era muy alegre, muy trabajador, cariñoso con los niños.

La emoción la hizo desplomarse de nuevo sobre el llanto.

Su madre realizó la primera incursión en el diálogo:

—Era un hombre muy valioso, inspectora. Si no hubiera sucedido esta atrocidad, habría llegado a ser más importante incluso que su padre.

—¿Y en lo personal?

—Formaban una familia muy feliz.

Intenté valorar a toda prisa hasta qué punto aquellas contestaciones tan convencionales venían dictadas por el imperativo social. Era difícil de saber, el padre de Inés era un conocido hombre de negocios de Barcelona y debía moverse en círculos biempensantes. Con seguridad, todo en la vida de aquellas personas se atendría a un guión preescrito con meticulosidad.

Me extendí en preguntas sobre las aficiones y costumbres de Juan Luis Espinet. Su viuda iba dejando atrás la tristeza y respondía con calma. Era un hombre ordenado y metódico al que le gustaba la lectura y la música. Acudía dos veces por semana a su club de golf a las afueras de la ciudad, donde practicaba ese deporte y a veces se quedaba a comer. Poco más se podía decir, el resto de su vida se desarrollaba en familia y en su entorno laboral.

Le rogué a la madre de Inés que de nuevo nos dejara solas. La chica se tensó, pero su inercia de llanto imparable había desaparecido ya.

—Inés, es violento lo que tengo que preguntarle, pero no me queda más remedio que hacerlo. ¿Usted y su marido se llevaban bien?

—Sí, claro que sí —respondió con naturalidad.

—¿Sabe si él… o había sospechado alguna vez, que tuviera una aventura o la engañara de algún modo?

—¿Qué le hace pensar eso?

—Es una pregunta de rutina habitual.

—Pues no, nunca pensé que pudiera engañarme. No me ha dado motivos para pensar eso. Tenía mucha confianza en mí, y yo en él.

—Inés, el forense que practicó la autopsia de su esposo apreció un arañazo de una semana de antigüedad en su espalda, a la altura del omóplato. ¿Recuerda usted haber visto esa marca?

Se quedó perpleja.

—No, no lo recuerdo, quiero decir que seguro que no la vi.

—¿No recuerda ningún comentario de si había tenido algún pequeño rasguño?

—No.

—¿Ninguna circunstancia en que usted podría habérselo hecho accidentalmente?

—No, ¿es importante?

—En absoluto, simple deseo de no dejar cabos sueltos.

Seguía sin atar ella misma los cabos que debería haber intuido.

—Bueno, en ese caso ya no la molestamos más. ¿Qué piensa hacer ahora, va a volver a «El Paradís»?

—Aún no lo sé. De momento voy a quedarme aquí con mis padres. No sería capaz de regresar ahora. Después ya decidiré.

—¿Y su criada?

—¿Lali? Bueno, seguirá allí hasta que tome una decisión. Si luego vendo la casa tendré que despedirla.

Su mirada de mar en calma se perdió en el aire del salón.

El subinspector cerró su libreta de notas con un golpe y consiguió sobresaltarla. Pensé que debía de quedarse ensimismada más de una vez, preguntándose qué sucedería con su vida, que ya nunca volvería a ser igual.

Tuvimos que aparcar el coche a dos manzanas de comisaría. Problemas de tráfico. Estaban construyendo el entarimado gigante para la misa del papa y no paraban de entrar y salir enormes camiones que colapsaban la circulación. Caminando por la calle, las ideas bullían en mi mente de modo desordenado. Garzón me sacó del lapsus.

—¿Qué me dice de la hermosa viuda, inspectora?

—Estaba intentando procesar mis impresiones para hacerme una opinión sobre ella, y creo que ya la tengo.

—¿Se puede saber cuál es?

—Si tuviera que convivir con ella, le daría dos hostias. Es blanda e inmadura, demasiado infantil para su edad.

El subinspector se paró, quedó rezagado. Esperaba que yo me detuviera también, pero no lo hice, de manera que tuvo que alcanzarme con un par de saltitos de sapo alegre.

—Veo que ya se le ha agotado el ramalazo de ternura maternal que le dio el otro día.

—Sí, fue una debilidad pasajera.

—Pues me parece que es usted un poco injusta con esa chica. Acaba de perder a su marido de una manera brutal, se le ha truncado una vida que ya tenía planeada y sus hijos se han quedado sin padre. Son unas experiencias muy fuertes.

—Mi querido abogado de las damas desgraciadas, justamente en saber aguantar experiencias fuertes consiste la madurez, y en hacerlo sin ir a refugiarse en los brazos de papá y mamá. Además, no estoy haciendo un juicio moral de esa chica, a mí cómo sea esa chica me importa tres carajos. Lo que quería saber de ella ya lo sé.

Los ojos saltones de mi compañero me miraban de reojo al caminar.

—¿Y qué quería saber? —preguntó como un ser inmaduro él también.

—Que no resulta nada descabellada la posibilidad de que su marido se la pegara. Una niñita angelical puede estar muy bien para enamorarse según el patrón convencional de cierta sociedad, pero le aseguro que vivir junto a ella año tras año debe de ser un coñazo de mucho cuidado.

—Vivir año tras año con alguien, sea angelical o no, es siempre un coñazo.

—Que conste que eso lo ha dicho usted, Fermín.

Sonrió, contento con la autoría, mientras llegábamos a nuestro lugar de trabajo.

—¿Ha apuntado el nombre del club de golf de Espinet?

—Sí, inspectora.

—Pues tendrá que ir a hacerle una visita.

—¿No me acompañará?

—La última vez que pisé un club de golf fue con mi primer marido, y no quisiera recordar jugadas no deseadas.

—De acuerdo, ya iré. Pero ahora le recuerdo que tenemos una cita con el papa.

—¡Coño, se me había olvidado! Estoy harta de acudir todos los días a esas putas reuniones. ¿Cree que sirven para algo?

—¿Por qué siempre que se cita al papa tiene que blasfemar tanto?

—Digamos que ya no le temo a la condenación.

En la reunión para la seguridad de la visita papal nos aguardaba una novedad. Por primera vez estaba presente un prelado especialmente llegado de Roma para supervisar el proceso de preparación. Nos miró con aire reprobatorio al entrar. Quizá había olido el azufre de nuestra impiedad, o simplemente censuraba nuestro retraso, ya que Coronas nos lanzó otra mirada exactamente igual.

Como todos los días, los inspectores y subinspectores de diversas comisarías ocupaban las filas de asientos en plan colegial. Coronas les explicaba en un gran plano vertical de la ciudad el recorrido que llevaría a cabo la comitiva papal hasta llegar a la explanada de la misa multitudinaria. Me parecía increíble que tal cantidad de efectivos policiales fuera a mantenerse paralizada durante tanto tiempo por aquella cuestión, pero se trataba de una orden procedente directamente del jefe superior de Cataluña. Nadie preguntó qué pasaría con la seguridad de los ciudadanos durante tan larga manifestación de fervor popular.

Asistí a las prolijas explicaciones cotidianas sin el más mínimo interés. Todos debíamos estar informados, pero yo sabía que, a la hora de la verdad, algunos de nosotros quedaríamos excluidos de la operación para prestar servicio de retén. Suponía que, conociendo Coronas mi escasa motivación por el tema, no me reclutaría jamás. No escuchaba demasiado, me limitaba a seguir con la mirada las evoluciones que un imán representando el *papamóvil* ejecutaba conducido por la mano del comisario, que parecía poner los cinco sentidos en el juego.

Mis ojos se desviaron hacia el cardenal comisionado. Era un hombre de unos cincuenta y cinco años, alto, espiritado, vestido con un elegante *crergyman* sobre el que, a la altura del pecho, resaltaba la cruz distintiva de su jerarquía. ¿Qué otro oficio podría haber desempeñado un hombre así? Sienes plateadas, rasgos armónicos, manos delicadas que nunca habían conocido el trabajo duro... Demasiado sereno para un ejecutivo. Demasiado distante para un profesional liberal. Demasiado altivo para un profesor universitario. Quizá un artista. Un director de orquesta le cuadraba más: vestido para la galería, ejecutor de un rito, investido de mando, serio y seguro de sobrellevar una gran responsabilidad. Sí, un director de orquesta le cuadraba bien.

Obviamente se había dado cuenta de mi observación demasiado intensa, porque cuando acabó la reunión se acercó a mí. Miré a mi alrededor, estaba sola. Garzón había huido como el diablo en presencia divina.

—Pocas mujeres en esta profesión —dijo en un español perfecto.

—¿En Italia hay más? —pregunté.

—En el Vaticano, no.

Sonreí.

—Soy la inspectora Petra Delicado.

—Yo me llamo Pietro di Marteri.

—Una coincidencia en el nombre.

—Coincidimos también en velar por la seguridad del papa.

—Y ambos por obligación, una coincidencia más.

Lo había cogido por sorpresa. Sin embargo, su habilidad diplomática hizo que se borrara de su rostro cualquier turbación y dijo con una leve inclinación de cabeza y un tono de voz más bajo:

—En mi caso puedo asegurarle que hay también devoción.

—Pues ahí acaban nuestras coincidencias.

—La ocupación de policía debe de ser muy ingrata para una mujer, requiere mucha dureza.

Encajé bien el directo vaticano y repuse:

—Pongo toda la mía a su disposición. En beneficio de la seguridad del papa, naturalmente.

—Gracias, inspectora.

Se alejó con una leve sonrisa en los finos labios.

Creo que le había complacido la breve sesión de esgrima verbal. Garzón miraba nuestra despedida desde la máquina de café, intentando vanamente despistar. Vino hacia mí en cuanto el eclesiástico desapareció.

—¿Qué hacía hablando con el cura?

—Tengo la impresión de que mientras pulule por aquí tendremos garantizada un poco de conversación inteligente.

—¡Vaya, cojonudo!, un día me hace una alabanza de la familia y ahora resulta que le encanta charlar con curas. ¡Cada día la entiendo menos, inspectora!

—Por eso sigo resultando tan fascinante para usted, ¿verdad, Fermín?

—Sí, por eso será —dijo con cara de rechifla.

Luego me alargó uno de aquellos minúsculos vasitos de café y bebimos en silencio.

CAPÍTULO TRES

Garzón llevaba instrucciones muy concretas en su inspección al club de golf. Aún me resonaba en la cabeza mi propia voz: «Las mujeres, Fermín, las mujeres. Fíjese bien en ellas, en todas las que se muevan por allí, especialmente en las empleadas de uñas largas. Infórmese de los hábitos de Espinet, de con quién se encontraba o citaba en el club, de con qué compañeros jugaba, de si compartía sus comidas en el restaurante. Pero, sobre todo, ojo a las mujeres.» Me sentía obligada a hacerle tanto hincapié porque estaba convencida de que Garzón seguía despreciando la hipótesis pasional como móvil del crimen. Él se aferraba todavía a algún descubrimiento de juego sucio en el marco profesional del muerto. Yo le dejaba pensar lo que quisiera, si bien no había llegado ningún dato sospechoso de la oficina de Sangüesa y la investigación financiera estaba a punto de darse por concluida.

Por mi parte, puse rumbo a «El Paradís» segura de que me tocaría pasar allí muchos ratos más. Iba pertrechada con un termo lleno de café; no estaba dispuesta a vagar por aquella maldita urbanización presuntamente paradisíaca con la sensación de encontrarme en pleno desierto.

Pasé el control de seguridad y saludé al guardia diurno. Ni siquiera me reconoció hasta que le dije quién era. Se puso en seguida a mi servicio para todo lo que pudiera mandar. Lo observé con ojo crítico. Parecía un tipo legal. Sin embargo, para poder descartar cualquier indicio de culpabilidad, había ordenado una investigación paralela en los entornos de ambos guardias. Los primeros datos con los que contaba se movían en la normalidad más absoluta.

Una vez dentro del recinto respiré el aire con placer. Eran las once de la mañana y el sol ya otoñal deparaba un ambiente agradable. Las hermosas casas y los jardines cuidados completaban un cuadro idílico. Se respiraba una quietud envolvente. Di una vuelta por los amplios caminos. Las chachas, casi todas de nacionalidad extranjera, paseaban los cochecitos de los bebés o se sentaban a charlar entre ellas mientras los niños pequeños jugaban en grupos. La sensación que había experimentado la mañana del crimen era falsa. No podía decirse que aquél fuera un lugar paralizado y muerto al que sólo se acudía a dormir. Al contrario, se hallaba lleno de actividad, sólo que ésta era el reverso de la que agita diariamente las calles y los despachos de la ciudad. Allí permanecían los que aún no se habían incorporado al mundo de máximo follón, los que no protagonizaban la batalla urbana diaria. Amas de casa, jóvenes mamás, niñeras, asistentas y niños que jugaban y crecían.

Me senté en un banco de los que bordeaban el camino principal. Me embutí bien en la gabardina y coloqué la cara hacia el sol, cerrando los ojos. ¡Ah, podría haberme dormido en aquel mismo momento! Una brisa ligera me desordenaba los pelos del flequillo. Me llegaba el rumor de las hojas en los árboles, el ruido impreciso y alegre del juego infantil. Pensé que no existía ninguna razón real para afanarse absurdamente. Todas las mañanas, mientras todos nos ajetreábamos en Barcelona como si nos persiguieran las Furias, allí, justo a unos pocos kilómetros de distancia, los niños se pasaban la pelota riendo y las amas de casa meditaban qué menú servirían para cenar. Vi cómo una niñera negra corría tras un minúsculo rebelde que, a carcajada limpia, había emprendido una loca carrera senda abajo.

Bien, aquel rato de relax debía justificarse con un poco de trabajo. Recapacité sobre cuál había sido la razón que me había impulsado a llegar hasta «El Paradís». Estábamos atascados, era un hecho. Si el conjunto del crimen escapaba a nuestra comprensión, habría que parcelar sus componentes e intentar aclararlos paulatinamente. ¿Por qué parcela comenzar? ¿Con quién era necesario volver a hablar? ¿Debíamos elaborar diversas hipótesis y barajarlas convenientemente? Me hallaba sumida en el despiste más fenomenal, y la época de los primeros descartes y las investigaciones previas estaba durando demasiado. Una oleada de desánimo me anegó. Cerré los ojos de nuevo, me dejé ir. Tenía sueño.

Un sobresalto repentino me hizo incorporarme con fuerza. Me había dormido. Lo supe al tomar conciencia de que una mujer estaba cerca, me tocaba la rodilla, me hablaba.

—¡Petra, inspectora Delicado!, ¿se encuentra mal?

Malena Puig estaba frente a mí, mirándome con cara preocupada. Di un bote y me puse en pie como si alguien me hubiera pescado incumpliendo el deber.

—¡Lo siento, inspectora!, ¿la he asustado?

—No, no, estoy bien. Me había quedado dormida. ¡Qué absurdo!

—Supongo que debe de ir siempre falta de sueño.

—No especialmente esta vez. Creo que estoy envejeciendo.

—¿Puedo ofrecerle un café?

Recordé el termo de café que había dejado en el coche. Era verdad que estaba envejeciendo. ¡A quién se le ocurre acarrear provisiones en una investigación!

—Ofrézcame ese café porque me temo que lo voy a aceptar.

Caminamos por el sendero hasta llegar a «Los Ibiscus». Malena, solícita, abrió la puerta y me invitó a pasar.

—¿Y su hijita?

—Está paseando con la asistenta.

—Es una niña guapísima.

Sonrió, tan azarada como si hubiera alabado su belleza personal. Pasamos al salón, que estaba arreglado y limpio. El sol se colaba por las cristaleras de cuarterones blancos. Me gustaba la decoración alegre y armónica, poco pretenciosa. En algunos jarrones se veían flores frescas.

—Tiene usted una casa muy agradable.

—Bueno, éste es mi único reino. No me muevo mucho fuera de aquí.

—Le aseguro que aquí está muy tranquila.

—¿De verdad piensa eso?

Se alejó tras la enigmática pregunta, sin duda en busca del café prometido. Contemplé el salón con detenimiento. Sobre una cómoda se alineaban varias fotos familiares. Me levanté para observarlas de cerca. Eran ampliaciones de diversos tamaños enmarcadas en plata.

En ellas aparecían los tres niños, en grupo y por separado. Los dos muchachos morenos y fuertotes, la deliciosa rubia sentada entre ambos. Malena sonreía desde otra, junto a su esposo. Un viaje a Egipto del matrimonio, un bebé irreconocible en su cuna, la familia al completo frente a un árbol de Navidad...

—¡Vaya, mirando mis trofeos familiares!

Estaba de vuelta, con una gran bandeja en las manos.

—No he podido resistir la tentación de cotillear.

—Pues no creo que haya encontrado nada demasiado interesante. ¡Una mujer policía, con una vida llena de riesgo y aventura!

—Seguro que ya le han dicho alguna vez que nuestro tipo de vida no es exactamente como se ve en el cine.

—En cualquier caso, será menos convencional que el de una familia como la mía.

—Su familia provocaría la envidia de cualquiera.

Ataqué una de las estupendas pastas que había traído y bebí el buen café con crema que colocó a mi alcance.

—¿Está suficientemente fuerte el café?

—Está muy bueno. Si le cuento algo se va a reír de mí. ¿Sabe lo que hice esta mañana antes de venir? Me preparé un termo lleno de café. Lo llevo en el coche.

Soltó una alegre carcajada. Con su media melena castaña, sin maquillar, con tejanos y zapatos deportivos, parecía una alumna de instituto.

—Eso me parece genial. ¡Ah, nunca podré olvidar el desespero de sus compañeros el día del crimen! Era una reacción muy representativa del síndrome de la ciudad. Uno llega a un sitio tranquilo y teóricamente idílico como éste, respira el aire puro, se deshace en alabanzas hacia la naturaleza y la paz y cinco minutos más tarde está soltando tacos porque no puede tomar ni un simple café.

Me eché a reír. Malena tenía gracia, sentido de la ironía y el humor. Mejor para ambas, quizá había encontrado una fuente de información ideal para internarme en las profundidades del caso.

—¿Ya han interrogado a Inés? —preguntó como si leyera en mi pensamiento.

—Sí, por fin pude verla ayer.

—¿Y qué tal está?

—No muy bien. No parece animada a volver a su casa.

—Eso no me sorprende.

—¿Por qué?

—Inés es una chica... ¿cómo definirla?... un poco infantil.

—Yo la catalogué como inmadura.

—Es una palabra más severa, pero la califica mejor que infantil. Ella es... digamos que se ahoga en un vaso de agua. Nunca ha sido capaz de soportar la más mínima contrariedad. No quiero ni pensar qué sucederá ahora que Juan Luis ya no está. Dependía completamente de él, le consultaba hasta los más pequeños detalles, incluso de la tienda. Supongo que ahora pasará a depender de sus padres. ¡Si pudiera convencerla para que vuelva a su casa...!, pero no creo que quiera hacerme caso.

—¿Ha hablado con ella?

—Sólo por teléfono, pero se niega a escuchar ningún consejo. Si sigue por ese camino, antes de que pueda darse cuenta su vida se habrá desmontado por completo. Despedirá a esa estúpida chica filipina y pondrá «Las

Margaritas» en venta. Después continuará siempre al amparo de papá y mamá.

—Por cierto, ¿dónde está la estúpida chica filipina?

—¡Ja! Inés la tiene aquí para que teóricamente cuide de la casa y lo que hace es andar todo el día de un lado para otro con tal de no quedarse sola. ¡Está aterrorizada! Cree que en cualquier momento el asesino va a volver para pegarle un par de puñaladas justamente a ella.

—¿Sabe que es la única testigo que oyó algo fuera de lo normal?

—¡Sí, claro que lo sé! Vino a contármelo personalmente. Piensa que la pobre señora Domènech vio al asesino o que ella misma mató al pobre Juan Luis. «¿Adónde vas, pajarito?» ¡Es ridículo!

—¿También le contó eso?

—A mí y a todo el que quiera escucharla. Lali nunca ha sido el colmo de la discreción.

—¿Sabe dónde puedo encontrarla ahora?

—Sí, estará cotilleando con las demás chicas, advirtiéndoles que un asesino anda suelto y las quiere atrapar.

—Entiendo lo que quiere decir.

Me levanté y le di las gracias por el café. Nos estrechamos la mano cordialmente.

—¿Volverá alguna vez más por aquí?

—Me temo que más de una vez.

—En ese caso, no es necesario que traiga un termo lleno de café. La invitaré si viene a verme.

Cuando ya se disponía a cerrar la puerta la llamé con un gesto girando sobre mis talones:

—Malena, se me olvidaba preguntarle algo. ¿Inés y Juan Luis se llevaban bien?

Arqueó las cejas en un gesto de mínima sorpresa. Se estiró la camiseta haciendo resaltar sus pechos pequeños y bien formados.

—¿Quiere decir como pareja? Sí, claro que sí, tienen dos niños preciosos. ¿Qué le hace suponer que no era así?

—Nada, una hipótesis de trabajo.

La saludé con la mano y me alejé hacia la zona de chachas y niños. ¿Cómo catalogar la respuesta de Malena Puig, cómo analizarla? El pequeño retraso al comenzar a hablar, la casi imperceptible elevación de las cejas, el tópico de los niños preciosos que nada significa en sí mismo. No quise, sin embargo, exigirle ninguna precisión con nuevas preguntas, necesitaba que depositara su confianza en mí, era la interlocutora ideal para hablar sobre el mundo cerrado de «El Paradís». Además, me caía bien, no constituiría un esfuerzo interrogarla.

Impuse cierto ritmo ligero a mi paso sin dejar de pensar. Empezábamos a desentrañar la madeja de personalidades que necesitábamos como cañamazo. Inés Espinet era una mujer bonita, inmadura, dependiente y con tendencia a no saber qué hacer con su vida. Jordi Puig era trabajador, eficiente, luchador y poco brillante en sociedad. Malena parecía razonablemente feliz, extravertida y amable. La pareja compuesta por los Salvia estaba poco definida aún. En cualquier caso, cuando tuviéramos varias ideas sobre todos sus allegados estaríamos en disposición de saber cómo era la víctima en realidad.

Avisté a las chachas junto a los niños. Un grupo charlaba, el otro jugaba. Casi al llegar a la plaza redonda en la que se encontraban pasó por mi lado la niña de los

Puig junto a su niñera. La habría reconocido entre mil: ojos grandes, rizos rubios despeinados y un modo gracioso de andar. Me acerqué y sonreí, percatándome inmediatamente de que no tenía la menor idea de cómo abordar a un niño.

—¡Hola, guapísima! —dije con una torpeza cursi que a mí misma me horripiló.

La chacha supo en seguida quién era y le dio a la niña un empujoncito en la espalda, impulsándola hacia mí.

—Mira, ¿te acuerdas de la señora?

Los ojos de la pequeña me enfocaron con muy poca fe, pero de pronto se abrieron un milímetro más y esbozó una sonrisa vergonzosa. No podía creerlo, ¿de verdad me recordaba?

—Dale un besito a la señora.

Ni dudó ni se hizo de rogar. Dio un saltito con las dos piernas a la vez y estiró los brazos hacia mí. Me agaché y dejé que me besara. Tenía helada la minúscula nariz. La apreté fuerte, riendo como si me hubiera dado un ataque de irrecuperable imbecilidad.

—¡Eres la niña más preciosa que he visto en mi vida!

Me arrepentí en seguida de aquel arranque pasional. Lo que había dicho era demasiado enfático y la niña podía asustarse. Pero no se asustó. Como si fuera ella quien dominara la situación, desvió la mirada y me señaló algo. Era un perro que se aproximaba caminando con su dueño.

—Mira —dijo con una voz curiosamente enérgica.

—¡Ah, sí, un perro, un perro muy guapo! Va con su amo, van a pasear. A los perros les gusta mucho pasear. Pasean como tú con tu mamá, ¿no es cierto?

La niña asentía con atención y seriedad. La que no parecía comprender muy bien a qué venía mi perorata extemporánea era la asistenta, que me miraba con cara de extrañeza. Sin duda estaba haciendo el ridículo de modo lamentable.

—Bueno, querida, tengo que marcharme, ¿nos veremos otra vez?

—Sí —repuso simplemente aquella deliciosa criatura.

Se despidió agitando en el aire una mano en miniatura. ¡Ah, me encontraba en estado de levitación y no sabía por qué! Aquella niña tan pequeña, aquel ser tan insignificante, ponía en estado de alerta alguna fibra desconocida que palpitaba en mi interior. Pero es que era tan bonita, se movía con tanta gracia... y no parecía nada mimada, además. No, Malena Puig no sólo destacaba en la preparación de bizcochos y café, también sabía cómo llevar a cabo un buen trabajo educacional. Muy curiosa mi reacción, hasta aquel momento los niños siempre me habían parecido un estadio previo a lo propiamente humano sin el más mínimo interés. Sin embargo, a partir de ahora me vería obligada a reconocer que en algunos casos no estaban nada mal.

Pensando en tonterías había pasado de largo la plazuela. Me recriminé a mí misma tanta distracción, no estaba la cosa como para dejarse llevar por sensiblerías. Retrocedí y pregunté por Lali a una de aquellas chicas. Señaló unos bancos más apartados donde se sentaban varias criadas filipinas y, en efecto, allí se encontraba Lali. Me vio acercarme e interrumpió lo que instantes antes se habría dicho una conversación animada. Noté que se replegaba como si quisiera ocultarse bajo su propia piel.

—¿Qué hay, Lali, podemos hablar?

Sus tres contertulias se levantaron con cara de espanto y se largaron sin decir ni adiós. Lali quedó sola en el banco, alarmada y a la defensiva como un pequeño animal cazado.

—Sólo quiero que vuelvas a contarme lo que ocurrió la otra noche. Terminaremos pronto.

—Ya se lo conté. También lo conté en una oficina y firmé un papel.

—Fuiste a comisaría e hiciste tu declaración. También declaraste ante el juez. ¿Es eso?

—Sí, un señor gordo que olía mucho a colonia.

¿García Mouriños, le habían adjudicado la instrucción al juez García Mouriños? No podía ser otro, la descripción de la filipina no pecaba de pormenorizada, pero el dato de la colonia era significativo. El juez siempre apestaba a colonia como un bebé recién bañado.

—¿Llevaba barba el juez?

—Sí —contestó con cierta desconfianza muy natural, dada mi pregunta.

—Bien, ya sé a quién te refieres, es un buen hombre y un buen juez. Cuéntame lo que le dijiste a él.

—¿Todo?

—Todo.

—A usted no quiero.

—¿Por qué?

—Porque le contó lo del pajarito al marido de la señora loca y ahora me mira con malas miradas. La señora loca me matará a mí también.

Se echó a llorar como una niña frente a un monstruo. Casi gritaba. La miré sin saber qué hacer. Estaba perdiendo el tiempo. Malena Puig llevaba razón, en la cabeza de aquella chica no ahondaba un pozo de materia gris. Por culpa de sus aspavientos se acercaron hasta nosotras dos o tres domésticas más. Me observaban con antipatía. ¿Por qué la policía escogía a tranquilas chicas como ellas para excederse en sus deberes? Acariciaron a Lali, la consolaron con cariño solidario mientras sus ojos me maldecían con sólo mirar. Decidí largarme de allí antes de que alguien me lanzara la primera piedra sin preguntar por mi culpabilidad. Al volverme descubrí que, Rosalía, la niñera de los Puig, seguía la escena desde lejos. Me sonrió y se lo agradecí, al fin alguien era capaz de no ver a una arpía en mi pellejo.

—Esa chica ha conseguido hacer que me sienta fatal —le dije.

—¿Lali se ha puesto a llorar? ¡No haga caso, Lali siempre se pone a llorar!

—¿Os conocéis?

—Nos conocemos todas.

Sin duda, las criadas tenían su propio mundo paralelo en «El Paradís». Eran amigas, se comunicaban, libraban sus luchas de preponderancia o poder según la nacionalidad y se hacían confidencias sobre las familias para las que les había tocado trabajar. Me habría encantado meter la nariz allí.

—¿Qué le ha contado Lali? —preguntó la ecuatoriana con ganas de cotilleo.

—Está empeñada en que la señora Domènech es una asesina.

—No es extraño que diga eso, inspectora, la señora Domènech da un poco de miedo. A veces está sentada en el jardín de su casa y cuando te ve pasar dice cosas extrañas. Parece que esté embrujada.

—Tonterías, la señora Domènech está enferma.

—Algunos locos matan, aun sin querer.

Escudriñé los hermosos ojos oscuros de la mujer. ¿Era su actitud una simple superstición o intentaba decirme algo?

—¿Tú viste algo esa noche?

Se asustó.

—No, le aseguro que no.

—¿Habías oído decir a la señora Domènech en alguna oportunidad algo así como: «¿Cómo estás, pajarito, adónde vas?»?

Volvió a negar, haciendo oscilar con el ímpetu del gesto los pequeños dijes étnicos que lucía en las orejas. Era posible que todas aquellas muchachas atesoraran una gran cantidad de información, pero iba a resultar muy difícil hacerse con ella. Intenté al menos un acercamiento a asuntos generales.

—¿Puedes decirme qué tipo de chica es Lali?

—Las filipinas no hablan muy bien español, pero Lali es buena, es muy buena. Sólo un poco exagerada. Con las alegrías está muy alegre y con las penas llora mucho.

—¿Está casada?

—No, pero yo sí.

—¿Tú estás casada?

—Sí. Mi marido quedó en Ecuador y mi hijo también.

Sacó del bolsillo de la bata una foto que debía de llevar siempre consigo y me la mostró con ademán orgulloso. Era un indiecito moreno, de ojos redondos y curiosos que no aparentaba mucha más edad que la niña de los Puig.

—¡Es muy guapo!

Curioso mundo, complicado. Aquella mujer tenía su

propio hijo a miles de kilómetros y cuidaba de una niña que no era suya.

—Mando dinero todos los meses y cuando pasen dos años a lo mejor ya puedo ir para allá.

Le devolví la foto, algo incómoda por mi calidad de ciudadana del primer mundo. Una brisa vino a desordenar mechones de nuestro pelo. El otoño empezaba a anunciarse en serio. Me despedí, sumida en reflexiones sobre la injusticia del mundo que nunca llegarían a una conclusión.

En comisaría me esperaba una sorpresa con muy poca variación de género, otra mujer. Me lo advirtió el guardia de la entrada, al que no dejé terminar. Como contrapartida del destino, la mujer que me esperaba no me dejó ni empezar a mí. Estaba sentada junto a la puerta de mi despacho y, en cuanto me echó la vista encima, pegó un bote y se puso a hablar. Dolores Carmona, se presentó. Reconocí a la gitana que había visto más de una vez persiguiendo a Garzón y no me alegró en absoluto que quisiera hablar conmigo. Era alta, morena, muy guapa, con los ojos pintados al khol y una gran cruz de oro en el escote. Supuse que, apostadas en las cercanías de comisaría, aguardaban su salida varias mujeres más. Siempre iban en grupos.

—Inspectora, he venido a confesar —espetó sin demasiados preámbulos.

Buen comienzo, pensé. Sabía por el subinspector que en el caso de las familias gitanas menudeaban las confesiones de todo tipo, así que sin tomármela muy en serio, respondí:

—¡Magnífico!, pero creo que el subinspector Garzón no ha llegado todavía.

—Lo que tengo que decir quiero decírselo a usted.

—¡Adelante, siéntese, la escucho!

Puso cara de actriz a punto para la representación y escogió un registro claramente trágico para decir:

—Mi hermano Manuel Carmona fue quien mató al mayor de los Ortega. En un arrebato, no lo hizo para hacer daño.

Encendí un cigarrillo con parsimonia. Que alguien matara sin el propósito de hacer daño era un razonamiento exculpatorio lleno al menos de originalidad.

—Esa confesión está muy bien, pero tengo entendido que ya ha habido otras confesiones ante mi compañero.

—Eran confesiones de gente sin nuestra sangre. ¿Cree que le iba a dar el nombre de mi propio hermano si no fuera verdad? Poco conoce usted a los gitanos.

—¿Por qué no viene él en persona?

—El vendrá, pero primero quería decírselo yo.

Me quedé un tanto mosqueada ¿Y si estaba haciéndome una auténtica declaración y yo no la tomaba en serio?

—Será mejor que espere al subinspector. Yo no estoy muy al corriente del caso.

—Su subinspector no tiene buen corazón, y a un hombre así no se le da el nombre de un hermano.

La cosa se complicaba. No veía la manera de diferirla en algún sentido.

—Entonces, ¿por qué no habla con el comisario Coronas?

Se impacientó y con auténtica gracia me dijo:

—Oiga, ¿usted es policía de verdad o está aquí por afición?

Improvisé una salida de emergencia. Yo escribiría

cinco o seis líneas con su declaración y cuando su hermano viniera haríamos el documento oficial. Aquello pareció convencerla. Redacté un párrafo mínimo en el ordenador y Dolores Carmona se avino a firmarlo. Luego me miró con simpatía.

—Siempre se llega a una solución entre mujeres. ¿Quiere que le lea la mano o prefiere que le eche las cartas de tarot? He traído una baraja. No soy una profesional, pero tengo conocimientos. Además, tengo la ayuda de Dios. Los gitanos creemos mucho en Dios.

—No, gracias, no quiero saber lo que pueda pasarme.

—¡Sí, mujer, si es un regalo! Será sólo un momento.

Sacó una baraja del bolsillo. La posibilidad de que alguien entrara en el despacho y me encontrara en animado póquer futurológico con aquella mujer me dejó helada. Le extendí la mano como mal menor. La asió con fuerza y volvió la palma hacia arriba. Se concentró en un esfuerzo voluntarioso. Utilizaba un gesto tan convincente que parecía tener fe real. Me encontraba violenta y con sensación de ridículo, pero temía ofenderla y la dejé hacer.

—Vamos a ver. Es usted una mujer que lo ve todo negro muchas veces, y le gusta estar sola. ¿Vamos bien?

Había empezado a escucharla con algo parecido al interés, pero tuve que disimular.

—Si se diera un poco de prisa iríamos mucho mejor.

—Ha tenido usted hombres pero en este momento no le apetece tener más. Le gusta su trabajo y su vida le gusta también, pero se ha dejado cosas atrás que ya nunca las va a tener. Ya las perdió.

Era absurdo, pero el corazón me latía aceleradamente y empecé a respirar con dificultad.

—No siga, por favor —le dije muy seriamente.

—¿No quiere saber?

—No me dice lo que me interesa.

—Sólo puedo leer lo que está ahí.

—Pues entonces dejémoslo.

Se encogió de hombros, como presentándome sus condolencias por tener una mano tan poco lucida. Luego volvió a la salmodia de recomendaciones para que no olvidara la culpabilidad de su hermano. Por fin la vi marchar con alivio. Me enfurecí, es el colmo que alguien pretenda interpretar tu vida en una sobria dependencia policial. ¡Ha perdido cosas que ya nunca tendrá! ¡Menuda adivinación, como si la vida consistiera en algo distinto de dejar cosas atrás continuamente! Me sentía alterada y de un humor horrible. Incluso estuve a punto de salir y pegarle una bronca al guardia que había dejado entrar a aquella mujer. Pero me decanté por serenarme. Aquella noche me iría al teatro, o mejor, llamaría a alguna de mis amistades masculinas para solazarme. Debía atajar de alguna manera todo aquel flujo indeseable de corrientes sentimentales que amenazaban con desbaratar mi férreo control interior.

Tal y como me había propuesto, me puse a trabajar en el caso Espinet. Tomé un fajo de folios y empecé a escribir. A mano, los conceptos se reflejan con más facilidad que en aquella jodida máquina parpadeante del ordenador. Pergeñé los retratos psicológicos que había planeado y me sentí algo mejor. Cuatro hojas sobre el conocimiento psicológico de un individuo no está nada mal. Ojalá pudiera haber hecho lo mismo con mi propia personalidad. En ese momento entró el subinspector, pimpante como un repollo recién cortado.

—¡Hola, inspectora, ya estoy aquí!

—Ya le veo. Han pasado cosas durante su ausencia.

—¿Caso Espinet?

—Caso «gitanos». Tiene usted una confesión.

—¿Otra?

—Esta vez podría ser verdad. Lea este papel.

Echó una mirada rápida a la declaración no oficial de Dolores Carmona.

—¡Vaya, han cambiado de táctica!

—¿Qué quiere decir?

—Tendría que mirar el expediente del caso otra vez, pero estoy casi seguro de que el tal Manuel Carmona es menor de edad.

—¿Inculpan del crimen a un menor?

—Así nos dan carnaza, una carnaza que no se puede procesar por asesinato. Pretenden que los dejemos en paz.

—Debí imaginármelo.

—Lo malo de haber aceptado la confesión es que ahora habrá que seguir el curso legal y hacer toda la pantomima: interrogar al menor, tomarle declaración, comprobar lo que dice… perder el tiempo.

—Lo siento, subinspector.

—No podía usted hacer otra cosa. Este caso es un desastre. Intentamos vigilar al clan de los Ortega para que no se produzca una venganza, pero es imposible, se producirá. No sólo no resolveremos el caso, sino que habrá otra muerte, ya lo verá.

—¡Joder, hay cosas que te hacen sentirte impotente! ¿Le ha ido bien por lo menos en el club de golf?

—He tenido una simpática reunión. Mateo Salvia y Jordi Puig estaban allí. Se reúnen a jugar un día a la semana. Juan Luis Espinet solía hacerlo también.

—¿Han podido hablar?

—Sí, aunque...

Garzón se interrumpió porque sonó mi teléfono. Era el encargado de la centralita. Preguntaba si el subinspector estaba en mi despacho, una señora quería hablar con él. Me adelanté a la pregunta que sin duda se iba a producir:

—¿Cómo se llama la señora?... Concepción Enárquez —dije en voz alta mientras observaba cómo la cabeza de mi compañero empezaba a dibujar una ceñuda negación.

—No, no está aquí.

La señora insistía en hablar conmigo a falta del subinspector. Accedí, no tenía muchas más opciones. Mientras contestaba, la cara de Garzón iba adquiriendo tintes cada vez más oscuros.

—¿Una cena mañana?... ¡sí, por qué no! No se preocupe, yo se lo diré. Sí, está muy ocupado, pero un sábado puede librar. ¿Él tiene la dirección? ¡Perfecto, a las nueve estaremos ahí!

Colgué y le hice un gesto tajante a Garzón.

—¡Ni una palabra, Fermín! Usted me metió en esto para que lo librara del pretendido acoso sexual, ¿cierto? Pues habrá que hacer algo distinto de huir, que es lo que ha estado haciendo usted sin muy buenos resultados hasta el momento. ¿Lo deja en mis manos?

—Pero es que acudir a su casa es meterse en la boca del lobo.

—Es una manera de normalizar la situación. Unos amigos que se encuentran tras las vacaciones, y en paz. Una vez allí ya se me ocurrirá algo que deje las cosas claras. Comentaré que es usted un hombre entregado exclusivamente a su profesión...

—Quedaré como un gilipollas.

—Pues les aseguraré que se encuentra traumatizado desde que su esposa falleció.

—Más gilipollas aún.

—¡Bueno, pues les diré que estamos liados usted y yo!

—¡Ah, no, inspectora, eso sí que no!, ¡no me haga montar números porque no es la ocasión!

Me cuadré. No podía seguir consintiendo que mi despacho se viera repetidamente dedicado a usos espurios: el consultorio de una pitonisa, un lugar para citas galantes...

—¡Basta, subinspector, estamos aquí para trabajar! Hágame inmediatamente un informe oral de sus pesquisas en el club de golf.

—¡A sus órdenes, inspectora! Hablé con los dos amigos de la víctima. Jordi Puig aseguró que Espinet no era mujeriego, pero Mateo Salvia lo dudó. Dijo tener la impresión de que la víctima echaba algunas canas al aire.

—¿Le explicó por qué tenía esa impresión?

—Dejaba de acudir algunos de los días de cita al club de golf y no daba explicaciones, y hasta en una ocasión le pidió que no comentara esas ausencias con su mujer.

—¿Y eso es todo?

—Según él, sí.

—No me lo creo, debe de saber algo más. ¿Qué le pareció el tal Salvia?

—¡Bah, un tío superficial!

—Habrá que indagar para saber cómo es en realidad. Dentro de una hora tengo una cita con su mujer. Quiero que haga algo mientras tanto, Fermín, comunique con el Departamento de Inmigración y que le pasen los datos de Lali Dizón: cuándo llegó a España, si está legal, de dónde proviene. Lo habitual.

—¿Sospecha de la chacha filipina?

—¡Y yo qué sé! No sospecho de nadie, o sospecho de todos. Cualquier salida de este caso parece tapada por una pared.

—Todo es cuestión de perseverar.

—A veces se persevera en el error.

—¡Dígamelo usted a mí! —exclamó mi compañero como extraño colofón.

Y bien, tal y como estaba previsto, una hora más tarde me hallaba en presencia de Rosa Salvia, el mismísimo crack, según definición de Malena Puig. No todos los días se encuentra una frente al prototipo de mujer adulta, independiente, triunfadora y dueña de su voluntad, y Rosa lo era, se advertía en seguida al verla en su despacho de la calle Muntaner. Entré en él, me senté y Rosa en seguida me recibió. Entonces pude ser testigo de una pequeña muestra de su poder y actividad. Aún antes de que empezáramos a hablar, llamó por teléfono, la llamaron, se presentó la secretaria con unos papeles para firmar, sonó el fax y escupió más papel, la volvieron a llamar, tecleó nerviosamente en el ordenador para enviar un e-mail. La llamaron por tercera vez. Al fin, estirando de las solapas de su bonito traje color cereza, se puso en pie y dijo:

—¡Esto es una locura! ¿Quiere que salgamos de aquí a ver si conseguimos hablar?

Asentí. Cogió un bolso en bandolera y enfilamos la salida dejando a todos aquellos ingenios de la comunicación reclamando atención a la vez.

—Una mujer importante —apunté.

—¿Eso le parece? Si fuera importante de verdad, tendría doce secretarias filtrándome las llamadas. Todo el mundo sabría que no puede dirigirse a mí directamente. No es mi caso, ya lo ve.

Caminamos por el pasillo y de repente me sorprendió diciendo:

—La invito a comer en mi club.

—¿Dónde está su club?

—Aquí al lado. Es el gimnasio Amazonics. Tiene un restaurante que no está mal.

Acepté. ¿Por qué no? Confraternizar con los testigos no es muy riguroso, pero tampoco se trataba de un testigo estricto. Entramos en las instalaciones de aquel selecto club exclusivamente femenino y pude comprobar que el hecho de nacer mujer no sólo comporta oprobios y tragedias. Era un lugar moderno, lujoso pero funcional, con acero y mármol como principales materiales de construcción. El restaurante resultaba de una sobriedad decorativa total.

—No se haga ilusiones —me previno—. Todo lo que se puede comer aquí es bajo en calorías, pero al menos estaremos tranquilas.

Me dejé aconsejar sobre el menú y cuando vi lo que había pedido estuve cerca de arrepentirme. Una pechuga de pavo blanca como la nieve se veía abrigada en su desnudez por un montoncito de verduras variadas. Las probé. Estaban casi crudas. Supe en seguida que, aunque hubieran admitido caballeros, aquél no era un buen lugar para invitar al subinspector.

—¿Le gusta, inspectora, o prefiere que le pida una hamburguesa con arroz integral?

Mi anfitriona debía de pensar, quizá rozando lo cierto, que no me hallaba acostumbrada a tanta sofisticación y que echaba de menos las lentejas con chorizo más propias de mi clase.

—No, no, está muy bien. Muy sano, además —respondí como si comer fuera sólo un deber de supervivencia.

—Es un sitio agradable, casi una obligación para mí. Si acudiera a todas las comidas de negocios que aconseja el trabajo, estaría como un tonel. Vengo aquí, hago pesas o nado, como algo ligero, y ¡a trabajar de nuevo hasta las ocho o las nueve!

—¿Su marido no protesta?

—Él llega a la misma hora que yo. Además, es difícil reprocharse el verse poco porque no nos vemos nada. No hay tiempo material.

Rió atacando una judía verde como si fuera jabugo. Me contó que su empresa tenía aún un tamaño mediano, pero llevaba un acelerado ritmo de expansión. Según su versión, trabajaba tantas horas porque se trataba de un momento especialmente crucial. No la creí, cuando uno trabaja con semejante pasión es muy difícil encontrar el punto idóneo para aminorar la marcha. Rosa era una mujer que se esforzaba por tener lo que ya habría tenido sin necesidad de esforzarse. Su marido trabajaba en la empresa de su padre y algún día llegaría a heredarla. El dinero no debía de faltarles. Sin embargo, la ambición de aquella chica era fácil de entender para mí. Creaba algo por sí misma y pasaba a la acción. ¡Por un poco de acción había abandonado yo mi trabajo de abogada! Claro que en mi caso las cuestiones económicas fueron a peor con el cambio, un síntoma claro del poco sentido práctico de las mujeres de mi generación.

—Quiero hacerle algunas preguntas.

—¿Va bien la investigación? ¿Ya tienen una lista de sospechosos?

—Estamos intentando poner cada cosa en su lugar; por ejemplo, la personalidad de la víctima.

—¿Es eso lo que quiere preguntarme?

—Estoy convencida de que usted puede decirme cómo era Juan Luis.

—Resulta complicado, cada uno tiene una percepción distinta sobre los demás. Hay algo indiscutible, sin embargo, Juan Luis era el número uno en todo, eso se lo dirá cualquiera: guapo, brillante, batallador, con éxito en su trabajo, equilibrado mentalmente…

—¿Era buena persona?

—Sí. Tenía fama de no haber hecho malas pasadas a nadie para subir.

—Ventajas de empezar desde arriba.

—Es un modo de verlo.

—Rosa, ¿piensa que Juan Luis le era fiel a Inés?

No le sorprendió la pregunta.

—Alguna vez lo he pensado yo también. La pobre Inés es tan sosa… Aunque no creo, la verdad, él aparecía ante todos como un hombre íntegro y moral. Estoy segura de que no tenía ninguna amante fija. No se habría jugado su prestigio y su familia por algo así. Otra cosa es que pudiera ligar en alguna ocasión, un viaje de negocios, un congreso… supongo que todos los hombres hacen cosas por el estilo.

—¿Cree que su marido también las hace?

—¿El mío? No sé, quizá. No me importaría si lo hiciera, el hombre siempre está más cerca de la naturaleza animal. De cualquier manera, los Espinet se llevaban bien. Juan Luis era muy convencional en algunos aspectos, le gustaban las mujeres tradicionales, dependientes y con pinta angelical.

—Por eso era feliz con su esposa.

—¿Usted está casada, inspectora?

—Me casé dos veces y dos veces me divorcié. No creo que vuelva a casarme de nuevo.

—¿Tiene hijos?

—No.

—A veces pienso que sólo las mujeres que no tenemos hijos podemos llegar a ser alguien.

—Hay quien, aun con hijos, consigue grandes cosas.

—¡A costa de perder la salud! Aunque no haya tenido hijos, no los echo de menos, ¿y usted?

Estuve tentada de interrumpir la conversación en aquel punto. Todo aquello me parecía demasiado personal. Luego pensé que la vida me había apartado en exceso del mundo femenino y por eso me chocaba su manera franca de hablar. Decidí contestar sin caer en la confidencia:

—No lo sé, ¿cómo puede echarse de menos algo que se desconoce?

Asintió con una sonrisa y nos quedamos frente a frente sin saber qué añadir. Aproveché para disculparme y marcharme, ya tenía lo que quería, una opinión sobre Espinet y una aproximación al modo de ser de Rosa. Sin embargo, un sentimiento de frustración creció en mí, la misma que había sentido tras los interrogatorios de todos aquellos testigos. Era como quedarse a medias, como no penetrar en algo que se insinuaba con claridad. ¿Eran todos ellos sospechosos? ¿Alguien de entre sus amigos, quizá su propia mujer, había pagado a un asesino para que se cargara a Juan Luis? Aquella sospecha imprecisa, casi irracional, se me había metido entre ceja y ceja a raíz de mis entrevistas con el grupo de «El Paradís». Todo era tan perfecto, tan normal, que parecía ocultar una realidad menos apacible. Sólo me faltaba interrogar en solitario a Mateo Salvia, pero dudaba que él pudiera abrir alguna puerta trascendental. Su testimonio sería uno más en la misma línea, estaba casi convencida. ¡Santo Dios!, ¿cómo interrogar a sospechosos que no lo eran sobre hipótesis que no se planteaban claramente? ¿Qué esperar de semejante estrategia errática? ¿Cómo llevar adelante una investigación sin más pistas que un arañazo y una pisada en el barro? ¿Y si estábamos rizando el rizo y el asesino era un simple ladrón al que Espinet sorprendió? Eran demasiados interrogantes sin respuesta para el tiempo que llevábamos en la investigación. Aquello no presentaba visos de arrancar y tomar un camino razonable. Estábamos encerrados en un círculo, como encerrados estaban los habitantes de «El Paradís».

La teoría detectivesca dice que cuando las aguas están estancadas es necesario removerlas para que afloren cosas a la superficie. Hacer eso es relativamente sencillo en ambientes de delito y marginalidad, pero que alguien me explicara cómo pueden removerse las aguas sosegadas y limpias de aquel estrato social instalado en la comodidad y la discreción como en terreno propio. Es fácil dar una patada en una charca hedionda, pero acercar un pie al lago de los cisnes es otra cuestión.

Apunté en mi libreta de retratos psicológicos: «Rosa Salvia. Mentalidad práctica y sintética. Dura, poco sentimental, aunque la reacción al asesinato fueran las lágrimas. Amable. Ambiciosa para los negocios.» Empezaba a tener serias dudas de que aquella galería freudiana sirviera para algo.

A las siete en punto de la tarde metí la cabeza en la reunión diaria sobre la seguridad papal. Esta vez era la primera en llegar. No en realidad la primera, puesto que el cardenal Di Marteri ya estaba allí. Solo, sentado a una mesa, revisaba papeles en silencio. En cuanto me vio entrar se levantó dirigiéndose hacia mí. Era imposible una retirada airosa.

—¿Cómo está, inspectora? Veo que hoy llega usted muy puntual.

—Me he propuesto no volver a pecar, al menos en pequeñas cosas.

—Le gusta a usted el juego verbal, ¿eh?

—Me gusta el juego en general.

—Sí, jugar con las palabras, con las situaciones... arremeter un poco contra la tradición. Ésa es una característica muy juvenil, indica un poso de rebeldía que en sí mismo está bien.

Solté una risita estúpida que apenas encubría mi interés por sus palabras. Continuó parsimoniosamente:

—Lo malo es que... esa rebeldía puede convertirse en algo crónico una vez superada cierta edad, y entonces el juego sólo remite a sí mismo y resulta baldío.

Lo taladré con la mirada. Aquel párroco de lujo había conseguido alterarme. Noté que me sonrojaba.

—¡Vaya, creí que los sacerdotes se dedicaban sólo a las almas! Debería dejar usted un poco de campo libre a los psicoanalistas.

—El alma y la mente son primas hermanas, inspectora.

—Deben de serlo, ambas nos agobian con sus inútiles ansias de perfección.

—De las cuales es imposible huir.

—No tan imposible, monseñor.

En ese momento entró el comisario Coronas y se quedó de una pieza al vernos charlar. Lo primero que debió de pasar por su imaginación fue que estaba soltándole alguna inconveniencia a aquel ilustre emisario del pontífice. Llegó en dos zancadas hasta donde estábamos e hizo un amago vergonzante de besar la mano del prelado.

—¡Buenas noches! Veo que ya han empezado la reunión. ¿Se le ha ocurrido a la inspectora alguna estrategia de seguridad interesante?

—La estrategia de huir —respondió Di Marteri.

—¿Su Santidad huyendo en el *papamóvil*? —soltó Coronas entre carcajadas falsas que mostraban su creciente inquietud.

—No, hablábamos de la fuga de almas.

El comisario, seguro ya de estar asistiendo únicamente a la capa externa de una conversación, se volvió hacia la puerta a punto de perder los nervios justo para ver llegar al grueso de los inspectores que asistirían a la reunión. Soltó un grito de felicidad como si fueran los invitados a su boda.

—¡Hombre, ya están aquí! Adelante, vamos a empezar en seguida.

Mis compañeros no entendían gran cosa de aquella bienvenida tan entusiasta. Se fueron sentando al igual que hice yo ante la mirada beatífica de aquel cardenal pendenciero. Me sentía indignada aún. ¿Por qué aquel individuo, al que yo no había conferido ninguna atribución sobre mi vida, se atrevía a hacerme reflexiones de tipo moral? Era como si te encontraras a un médico en la parada del autobús y corriera tras de ti empeñado en hacerte un diagnóstico sobre tu salud. Bien, Coronas podía decir misa, pero yo a aquel tío iba a pegarle un corte memorable en la próxima ocasión. ¡Como hay Dios que lo haría! O, puestos en batalla teológica, tanto si lo hay como si no.

Según lo que ya se estaba constituyendo en una costumbre, no conseguí permanecer mínimamente atenta al objetivo de aquellas absurdas reuniones. Me importaba tres bledos que el *papamóvil* se desplazara por una o por otra calle y cuántos geos pensaban apostar en cada una de las terrazas. Puse cara de enfado y procuré no pensar.

Al cabo de unos minutos llegó Garzón, intentando disculparse por su retraso ante la asamblea con unos ridículos y sigilosos pasitos de avutarda. Se sentó a mi lado. Me miró. Como me conocía bien, en seguida se dio cuenta de que algún diablo se había instalado en mí. Dibujó un interrogante con sus cejas, más pobladas que Calcuta. Negué. Asintió. Después me dijo al oído:

—Lali no está ilegal en España. Todo OK en inmigración. Ya nos darán detalles en un informe.

Un carraspeo violento de Coronas nos indicó la conveniencia de callar. Dejé pasar media hora y, en señal de protesta por la pérdida de tiempo, me levanté ostensiblemente y me fui. Dije al oído de Garzón:

—Acuérdese de que mañana cenamos en casa de las Enárquez.

—¡Hostia! —exclamó él un poquito más fuerte de lo aconsejable.

Supuse y deseé que lo hubiera oído el cardenal.

A las nueve en punto del sábado noche llamamos al timbre de las hermanas Enárquez en la calle Muntaner. Su piso estaba situado en un elegante edificio modernista lleno de empaque. Subimos en un ascensor antiguo e historiado como una calesa. La cara de Garzón era un poema. Como un niño al que obligan a ir de visita estaba enfurruñado y tenso. Llevaba uno de sus trajes de sepulturero y una corbata estampada con pequeñas estatuas de la Libertad que debía de haberle mandado su hijo desde Nueva York. Olía a alguna colonia oscura y densa como un licor.

—Está usted muy guapo, le auguro un éxito total —osé decirle.

Esperaba una réplica ingeniosa pero me equivoqué, irguió un dedo en el aire y lo agitó frente a mis ojos.

—Recuerda a quién se le ocurrió que viniéramos aquí, ¿verdad? Y también recuerda para qué hemos venido, ¿no?

Lo aplaqué con toquecitos suaves en la solapa.

—Tranquilícese, Fermín, sólo he dicho que estaba guapo, no es para ponerse tan furibundo.

Llamamos a una recia puerta de madera tallada con volutas y flores. Nos abrió una joven sirvienta que nos dejó instalados en un hermoso salón clásico lleno de cuadros antiguos, muebles de caoba y objetos artísticos.

—Mucha pasta es lo que tienen sus amigas, querido Garzón.

—Bueno, pues que se la guarden. ¿Ya ha pensado en lo que va a decir?

En ese momento apareció Concepción Enárquez envuelta en un vestido de seda malva. De su cuello pendía un collar de perlas largo como la cadena de un excusado.

—¡Queridos amigos!, ¿cómo están?

Nos besamos con abundante estrépito.

—Emilia llegará en seguida. Está acabando de arreglarse. ¡Es tan coqueta y perfeccionista que siempre tarda un rato más que yo!

Le lanzó al subinspector una mirada cómplice. Creo que por primera vez pude certificar que los resquemores de mi compañero tenían algo de cierto. Allí se fraguaba un encuentro celestinesco del que quizá no estaba excluido el matrimonio. Parecía que Concepción, siendo viuda, retrocedía un paso en favor de su hermana, que nunca había probado las mieles conyugales. Y todo daba a entender que el apicultor escogido era Fermín Garzón.

—¡Miren, ya está aquí! —dijo como una jefa de pista anunciando la actuación estelar.

Emilia Enárquez entró enfundada en un alegre traje de gasa adornado con minúsculas florecitas. Probablemente era un poco inadecuado para su edad, aunque la sonrisa inocente y azarada que mostraban sus labios la hacía parecer una veinteañera dispuesta al flirteo. Dirigió los ojos de pestañas mariposiles hacia el subinspector y habría jurado que se ruborizaba. ¿A qué se habría dedicado el cabrón de mi subordinado durante los días del Club Méditerranée? Tanto rubor y tantas expectativas no podían fundamentarse únicamente en el trato amistoso. Concepción se adelantó a cualquier inicio de diálogo y nos puso en inmediato movimiento.

—Vengan, vayámonos de aquí. Nosotras no hacemos vida en este salón. Todas estas cosas provienen de herencias, pero la verdad es que resultan bastante *demodés.*

Avanzamos por un pasillo penumbroso y fuimos a parar a otra sala mucho más actual. Allí la decoración se había *aggiornado* al máximo: muebles de diseño contemporáneo, cuadros abstractos y un moderno equipo de música digital que funcionaba a toda mecha emitiendo melodías del jazz más caliente.

—Bueno, esto es otra cosa. Se habían asustado, ¡a que sí! Pensaron que íbamos a pasar una velada formal con cubiertos de plata y hablando de antepasados.

—Sí, de abuelos emigrados a Cuba —rió Emilia.

—Pues ni pensarlo. No hemos invitado al hombre más divertido de Barcelona para meterlo en un funeral.

Garzón, incluso con el recelo típico de la presa asediada, no pudo por menos de cacarear una risa de halago. Nos sentamos a charlar y, dos martinis más tarde, sirvieron la cena, platos deliciosos con los que no dejábamos de libar un magnífico rioja. Ya hacia el final de los entrantes salieron a relucir recuerdos del verano en Mallorca.

—¿Os acordáis de aquel día en que Fermín se tiró desde el trampolín de la piscina con zapatos y calcetines?

—¿Y cuando cogimos tal trompa que no encontrábamos la habitación en el hotel?

Enarqué una ceja dirigida al hombre más divertido de Barcelona. ¿Había sido aquella noche?, ¿entró Garzón en la habitación de Emilia por error? Desvió la mirada y aplicó una diplomática medida cautelar:

—Amigas, estamos aburriendo a mi jefa contando cosas que ella no presenció.

—Es verdad —replicó Concepción volviendo a sus deberes de anfitriona, y pidió a la doméstica que trajera la carne.

Cuando tuvimos ante nosotros una apetitosa bandeja de rosbif creí llegado mi momento.

—¿Ustedes dos a qué se dedican? Su amigo Fermín ni siquiera lo sabe.

—Mi hermana y yo somos accionistas de una clínica privada. Organon es su nombre. La fundó nuestro padre y nosotras, al heredarla, la vendimos a un *lobby* americano. Conservamos un paquete de acciones suficientes como para poder vivir con comodidad.

Organon era una importante clínica ginecológica situada en la parte alta de la ciudad que todo el mundo conocía.

—Yo estudié Enfermería, pero mi padre no me dejó ejercer. Eran otros tiempos. Me casé con un médico y luego enviudé —dijo Concepción con un aire melancólico.

—O sea, que están ustedes perfectamente enraizadas en esta ciudad.

—Ya lo ve. Aquí nacimos y aquí moriremos, aunque cuanto más tarde, mejor.

—¡Qué caso tan diferente del suyo!, ¿verdad, subinspector? —dije mirándolo filosóficamente—. Usted sólo está pensando en jubilarse para poder vivir en Nueva York.

La cara de las dos mujeres se contrajo de sorpresa, y la de Garzón también.

—¿En Nueva York? —exclamaron a coro las Enárquez.

—El subinspector tiene un hijo médico en Nueva York, ¿no se lo había contado?

—¡Sí, pero no que pensara establecerse en esa ciudad!

—Garzón es un enamorado de esa ciudad. ¡Pero es absurdo que hable yo, cuéntelo usted, Fermín!

Se quedó mirándome con cara de alelado. Le arreé una patada por debajo de la mesa. La dureza que encontró mi pie indicaba que debí de darle en la rodilla. Al fin reaccionó.

—¡Ah, sí, Nueva York, una ciudad fantástica, la Quinta Avenida, Central Park, la estatua de la Libertad! Sí, estoy deseando fijar mi residencia allí en cuanto sea posible.

Pensé que nadie contrataría a mi subordinado como actor. ¿No podía insuflarle un poco de verosimilitud a la réplica? En cualquier caso daba igual, las dos hermanas ya habían recibido el dardo cargado de información. Me detesté a mí misma cuando la pobre Emilia dijo con cara de circunstancias:

—Es verdad, una ciudad de ensueño. Sólo que está un poco lejos, ¿verdad?

—Nada que no pueda superarse con unas pocas horas de avión —replicó Concepción, que era más obcecada y peleona.

Pero el globo parecía pinchado. Hubo unos instantes de titubeo en los que se hizo patente la desilusión, aunque triunfó el *savoir-faire* de las Enárquez.

—¿Qué les parece si regamos el postre con una botellita de champán? —propuso Concepción con sonrisa forzada.

El riego se produjo, y fue abundante y caudaloso, tanto que se abrieron dos botellas para calmar nuestra sed. Incluso llegué a deducir que nuestras anfitrionas necesitaban la bebida para superar el mal trance. Mi estratagema había dado resultado, un hombre que planea retirarse en Nueva York no está pensando en el matrimonio. Y aunque así fuera, la disparidad de proyectos de futuro haría imposible cualquier unión duradera. Punto y final. Me odié. Me odié por hacer de contracelestina, por meterme en camisa de once varas, por servir de correveidile a un añejo seductor de pacotilla que se desmanda en vacaciones sin prevenir las consecuencias.

A la una de la madrugada abandonamos la casa de las Enárquez. Estábamos muy bebidos. Creo que en aquella maldita cena habíamos abusado del alcohol por diversas razones: al principio por nerviosismo, después por tirantez y al final por vergüenza. No me sentía muy orgullosa de mí misma mientras me tambaleaba junto al subinspector. De repente me vi invadida por un arrebato de violencia.

—Esto es una canallada que he hecho por su culpa y no se la perdonaré.

—Inspectora, es usted injusta conmigo, ¡injusta!

—¡Dígame si no es verdad que le prometió matrimonio a esa mujer!

—¡No lo hice!

—¡No mienta!

—¡Le juro que...!

Alguien desde detrás me puso una manaza en el hombro. Me volví como un rayo y descubrí al juez García Mouriños sonriendo con cara beatífica.

—¡Va la Santa Compaña!

—¡Juez!, ¿qué coño hace aquí?

—¡Cuánta agresividad! Sólo salgo del cine. Sesión doble. ¿Y ustedes?

—Venimos de cenar —apuntó Garzón.

—¿Cómo llevan el caso Espinet? Ya sabrán que me han encomendado la instrucción.

—Me lo imaginé. El caso lo llevamos fatal, juez, fatal.

—Todo se andará, mi querida Petra. Hoy no están de servicio, ¿verdad?

—No, ¿por qué?

—Porque apestan a alcohol —dijo riendo.

—¿Quiere tomar la última copa con nosotros? Mire, vamos a ir a aquel bar —exclamé señalando a boleo un bar corriente y normal que permanecía abierto a aquellas horas.

—Gracias, señores, pero me largo a dormir, me llevan demasiadas copas de ventaja. Les recomiendo moderación. Y también les recomiendo la última película de los hermanos Cohen, ¡es sencillamente genial! ¡Buenas noches!

Se alejó soltando carcajadas cavernosas. Nos quedamos silenciosos y expectantes. El fragor de la discusión se había disipado ya, pero me encontraba incómoda y nerviosa todavía.

—¿Cree que estamos borrachos, Fermín?

—Creo que sí.

—Eso sólo se arregla tomando la última copa. Venga, vamos a ese puto bar.

Entramos en el bar corriente y normal y nos acodamos en la barra. Ambos contestamos «whisky» a la pregunta «¿qué va a ser?». Junto a nosotros había un pequeño grupo de jóvenes bebiendo cerveza. Pelo rapado, estética punk, vocabulario grosero y tono de voz alto. Los detesté, pero estaba demasiado bebida para proponer un cambio de local.

—¿Sabe lo que le digo, Fermín?

—No, ¿qué me dice?

—Le digo que no estoy muy orgullosa de mí misma.

—Déjelo ya, inspectora, nunca he tenido intención de formar otra familia, ni con Emilia Enárquez ni con nadie. Con la familia que tuve una vez ya anduve apañado.

—Pues quizá es algo que se pierde. ¿Sabe lo que hizo el otro día su amiga Dolores Carmona?

—¿La gitana? No sé si quiero saberlo.

—Me echó la buenaventura. Me tomó la mano, la miró y dijo que había dejado pasar cosas en mi vida que ya no volvería a recuperar.

—¡Joder, para decir eso no hacen falta muchas bolas de cristal!

—Sí, pero es que llevaba razón, y lo más indignante es que no me había dado cuenta hasta hace poco. Uno vive, trabaja, se enamora, come, duerme y siempre tiene la impresión de que está a tiempo aún de acometer cualquier cosa, pero no es verdad. Un buen día te percatas de que el camino que has emprendido anula para siempre ciertas posibilidades.

—¿Como cuáles, aprender a bailar ballet, irse de misionera a Mozambique, o se refiere a esa historia que ahora le ronda por la cabeza sobre tener un niño?

Me miraba con una sonrisa alcoholizada impresa en el rostro. Recibí un pequeño empujón en la espalda de uno de los rapados con los que compartíamos la barra. Garzón me observaba impertérrito. Debió de notar en mi expresión una tristeza o un cabreo inmenso porque, incluso borracho, rectificó sus palabras diciendo:

—Perdóneme, inspectora, no pretendía ser tan bruto. Dígame si hay algo que pueda hacer por usted y lo haré.

Sentía un nudo en mi garganta de volumen tan desusado que hasta me impedía hablar. En cualquier momento un surtidor de lágrimas podía inundarme por completo. Garzón, percibiendo la delicadeza de la situación, se mostraba angustiado. Intenté reponerme. Di un trago al whisky mientras los bárbaros juveniles reían y vociferaban como monos salvajes. Me tragué las lágrimas.

—Sí... —dije por fin—. Hay algo que puede hacer por mí.

—Quiero que me lo diga inmediatamente.

—¿Sabe cuál es una de las cosas que siempre he deseado hacer y nunca me he atrevido y que a lo mejor me muero sin cumplir?

—No, vamos, dígamelo; si yo puedo ayudarla, no lo dudaré ni un segundo —respondió con resolución.

—Enzarzarme en una buena pelea, Fermín, una pelea tumultuosa, en un bar, a puñetazos, a hostia limpia. Nunca he llegado a participar en algo así, y sospecho que es sólo porque soy una mujer.

Por un momento, la sobriedad se reinstaló en su mirada.

—¿Está segura?

—Sí.

Hizo un gesto de asentimiento concienzudo.

—Nada más fácil. Por ejemplo, ¿le molestan estos pelmazos de atrás, Petra?

—Me molestan una barbaridad.

—Bien.

Miró hacia el grupo de jóvenes, apretó las mandíbulas y fue hacia ellos.

—Chicos, estáis molestando a la señora.

Quedaron completamente desconcertados. Uno de ellos, en tono chulesco, se encaró con el subinspector:

—¿Ah, sí?, ¿y por qué?

Una pregunta tan razonable, tan lógica como aquélla, fue contestada con un puñetazo directo al estómago por parte de Garzón. El tipo se dobló sobre sí mismo y cayó al suelo. Gritos y exclamaciones de toda clase empezaron a alborotar el aire. Sentí que la sangre me burbujeaba, que un ramalazo máximo de excitación hacía presa en mí. Me acerqué, cogí a uno de aquellos chicos vociferantes por la solapa de su cazadora de piel y lo golpeé en la cara con toda la fuerza de que fui capaz. ¡Ah, qué sensación maravillosa! Un dolor increíble me subió desde los dedos de la mano hasta el codo, pero daba igual, me notaba parcialmente anestesiada, preparada para devolver cualquier agresión. Volví a golpear, esta vez a otro joven. Veía de reojo cómo Garzón forcejeaba a mi lado con un tercero. El griterío crecía. El dueño del bar emitía berridos inhumanos. Bajé un instante la guardia y un fornido mozo bastante más alto que yo me atizó un terrible puñetazo en las costillas. Se me cortó la respiración, pero no me dolía. Iba a devolverle el golpe cuando me sentí sujetada desde atrás.

—¡Quietos, todos quietos!

Hubo un silencio repentino. Me volví y descubrí con enorme sorpresa que era el juez García Mouriños quien me tenía atenazados los brazos.

—¡¿Qué coño pasa aquí?! —tronó.

Un montón de explicaciones atropelladas siguieron a su voz como un eco. Las atajó con tono jupiterino:

—¡Basta ya, soy policía!

El dueño del bar se dirigió presuroso hacia él señalándonos a Garzón y a mí con dedo acusador.

—Han sido estos dos. Ellos han empezado. Había tranquilidad y...

García Mouriños lo interrumpió con su imponente autoridad. Nos miró con gesto fiero y sañudo.

—Conque ésas tenemos, ¿eh? Hagan el favor de acompañarme inmediatamente. ¡Venga, en marcha! ¡En comisaría me lo contarán!

Sin añadir una palabra más nos empujó hacia la salida. Obedecimos en silencio, dejando a nuestras espaldas una asamblea estupefacta. Una vez en la calle, el juez empezó a meternos prisa.

—Vámonos de aquí antes de que estos tipos reaccionen y llamen a la policía de verdad. ¿Pero se puede saber qué demonios...? ¡Pueden dar gracias a que la gente desconoce sus derechos, porque...! ¡Dios Santo, no me lo puedo creer! El caso es que lo intuí, por eso he vuelto a buscarlos, pensé que en el estado en que se encontraban podían tener alguna dificultad, pero ¡esto, señores... supera todo lo imaginable! ¿Se dan cuenta de las consecuencias que podría tener?

Garzón y yo lo seguíamos sin abrir la boca, como estudiantes que reciben una reprimenda de su profesor convencidos de que la merecen.

—Será mejor que vengan a mi casa. Vivo cerca de aquí.

Tenía un piso antiguo bien acondicionado en la calle Valencia. El salón estaba presidido por una pantalla gigante de televisión. Las estanterías, que casi cubrían por completo las paredes, se hallaban llenas de películas de vídeo.

—Voy a prepararles un café —dijo amablemente—. Si quieren arreglarse un poco, el baño está al final del pasillo.

Aproveché el ofrecimiento y me lavé la cara, me peiné. Después me miré en el espejo. Una sombra enrojecía mi pómulo, algo hinchado. Había apretado tanto los dientes que las mandíbulas me dolían, pero nada comparable al dolor agudo y penetrante que sentía en las costillas. Lamenté no llevar polvos compactos en el bolso para darme un toque reparador.

A mi vuelta, García Mouriños y Garzón servían el café. Me senté. No había pronunciado aún ni una sola palabra.

—Bueno, y ahora cuéntenme, ¿cómo un par de policías adultos y experimentados como ustedes se dejan atrapar por una provocación de bar?

Garzón removía su taza silencioso. No quería delatarme. Contesté yo.

—No hubo ninguna provocación, yo tenía ganas de pelea.

El juez me miraba sin comprender. Mi compañero terció:

—La inspectora tenía un capricho.

La cabeza ordenada de un hombre de leyes no acababa de representarse la situación. Me lancé a una explicación con la misma vehemencia con la que había participado en la refriega.

—No era un capricho, señores. Me sentía mal y decidí reaccionar de forma masculina. Los hombres beben, luchan, lo sacan todo al exterior sin miedo. ¿Y saben qué hacemos las mujeres cuando hay algo que nos corroe, lo saben?

Se miraron el uno al otro con seriedad y prevención.

—¡Pues callar y aguantar, eso es lo que hacemos, interiorizar! A veces le hacemos confidencias a una amiga, o vamos al psiquiatra, o tomamos tranquilizantes, o lloramos a moco tendido. Así que esta vez me apetecía meterme en un buen folclore, y no ha estado mal del todo. No hay más. Aquí se acaba la explicación. Me apetecía una pelea de bar.

Ambos varones intuyeron que, de ahí en adelante, íbamos a movernos en terrenos pantanosos. Guardaron silencio. Respetaron mi perorata por muy absurda que les pareciera. Entonces, el gallego se levantó y buscó entre sus tesoros cinematográficos. Escogió una cinta de vídeo.

—¿Quieren ver una buena refriega en un bar? Las mejores pertenecen al western. Ésta les gustará.

Acabamos la extraña velada viendo cortes de célebres películas de Hollywood en las que un montón de extras se arreaban atléticos puñetazos en medio de grandes algaradas. Estuvo bien. Me di cuenta de que tenía mucho que aprender, sobre todo del modo en que los actores conseguían que los golpes sonaran contundentes y secos. En mi caso no había sido así. Además, notaba que mi mano derecha estaba tumefacta y todo el cuerpo había empezado a dolerme seriamente. ¿Había resultado aquél un buen sistema para librarse de los fantasmas interiores? Me negué a reflexionar sobre ello en aquel momento. Mejor otro día. Le pedí un par de aspirinas al juez y él, que era un santo varón, me las trajo con un vaso de leche.

CAPÍTULO CUATRO

Pasé el domingo entero tumbada en un sofá. Sólo me levanté para abrirle la puerta al repartidor de pizzas a domicilio. Me dolía la cabeza, las costillas y todos los músculos del cuerpo, supongo que también algún hueso. Las peleas barriobajeras tienen un coste, pensé. Pero no había estado mal. Quizá un poco decepcionante, creí que disfrutaría más aún con el barullo. La resaca era peor, aunque acabó remitiendo gracias a los analgésicos mezclados con el café. Al día siguiente volvería a encontrarme como nueva.

Eso creí, pero no fue verdad. El lunes, después de ordenar los papeles que yacían en la mesa de mi despacho, me vi obligada a sentarme en el suelo y practicar unos estiramientos. Tenía tan machacada la zona intercostal izquierda que respiraba con dificultad. Encima no podía quejarme, puesto que no me habían vapuleado en un acto de servicio.

Un guardia se quedó patidifuso al entrar y verme en posición flor de loto. Procuró que no se trasluciera su turbación al decir:

—Inspectora, un tal Mateo Salvia dice que tiene una cita con usted.

—Es verdad, dígale que pase.

—¿Espero un poco?... Me refiero a que a lo mejor quiere usted levantarse del suelo.

—Ya he terminado. Hágale pasar.

Aquel pobre guardia velaba por el prestigio de la institución policial. Si hubiera sabido algo de mi combate del día anterior, no habría vuelto a tenerme jamás respeto. Volví a la postura convencional tras mi mesa, que fue como Mateo Salvia me encontró.

—¡Hola, inspectora Delicado!, ¿qué tal está?

Salvia era un hombre de mundo a quien la comisaría no parecía sobrecoger en absoluto. Me saludaba como si nos hubiéramos encontrado en un local de moda o en un tren.

—¿He llegado puntual?

—Muy puntual. Y créame que lamento hacerle perder tiempo. Sé que incluso ya ha firmado su declaración.

—Pues usted dirá qué quiere de mí.

—Es sólo cuestión de matices. Tenemos testimonios sobre lo que ocurrió la noche del crimen, pero estamos intentando reconstruir la personalidad de Juan Luis Espinet.

—Quizá yo sea el que sé menos de él. Inés era su esposa, Jordi su socio. Mi mujer y yo no manteníamos un contacto tan directo. Además, las otras dos parejas tienen niños y nosotros no, a veces eso nos llevaba a hacer planes distintos.

—De todos modos, me gustaría oír su versión.

—¿Mi versión? Pues una versión normal y corriente. Juan Luis era amable, formal, un buen tío. El hijo que cualquier papá y mamá querrían tener. Un chico de familia.

Me cogió por sorpresa esa definición. Hasta donde yo sabía, también él era un hijo de papá. Creo que notó mi desconcierto porque en seguida añadió:

—Bueno, yo tampoco soy precisamente un rebelde. Ya sabe que trabajo en la fábrica de la familia, pero es diferente, yo no soy tan perfecto.

—¿Qué quiere decir?

—Bueno, a mí me gusta jugar al polo y al golf, perder un poco el tiempo, tomar el aperitivo en el bar, navegar en un barquito que tengo... digamos que no me paso el día pendiente de mis obligaciones.

—¿Y él sí?

—Sí, él era la perfección en todo: trabajador, responsable, buen padre, buen marido...

—¿Lo era, era un buen marido?

—Sí, claro, ya ha visto cómo ha reaccionado Inés, está como loca.

—Por supuesto, Mateo, eso ya lo sé, pero ¿era él completamente fiel a su esposa?

Sonrió imperceptiblemente.

—No era un tipo que anduviera por ahí con mujeres; de eso puede estar segura. Aunque, bueno, supongo que algún lío puntual pudo tener.

—¿Lo dice por algo en concreto?

Sonrió más abiertamente. La expresión de su cara me pareció desde la primera vez que lo vi algo burlona, pasada de todo, escéptica y descreída.

—¿Es importante contestar a eso?

—Importante y confidencial.

—Bien, seguramente se trata de una tontería, pero me quedaré más tranquilo si se la cuento. Hace ya casi un año ocurrió algo que me dejó un tanto sorprendido. No sé si sabrá que los tres amigos solíamos jugar al golf.

—Lo sé.

—Pues bien, una de las chicas de la recepción en el club, Susana, muy mona, no más de veinticinco años, nos saludó una mañana al llegar. Juan Luis y yo entramos juntos, habíamos coincidido en el aparcamiento. Vi que se quedaba un momento hablando con ella sobre recibos y cuentas bancarias, de modo que yo seguí hacia los vestuarios. Un instante después me di cuenta de que me había dejado la bolsa de ropa limpia en el coche y volví a salir. Entonces advertí que Juan Luis y la chica estaban besándose en los labios.

—¿Lo vieron ellos a usted?

—No, di un paso atrás y esperé hasta que se separaron.

—Se arriesgaron mucho besándose en plena recepción.

—Lo mismo pensé yo, en especial tratándose de Juan Luis.

—¿Le comentó usted algo?

—Desde luego que no.

—¿Se lo contó a alguien?

—Mucho menos.

—¿Ni siquiera a Rosa, su mujer?

—Al principio iba a hacerlo, pero luego cambié de opinión. Tendrá que disculparme, pero no confío demasiado en la discreción femenina. Las mujeres tienen tendencia a hacerse confidencias las unas a las otras. No podía permitirme generar un problema con Inés cuando a lo mejor no existía motivo.

—¿Solidaridad masculina?

—Llamémosle sentido común. ¿Lo habría contado usted?

—Creo que no, sólo pretendía devolverle la pelota.

Se echó a reír, zumbón. Tenía unos bonitos ojos pícaros. Era sin duda un *bon vivant* con bastante estilo.

—¿Recuerda algún otro episodio que pudiera interpretarse como una aventura galante de Espinet?

—¡Oh, no! Espero que por lo que acabo de decirle no vaya a considerar a Juan Luis como un donjuán. Sinceramente, no lo era. Dudo que hubiera tenido tiempo de llevar una doble vida con lo mucho que trabajaba. Si hubiera sido yo a quien han asesinado... le aseguro que yo suelo tomarme más licencias de las que se tomaba él. Y lo que ha ocurrido me ratifica en mi modo de pensar, ¿para qué tanto trabajo y tanta formalidad si la muerte nos espera en cualquier esquina? ¡Hay que vivir con toda intensidad! Supongo que una inspectora de policía debe de vivir a tope, ¿no?

—¡A tumba abierta!

Reímos los dos.

—A lo mejor debería invitarme algún día a acompañarla en sus investigaciones.

—Lo pensaré.

Se levantó, no sin antes arreglarse la preciosa corbata de seda italiana. ¿Estaba coqueteando conmigo? Probablemente era su costumbre hacerlo con cualquier mujer que tuviera delante. Tenía la seguridad de ser un seductor. En su descargo podría decirse que, sin duda, debe de ser duro vivir con un crack como su esposa. Tan duro como vivir con un hombre perfecto como Espinet. ¿O acaso empezaba a fallar el retrato impecable de su perfección? Íbamos bien por aquel camino.

Telefoneé a Garzón tras el nuevo dato que acababa de recibir.

—Subinspector, ¿no me había dicho que indagó a fondo en el club de golf?

—Lo hice.

—Pues lo hizo mal. Hay una recepcionista de nombre Susana que solía besuquearse con Espinet.

—¿Quién la ha informado de eso?

—Mateo Salvia los sorprendió in fraganti sin que ellos lo advirtieran.

—Es raro que un buen amigo del muerto decida contarle eso.

—Le recuerdo que se trata de coger a un asesino.

—Aun así, habrá que mirar a Mateo Salvia con ojos críticos, quizá quiera despistarnos.

—¿Por haber faltado al principio de solidaridad masculina?

—No me joda, inspectora. Dígame qué tengo que hacer.

—Vuelva al club de golf, hable con la tal Susana y sonsáquela.

—¿No sería mejor que lo hiciera usted? Al ser también una mujer…

—Déjese de coñas, Fermín. Si se muestra remisa a hablar por una cuestión de sexo, llámeme. Mientras no sea así confío mucho en su habilidad para tratar a las mujeres. Siendo usted el hombre más divertido de Barcelona…

—Le pasaré por alto el cachondeo porque su plan con las Enárquez creo que ha dado resultado. No me han vuelto a llamar.

—Es pronto aún para cantar victoria. De todas formas, creo que está cometiendo usted el error de su vida. Debería casarse con Emilia. ¿Tiene idea de lo que eso representaría para usted? Están forradas de pasta. Viviría como un marajá. Y además tendría dos por el precio de una. Lo cuidarían, lo mimarían... ¡hasta le comprarían corbatas de Giorgio Armani!

—Giorgio Armani me la suda un montón. ¿Qué me dice del amor?

—¡El amor! ¡Cualquiera diría que el amor está destinado a cosas sublimes! ¿Qué hace la gente como máxima expresión de su amor? Se van a vivir juntos; es decir, comparten cosas de orden material: llaman a un fontanero cuando hay una avería, preparan la cena... Lo que le pido que piense empieza justo al revés: primero una convivencia agradable y el amor ya vendrá.

—¡Joder, inspectora, me da espanto oírla hablar con tanta frialdad!

—Piénselo, Fermín, piénselo. Aún estamos a tiempo de organizar una cenita en su casa. Puede usted aprovechar para decir que ha cambiado de opinión con respecto a retirarse en Nueva York.

—Adiós, inspectora. Nos veremos después.

Colgó renegando, escandalizado como una damisela. En el fondo se compadecía de mí. Una mujer con el corazón de hielo, incapaz de valorar el lado humano de la vida.

Decidí salir a dar una vuelta. Necesitaba un poco de aire libre y un café bien cargado que acabara de disipar los restos de la resaca del sábado.

Di una vuelta por los alrededores de la comisaría. De pronto recordé que habían comenzado los preparativos en la plaza de la Catedral para la gran misa del papa. Me acerqué a curiosear. Lucía un sol tenue y agradable, que lo inundaba todo de una luz otoñal. En la plaza había un follón considerable. Miles de tablones se amontonaban sobre el asfalto. Operarios vestidos con mono descargaban más madera de un camión. Los carpinteros habían iniciado la construcción del andamiaje sobre el que supuse que descansaría el altar. Todo parecía tener dimensiones colosales. Estuve un rato mirando cómo trabajaban junto a una buena cantidad de curiosos como yo: jubilados, vejetes que tomaban el sol, turistas sorprendidos por la novedad, algún adolescente ocioso…

Era muy indignante que el ayuntamiento gastara dinero en una ceremonia de tal envergadura. Cerré los ojos para que el sol me diera en la cara mientras oía los martillos golpeando, el canto súbito de algún trabajador, que se arrancaba con sentimiento como en un antiguo tajo de esclavos.

De pronto noté cómo una sombra oscurecía mis párpados. Casi al tiempo que los abría oí la voz del cardenal Pietro di Marteri.

—Buenos días, inspectora. ¿Supervisando las obras?

Me sonreía con su rictus filosófico de estar más allá del bien y del mal.

—Algo así.

—Yo también estaba echando una ojeada a esta maravilla. Como ve, aunque usted se empeñe en lo contrario, seguimos coincidiendo.

—No creo. Yo jamás le llamaría maravilla a esta construcción.

—Pero si trabajan muy bien.

—Monseñor, dejémonos de tonterías. Me parece una burla que el papa, un hombre que predica la humildad, permita que se organice en su nombre un montaje como éste.

—Querida inspectora, hay mucha gente que necesita la presencia del papa, no sé a qué se refiere, pues.

—Sabe muy bien a qué me refiero. Todos estos fastos tan aparatosos me recuerdan un desfile militar. Mucho peor, ¡me recuerdan a Hitler!

No esperaba una entrada tan brusca y su rostro lo acusó, tensándose.

—Inspectora Delicado, me pregunto qué hay en el fondo de su corazón que lo hace tan duro.

—Dos aurículas y dos ventrículos, tejido muscular, una válvula mitral... Todo materia, monseñor, como en el resto de los corazones humanos.

Me miró aparentando o quizá sintiendo tristeza auténtica por mí, conmiseración por no haber sido llamada al rebaño de los elegidos. ¡Joder y mil veces joder! ¿Acaso no podía descansar en paz un momento, dar una tranquila vuelta inofensiva sin que alguien viniera a mostrarme el camino de la salvación? ¡Ah, no!, una cosa era que tuviera que cumplir mi obligación como policía, la cual incluía cosas tan peregrinas como la seguridad del papa, y otra muy distinta que me viera forzada a renegar de mis ideas y hacer diplomacia barata con el representante de una institución que detestaba.

—Y ahora discúlpeme. Tengo que volver a comisaría, donde me espera un caso de asesinato.

Procuró que su expresión sólo trasluciera resignación cristiana. Me despidió con un cabezazo respetuoso. Emprendí la vuelta a mi despacho con las mismas ínfulas que si hubiera desencadenado una herejía y su cisma consiguiente yo solita. ¡Al cuerno con la tranquilidad que había ido a buscar! ¡Ah, mi cabaña en Suecia, feliz junto al lago, quién pudiera volver allí, donde nadie me perseguía con sus necesidades de polémica! Por si faltaba algo, tres gitanos del caso de Garzón estaban apostados frente a la puerta de comisaría, probablemente esperando a que él regresara de sus gestiones. Sin embargo, debieron de considerar que yo también podía servir como interlocutora, porque en cuanto me avistaron iniciaron una maniobra de acercamiento en absoluto disimulada. Tomé impulso y en cuatro zancadas saltarinas me planté en el edificio policial huyendo con descaro. Le dije al guardia de la puerta:

—Si alguien pregunta por mí, dígale que he ingresado en un convento.

El pobre, que ya conocía mis salidas de tono, preguntó sin inmutarse:

—¿De clausura, inspectora?

—Sí, de esos en los que no te dejan hablar ni que los demás te hablen.

Se quedó riéndose por lo bajo. «¡Ah, la inspectora Delicado! —debía de pensar—, siempre con ganas de chunga.» No podía imaginar que estaba en realidad preparada para asesinar a cualquiera que me preguntara la hora.

Tiré la gabardina sobre el perchero. Había llegado el momento de ponerse a trabajar de verdad. ¿Por dónde empezar? Había dos gestiones pendientes. Cogí el teléfono con la impetuosidad de un general de caballería.

—¿Morales? ¿Yo no te pedí que me buscaras todos los detalles de una inmigrante filipina llamada Lali Dizón? ¿Y tú no le prometiste a Garzón que le darías un informe?

El inspector Morales, aunque estaba en su despacho, parecía haber sido despertado de un sueño profundo y llevar todavía el pijama puesto.

—¡Hombre, Petra, te me has adelantado! Justamente iba a llamarte yo, pero con todo este follón del papa...

—¡Ni papas ni leches; si no llego a llamarte yo, la información se habría podrido sobre tu mesa!

—¡Que no, joder, no seas mal pensada! A ver, vamos a ver...

Oía un revolver de papelotes junto al auricular.

—Petra, como ya le dijimos a Garzón, la chica está limpia. Hace cinco años se inscribió en el censo de inmigrantes con contrato de trabajo.

—¿De dónde venía?, ¿cómo entró en el país?

—Oye, se hizo tabla rasa con los inmigrantes cuando se les dio la oportunidad de legalizarse en el país. Con que aportaran un contrato laboral ya era suficiente.

—De modo que pudo entrar ilegalmente.

—Sí, pero tenía su contrato. Fechado hace cinco años en Sant Cugat. Entró a trabajar como asistenta del hogar en casa de un tal...

—Juan Luis Espinet.

—¡Exacto! Oye, ¿ése no es el tipo al que se cargaron?

—¡Sí, Morales, relájate, y otra vez no te ocupes tanto del papa y acuérdate de mí!

—Eres implacable, ¿eh, Petra?

—Eso dicen. Adiós.

Volví a marcar un número interno.

—¿El inspector Sangüesa está por ahí?

—Soy yo.

—Sangüesa, soy Petra, te pedí hace tiempo un informe cerrado sobre las situaciones económicas de los guardias de seguridad de «El Paradís», en Sant Cugat. ¿Qué esperas para mandármelo, que llegue Navidad? ¿Piensas dármelo como una especie de regalo o algo así?

—Petra Delicado, ¿cuánto tiempo hace que no abres tu correo electrónico?

—No me digas que tu informe está ahí.

—Desde hace días.

—¡Joder, Sangüesa, lo siento! Con todo este lío del papa ando despendolada.

—¿Petra?

—¿Sí?

—¡Feliz Navidad! ¡Pídele un bozal a Papá Noel!

¡Mierda, había quedado como una idiota! Debería haber sabido que Sangüesa era perro viejo, y eficiente además. De cualquier modo, la excusa del papa era fantástica, tenía que acordarme de utilizarla con más frecuencia.

Abrí el correo electrónico y, efectivamente, allí estaba el informe. Lo leí. Era tiempo perdido, ninguno de los dos empleados de seguridad se había comprado un Jaguar, ni variado su tren de vida, ni ingresado en sus cuentas dinero extra. Claro que a lo mejor eran listos y guardaban la recompensa por matar a Espinet en un calcetín.

Dos posibilidades de la investigación perdían gas. Cada vez me encontraba más convencida de que aquello era una tragedia interna, algo sucedido en el entorno de aquellos tres matrimonios. Sin embargo, las combinaciones podían ser muy variadas. ¿Espinet se había liado con la chica del club de golf y su dulce esposa se lo había cargado como venganza? ¿Se había enamorado de Rosa, o quizá de Malena, y uno de los dos maridos había decidido lavar su honor a la brava? ¿Había sido una de esas dos amantes potenciales la que lo había quitado de en medio? Y en ese caso, ¿cuál de las dos? El dato que se barajaba en cualquier hipótesis era que Espinet se había enredado con alguien, de eso estaba casi completamente convencida. Todo lo demás sonaba poco definitivo, apenas sustancial. Luego flotaba aún la eterna pregunta: ¿quién había ejercido como asesino material? Ni una maldita prueba que no fuera el arañazo en el cadáver había aflorado hasta el presente en el curso de la investigación. ¡Quién sabía, quizá aquél fuera el primer caso que Garzón y yo dejábamos sin resolver!

A pesar de aquel ramalazo de desánimo, volví a mis deberes de chica aplicada y revisé de nuevo el retrato psicológico robot que había realizado sobre Espinet. Al menos, sobre la pulida superficie inicial del mismo habían surgido los primeros rasguños que afeaban el conjunto. Hacia el final de las notas añadí una señal de interrogación. Esperaba que el subinspector la despejara al volver del club de golf.

Lo hizo dos horas después. Llegó contento, con su macuto de investigador rebosante de datos, presto para vaciarlo frente a mí. Lo que contó acabó de confirmar que había desperfectos en el retrato de Espinet; es más, añadió a los estragos cierta gravedad. Susana, la recepcionista, había confesado un escarceo amoroso con la víctima. ¡Aleluya! Felicitaciones por mi parte, golpecitos laudatorios en la espalda, casi besos.

—No hay nada que sea demasiado espectacular, inspectora, no vaya usted a creer. Esa muchacha, por cierto de muy buen ver, reconoció que había tonteado con Espinet y admitió finalmente que habían hecho el amor dos veces, ambas en el apartamento de ella.

—¿Quién inició el asalto?

—Él, aunque Susana ha confesado que el abogado le gustaba más que el pan. No sólo a ella, curiosamente encandilaba a todas las chicas que trabajan en el club. Por lo visto, el tal Espinet las fascinaba a todas.

Había que ser necesariamente un hombre para no haber advertido aún esa característica del muerto.

—¿Y cómo acabó el asunto?

—Rápido y mal. Susana reflexionó, pensó que se estaba jugando el puesto de trabajo y el novio, porque tiene novio. De modo que se acojonó, y le pidió que la cosa se cortara.

—¿Y él?

—Según las propias palabras de la chica, «lo comprendió porque era un caballero».

—O sea, que un par de asaltos y adiós.

—Sin más complicaciones.

—¿Lo contó a alguien?

—Jura que no. Le iba demasiado en la indiscreción.

—¿Ni padres, ni novios, ni hermanos que quisieran vengar su honor?

—Nadie. Es más, me ha pedido que si no es estrictamente necesario guardemos este dato como confidencial.

—¿No se lo habrá prometido?

—Le he dicho que declare y firme su declaración, no se hará uso legal de ella si no es estrictamente necesario.

—Como engaño no está mal. ¿Qué me dice de la posibilidad de chantaje?

—No tengo esa impresión, pero pídale al inspector Sangüesa una investigación económica de la chica.

—Mejor se la pide usted, acabo de tener un pequeño encontronazo con él.

—De acuerdo, lo haré. También le echaremos una ojeada cautelar al novio.

—Buen trabajo, Fermín.

Se le escapó una sonrisa de orgullo. Mi comentario sobre lo insatisfactorio de su primera gestión en el club de golf le había picado la moral. Probablemente había amenazado a la recepcionista para arrancarle una tan delicada confesión. Era preferible no indagar sobre los métodos empleados.

—¿Comemos algo, subinspector?

—Para eso yo siempre estoy dispuesto.

Cruzamos a La Jarra de Oro y pedimos una comida informal a base de tapas, ensaladillas y montaditos. Mi compañero en seguida se enfrascó en unos choricillos picantes que le inspiraron palabras de alabanza y fe en el ser humano.

—¡Cómo están estos chorizámenes, inspectora! ¿No los ha probado aún?

Demostrando cierto gusto por la incongruencia y el contraste le respondí:

—Esta mañana me he peleado con el cardenal.

—¡No joda! ¿Qué ha pasado?

—Nada especial, me cogió con el paso cambiado y lo envié al infierno.

—¿Tal cual?

—No exactamente. Le dije que el papa me recordaba a Hitler.

—¡Coño! Va usted fuerte, ¿eh, inspectora?

—¡Se empeña en hablar conmigo como si quisiera convertirme! Es preciso que quede claro que no necesito nada de él ni de los artículos que vende.

—Me tranquiliza, Petra, eso está más acorde con su

modo de ser. Durante esta temporada me ha tenido asustado; con tanta añoranza de las familias, la maternidad y el calor de hogar no parecía estar en sus cabales.

—Por lo visto, mis cabales consisten en ser bestia con la gente y soltar inconveniencias.

—¿Ahora se entera?

—Déjelo, Fermín, no sé si intenta regalarme los oídos o insinuar que soy un pedazo de carne sin sensibilidad.

Hizo un gesto despreciativo con la mano y atacó con gula un pedacito de jamón. Luego, su rostro cambió de expresión mirando hacia la calle.

—Viene Chávez, el guardia de la entrada. No nos van a dejar acabar de comer tranquilos.

En efecto, el guardia de servicio entró en el local y se dirigió hacia mí.

—Inspectora, hay una llamada para usted. La ha recogido el subinspector Bonilla y dice que puede ser algo importante.

—Voy para allá —dije, masticando precipitadamente el último bocado.

Bebí mi cerveza de un trago.

—Coma tranquilo, Garzón, si es importante le aviso.

—A lo mejor el cardenal se ha quejado a la superioridad por su bufido de Hitler.

—Si se trata de eso, me van a oír.

Afortunadamente no era cuestión del cardenal. Ortega me había anotado un teléfono que pertenecía a una tal Ana Vidal, entre comillas «vecina de la urbanización "El Paradís"». Sorpresa, vuelco de corazón. ¿Un mes después del crimen surgía un testigo? La llamé.

—Sí, inspectora, soy Ana Vidal. Vivo en «Los Lirios». Se me ha ocurrido que puede haber algo importante con respecto a la noche de la muerte de Juan Luis Espinet. No me había acordado antes y...

—¿Está usted en su casa? Ahora mismo voy para allá.

—La esperaré.

Regresé a La Jarra y crucé un breve parlamento con Garzón. No deseaba que me acompañara al lugar del crimen, prefería que rematara los flecos de la historia Susana-Espinet.

—Los testigos que hablan después de haber permanecido mucho tiempo callados siempre dicen cosas sustanciosas —me recordó.

—Espero que así sea.

De camino a «El Paradís» me pregunté por qué iba siempre sola al lugar del crimen. Supuse que me gustaba encontrarme en aquel ambiente controlado y feliz donde los acontecimientos se sucedían dentro de un orden armónico, cerrado. Sin embargo, aquella visita hacía saltar chispas en mi mente. Intenté no depositar demasiada esperanza en lo que iba a oír. No era la primera vez que me encontraba con algo parecido, testigos que han percibido algún detalle y no se atreven a hablar en los momentos posteriores al crimen, bien porque piensan que lo que vieron no es suficientemente importante, bien por miedo a verse mezclados en algo tan desagradable como una investigación policial. Esta actitud no es en principio significativa de que haya existido voluntad culpable de ocultación. Más aún, por mucho que se empeñara Garzón, un testimonio tardío raramente aporta datos cruciales para el caso que se lleva entre manos.

Cuando me vio el guardia de seguridad diurno en seguida vino a saludarme con énfasis. Sin duda se sentía inmerso en una especie de compañerismo, porque me preguntó en plan cómplice:

—¿Qué, inspectora, avanzamos o no?

Comprendí que con términos tan voluntariosos se refería a la investigación, y decidí no aguar sus ínfulas de colega.

—Vamos avanzando. Con dificultad, pero avanzamos.

Se dio por contento con semejante respuesta e incluso me hizo un remedo de saludo militar que me causó vergüenza ajena. No sé cómo se me había ocurrido sospechar ni un segundo de aquel tipo. Para cometer un asesinato premeditado, incluso sólo como autor material, es preciso un mínimo de inteligencia, de la que aquel pseudocancerbero carecía por completo.

Ana Vidal, una madre de familia más en aquel paraíso de treintañeros. Discreta, bien vestida, serena y con ojos ligeramente redondeados por la curiosidad al observarme. Me invitó a pasar a «Los Lirios» y nos sentamos en el salón. Todas aquellas casas tenían algo en común, la decoración fundamentada en el gusto actual, los detalles cuidados... Sin embargo, cada una ostentaba con claridad la marca diferencial de sus propietarios. Ana Vidal y su marido, un arquitecto según me dijo, eran un parámetro claro de la modernidad minimalista: líneas rectas y duras, pocos muebles y colores austeros. A pesar de ello, al cruzar el jardín me había topado con los inevitables juguetes tradicionales esparcidos por la hierba. En ese punto todos los registros confluían, la familia con hijos pequeños seguía apuntando siempre en la misma dirección.

Ana Vidal no estaba inquieta, pero sí preocupada. La dejé explicarse sin ningún tipo de presiones.

—Sinceramente le diré que, tratándose de un asesinato, una no sabe qué es importante y qué no lo es. Nunca había vivido una cosa tan terrible desde tan cerca.

—Sé a qué se refiere.

—A lo mejor es una tontería lo que voy a contarle, de hecho es algo que ya había sucedido otras veces, pero...

Si hacía tantos circunloquios era porque había una persona implicada. El miedo a la delación es algo universal. No me equivoqué. Por fin acabó la interminable frase diciendo:

—Lo cierto es que más o menos a la hora en que mataron a Juan Luis Espinet vi pasar por los jardines a la señora Domènech en camisón.

—¿A las tres de la madrugada?

—Sobre las tres. Me había levantado de la cama porque mi hijo pequeño me pidió agua. Andaba un poco acatarrado esos días y tenía mucha sed. Antes de volver a dormir fui a dejar el vaso a la cocina, miré distraídamente por la ventana y entonces la vi.

—¿Dice que eso había sucedido otras veces?

—Sí. Incluso en una ocasión avisaron al señor Domènech para que saliera a buscarla. Era en pleno invierno y ella estaba sentada en un banco, vestida sólo con ropa de dormir. Supongo que ese hombre también está haciéndose mayor y le resulta difícil controlarla.

—¿Puede indicarme qué trayecto vio hacer a esa señora?

—La vi pasar por el camino principal, luego torció a la derecha.

—La piscina está en esa dirección.

Bajó la cabeza y se estrujó las manos con nerviosismo.

—Oiga, inspectora, no estoy diciendo que la señora Domènech haya matado a alguien. Me comprende, ¿verdad?

—Desde luego que la comprendo.

—Sólo le digo que la vi. Quizá debería haber avisado a su marido, pero me dio pereza, no puedo llamarlo de otra manera porque no sería verdad. De cualquier modo, ese hombre empieza por mandarte al infierno antes de cualquier conversación. Todo el mundo aquí lo sabe.

—Yo también lo sé. ¿No puede precisar a qué hora la vio pasar?

—Era una hora cercana a las tres. Miré el reloj de la cocina cuando entré, pero no consigo recordar si eran las dos y media o las tres en punto.

—¿Por qué no nos contó todo esto antes?

—No le di importancia, inspectora, de verdad. Ni siquiera lo relacioné con la muerte de Espinet, pero ayer... en fin, es una tontería, pero ayer, paseando con mi hijo pequeño por los jardines, oí que las asistentas estaban hablando entre ellas. La chacha de los Espinet, esa chica filipina, aseguraba que la señora Domènech dijo cosas extrañas la noche del crimen. Me puse a pensar y... en fin, no sé, todo es tan absurdo...

—Ha hecho bien en llamarme.

—¿Por qué, hay algún peligro?

—¿Peligro?

—Bien, si realmente la señora Domènech fue capaz de... quizá habría que tomar alguna medida de protección, hay tantos niños pequeños en «El Paradís»...

¡Naturalmente, aquélla era la auténtica razón por la que me había llamado, la defensa de la madre sobre la camada! El pequeño grupo familiar no debe verse amenazado bajo ninguna circunstancia. Pensé a toda prisa que era imprescindible evitar una caza de brujas hacia aquellos dos convecinos que escapaban a la norma.

—Ana, usted misma me ha dicho que haber visto a la señora Domènech no significa que ella esté implicada en este asunto. De todas formas, investigaremos y hablaremos con su marido para que extreme la vigilancia sobre ella. No es conveniente para una persona con problemas médicos pasearse libremente en plena noche. Para que se quede más tranquila le diré que nuestras pesquisas van en otra dirección más fiable de la que, obviamente, todavía no puedo hablar.

Esperaba haber salvado a la pobre vieja de una quema en la hoguera, aunque fuera mintiendo descaradamente. ¡Pesquisas en otra dirección!, más bien en la dirección del viento. ¿Una enferma de Alzheimer tiene la posibilidad de haber cometido un crimen? Y si así era, ¿su marido se había enterado? ¿Podía hablarse de complicidad por encubrimiento de los hechos?

Había llegado el momento de hablar seriamente con Domènech y, fuera cual fuera el resultado de la charla, buscar inmediata información sobre aquella enfermedad.

Estuve llamando a la puerta de «Las Adelfas» hasta que, tras un buen rato, apareció el rostro adusto de la sirvienta.

—Los señores no están. Se han marchado a Barcelona y hasta dentro de dos horas no volverán.

Pensé qué debía hacer. Dos horas era un plazo muy incómodo. Un intervalo demasiado corto para ir y volver de comisaría, y demasiado largo para pasear por aquellos jardines sin objetivo concreto. Tiempo perdido. De pronto recordé a Malena Puig. Si acudía a visitarla, me ofrecería su excelente café y podríamos charlar. En el fondo ya éramos incluso un poco amigas.

La puerta de «Los Ibiscus» tardó en abrirse también. Llegué a pensar que no había nadie en casa, pero cuando ya iba a marcharme apareció Malena en el quicio sonriendo con cordialidad.

—¡Inspectora, qué alegría!

Nadie me había recibido nunca así en el ejercicio de la profesión.

—¿Le parecería un abuso si le pido un café? Le aseguro que ya no vengo en comisión de servicio, sino como una visita particular; de manera que puede negarse.

—Lo pensaré. ¡Pase, por favor! He tardado tanto en abrir porque estaba arriba, en el estudio.

Abrió los brazos de par en par para mostrarme su atuendo. Llevaba un amplio mandil lleno de manchas de colores diversos.

—Estaba pintando.

—¡Vaya! ¿También sabe hacer las chapuzas del hogar?

Se echó a reír.

—Bueno, puede que lo que haga sean chapuzas, pero le aseguro que ésa no es mi intención. Pinto cuadros.

Me excusé. No se me había ocurrido que aquella abogada dedicada a su familia pudiera tener una vena artística. Me contó que pintaba por afición, aunque algunos de sus amigos le habían comprado cuadros e incluso en un par de ocasiones había llegado a exponer en muestras colectivas. Cuando le pregunté qué estilo practicaba se ofreció a enseñarme las pinturas.

Subimos al estudio. Ella, insistiendo sobre el carácter estrictamente amateur de su obra, y yo, silenciosamente convencida de que no sería necesaria semejante precisión. Sin embargo, me equivoqué. Carezco de conocimientos profundos sobre arte, pero alcanzo a percibir si lo que tengo delante posee una cierta calidad. Pues bien, me pareció que los cuadros de Malena Puig no estaban nada mal. Una sorpresa que llegó a la estupefacción a medida que iba observando las pinturas una a una. De aquella mujer dulce, extravertida, hogareña y maternal surgían imágenes de una tenebrosidad impensable, motivos pictóricos inquietantes de abrupta fuerza interior. Los temas eran exclusivamente paisajísticos, pero nada más alejado de cualquier bucolismo que aquellas praderas oscuras, como arrasadas por el fuego o la escarcha, o los ríos casi negros que se encajonaban entre piedras escarpadas, las casas desdibujadas y ruinosas que destacaban, solitarias, sobre la desolación del páramo.

—¡Caramba, Malena, tiene usted mucho talento!

—Gracias, pero creo que conozco mis límites.

—No, hasta donde yo alcanzo tiene usted talento, y también un mundo interior atormentado.

Soltó una carcajada divertida.

—¿Usted cree? ¡Me encanta que piense eso!

—¡Sí, sus cuadros no coinciden con su imagen externa!

—Quizá me libro de mis fantasmas pintando. ¿No es eso lo que decía Freud?

—No le tengo mucha simpatía a Freud; sólo la Iglesia católica ha fastidiado más a las mujeres que el psicoanálisis.

Rió con fuerza.

—Tiene usted un punto genial, inspectora. Puede que mi interior y mi exterior no le cuadren, pero le aseguro que a mí me pasa lo mismo con usted.

—Supongo que todo eso se debe a que tenemos una idea tópica la una de la otra.

—Eso será. Voy a decirle cómo creo que usted me ve y usted me confirmará si acierto. Bien, juraría que me ve como una ama de casa dócil, suficientemente agradable, fuerte ante las posibles contrariedades, meticulosa en sus quehaceres y consciente de la suerte que tiene por llevar una vida cómoda y feliz.

—Lleva razón, así es más o menos como la veo. Supongo que usted piensa que soy una policía dura, segura de sí misma, que ejerce su autoridad sin que le tiemble el pulso y hace gala de un cierto mal humor frente al mundo.

—No se ha alejado demasiado de la imagen que tengo. Es obvio que ambas nos equivocamos. Yo tengo mis días malos.

—Y yo mis días buenos.

Nos echamos a reír y nos miramos con simpatía declarada.

—Oiga, Petra, ¿qué le parece si vamos a la cocina y preparo uno de esos cafés sin los que la policía no puede vivir?

—Me parece de perlas.

En la amplia y luminosa cocina, con muebles de madera clara y cortinas con estampado floral, se perdía cualquier vestigio de la Malena del estudio. Los objetos domésticos de colores alegres: tazas, platos y servilletas, daban al espacio un aire sumamente acogedor que se completaba con el suave olorcillo a café. Imaginé, mientras la veía moverse con destreza, que sentarse a aquella mesa un domingo por la mañana y ver cómo tus hijos desayunaban con los rayos del sol entrando por la ventana debía de coincidir con el concepto que mucha gente tiene sobre la felicidad.

—¿Cómo va el caso, Petra? —preguntó de repente.

—Va con demasiada lentitud.

—Creí que todas las investigaciones eran lentas.

—Las hay más rápidas. Malena, ¿puedo preguntarle su impresión sobre algo?

—Adelante.

—Según Mateo Salvia no es impensable que Juan Luis fuera un hombre infiel en su matrimonio.

—¿Eso le ha dicho?

—Hablaba de su propia impresión, nada concreto.

Se sentó frente a mí y empezó a servir el café en silencio. Cortó un bizcocho en pequeñas porciones. Estaba reflexionando, quizá sobre si debía hablar o callarse.

—Yo también he tenido esa misma impresión alguna vez.

—¿Qué le indujo a pensar algo así?

—No sé, entre nosotros nunca han abundado las confidencias. Supongo que ése ha sido el secreto para conservar la amistad durante tantos años. Pero a veces, pensando... Inés es buena, muy guapa, aunque tan infantil... me pregunto hasta qué punto una mujer así es capaz de centrar la atención de un marido como Juan Luis, brillante, apuesto, inteligente... En alguna ocasión, Inés se quejaba de que él volvía siempre tarde, de que cada día trabajaba más... yo llegué a maliciar que estuviera engañándola. Pero son sólo conjeturas, Petra. En realidad es cierto que trabajaba un montón. Mi propio marido se lo puede confirmar.

—¿Cree que podría confirmarme algo más?

—¿Qué quiere decir?

—Juan Luis y Jordi tenían una relación muy estrecha; no sólo eran amigos sino socios. A lo mejor su marido no quiere enturbiar la imagen póstuma de Espinet contándonos sus devaneos amorosos, pero si hablara usted con él, si pudiera convencerlo de lo importante que es saberlo todo sobre la víctima... usted debe de tener influencia sobre Jordi.

—¿Es tan importante?

—Me temo que sí. No lo hemos hecho público, pero en el cadáver de Juan Luis la autopsia reveló un arañazo en la espalda, probablemente causado por las uñas de una mujer, quizá en un éxtasis erótico. Inés dice no saber nada de esa marca.

La recorrió un evidente escalofrío. Se mordisqueó la mano.

—Perdone, pero oír algo así me devuelve a la realidad y, en fin, es algo terrible que estoy intentando olvidar.

—Lo comprendo.

Se recompuso bebiendo unos sorbos de café.

—Lo haré. Hablaré con Jordi esta misma noche. Lo convenceré de que si sabe algo tiene que llamarla en seguida.

—Se lo agradezco.

La emoción seguía embargándola. Tenía la mirada fija en la mesa. Con aquel mandil, el pelo revuelto y las manos manchadas de pintura parecía una quinceañera. De pronto se arrancó con mal humor:

—¡Vaya mierda! ¡Todos éramos tan felices! ¿Por qué ha tenido que pasar algo así, por qué?

—Consuélese. En la vida pasan cosas terribles continuamente. A veces pienso que en eso consiste la vida, en ir sorteando el montón de infelicidades que se nos vienen encima. Tiene suerte de que la suya se mantenga en paz.

—No me diga eso, desde que pasó lo de Juan Luis me siento culpable con mi tranquilidad familiar. Es la sensación que he tenido siempre, pero ahora mucho más acentuada. Siempre me ha parecido que tenía más suerte que los demás.

—¿Por qué?

—No sé, tonterías. Pensaba que Inés y Juan Luis tenían el inconveniente de la inmadurez de ella, que Rosa y Mateo arrastraban el problema de los hijos, mientras que Jordi y yo disfrutábamos de todas las ventajas. Los dos somos bastante razonables, las cosas nos van bien, tenemos tres niños preciosos y además…

Procuré interrumpirla con la mínima brusquedad.

—Perdone, no entiendo, ¿Rosa y Mateo tienen un problema con los hijos?

—Sí, no pueden tenerlos.

—Cuando hablé con Rosa me comentó la ventaja que había supuesto no tener hijos para su carrera profesional. Lo interpreté como algo voluntario.

—No, lo interpretó mal. Es cierto que ella suele reaccionar así, quitándole toda importancia y viéndolo como positivo, pero la verdad es que se ha sometido a varios tratamientos para quedar embarazada. Parece ser que la razón médica de la infertilidad está en Mateo y no en ella; pero ninguno de los dos quiere inseminación artificial ni mucho menos recurrir a la adopción.

La llamaron por teléfono. Me levanté. No sabía qué hora era, pero era consciente de haber permanecido demasiado tiempo allí. En cuanto ella acabó una breve conversación me despedí y me marché. Miré el reloj. Las dos horas de mi plazo habían pasado, muy rápidamente además. No sólo había disfrutado de la compañía de aquella agradable mujer, sino que no había perdido en absoluto el tiempo. Las revelaciones casi accidentales que me había hecho Malena durante nuestro diálogo no caían en saco roto, sino que me proporcionaban interesante información sobre el marco que envolvía a aquellas familias. Puede que carecieran de trascendencia en sí mismas, pero abrían resquicios por los que mirar en aquel recinto tan amurallado por la discreción.

Todo aquel bagaje positivo adquirido en «Los Ibiscus» contrastó claramente con la negatividad que demostraron otras especies florales. De hecho, el bufido que recibí en «Las Adelfas» fue más propio de cardos que de flores. Lo primero que me soltó Domènech en cuanto me echó la vista encima no admitía ninguna duda:

—¿Trae usted una orden judicial?

—Sólo quiero hacerle unas preguntas.

—No sin orden judicial.

—¡No sea absurdo, Domènech! ¡Si le traigo una orden judicial, su mujer tendrá que ir a declarar a comisaría!

Perdió fuelle de golpe. Lo reconsideró. Me taladró con mirada severa.

—¿Qué quiere saber?

—Quiero que me permita pasar y hablar con usted civilizadamente.

No teníamos obviamente el mismo modelo de civilización, porque me franqueó el paso con el ademán adusto de un general de caballería y me señaló una silla allí mismo, en el hall.

—Siéntese si quiere.

Me senté sacando paciencia del último de los rincones de mi alma, no demasiado rica en esa materia. En semejantes circunstancias se imponía ir al grano.

—Un testigo ha declarado que vio a su esposa paseándose por la urbanización un rato antes de que asesinaran a Espinet.

—¡Cafres, cabrones, gente sin corazón ni sentimientos! ¡Me equivoqué pensando que en este lugar estaríamos bien! ¿Qué les ha hecho mi pobre mujer? ¡Nada, salvo ser una enferma!

—¿Quiere tranquilizarse, por favor? ¡Está perdiendo los estribos!

—¿Cree que no me he enterado de que la llaman «la loca», que no veo cómo la miran cuando salimos a pasear?

—Nadie está acusando de nada a su esposa. Le recuerdo que lo que estamos investigando es un caso de asesinato. Deje de gritar y conteste a mis preguntas, señor Domènech, o de lo contrario le haré llegar una citación oficial.

Había roto el tono crispado de la conversación con mi modo de hablar sereno, seco, amenazante. El anciano calló de pronto y se derrumbó sobre una silla. Había poca luz en el hall, pero me pareció vislumbrar que estaba llorando. Le puse una mano en el hombro arriesgándome a que me la mordiera.

—Señor Domènech, ¿qué le ocurre, se encuentra mal?

Lloraba, lloraba calladamente sin molestarse en disimularlo. Me quedé a la espera, sin saber qué hacer. Por fin, de la penumbra salió una voz lastrada por la amargura.

—Inspectora, habla usted con un hombre abatido, vencido. ¿Tiene la más remota idea de lo que significa vivir con alguien que padece Alzheimer, alguien a quien has amado toda la vida?

—Sé que esto es muy duro para usted, pero debe comprenderme, han matado a un hombre, y es preciso que sepamos con toda certeza que no fue su esposa quien lo hizo.

—Soy consciente de que debería controlarla más, contratar a más personal para que la vigilara durante la noche, hacer más cosas de cara a la seguridad, pero me niego a convertir mi casa en una prisión llena de cerrojos, centinelas, alarmas... Mi mujer no puede ser autora de ningún crimen, créame.

—¿Notó algo en ella esa noche, vio alguna mancha o destrozo en el camisón que llevaba puesto?

—¡No, no! Incluso atormentado por esa posibilidad le pregunté a nuestra criada y la respuesta es: no. ¿Quiere verla otra vez, convencerse por sí misma de que resulta impensable lo que dice?

Asentí con gravedad. Aquel hombre parecía sincero, si bien la desesperación siempre proporciona a las palabras tintes de veracidad. Intuía que no serviría de nada volver a ver a aquella mujer, pero necesitaba estar bien segura.

Llegamos a la sala y allí estaba la dama, bien vestida, bien peinada, tranquila, reclinada con elegancia sobre el respaldo del sofá. Nos miró vagamente. En el fondo de sus ojos estaba la clave para reconocer que era diferente de los demás. Su mirada no era incongruente o perdida, sino inocente, nueva, incontaminada, sin la experiencia o el escepticismo de una persona de su edad. Domènech la besó en la frente.

—Mira, querida, la inspectora Delicado ha venido a verte otra vez para saber cómo te encuentras.

Me sonrió de manera ausente. Se volvió hacia su marido.

—¿Vamos ahora a Barcelona?

—No, pero si de Barcelona acabamos de volver. Lo hemos pasado bien, ¿verdad? Dile a la inspectora qué hemos hecho.

—Bailar.

Domènech rió con tristeza y le besó la mano.

—No, bailar, no. Hemos ido al médico y a tomar chocolate y melindros en una granja de la calle Petritxol. ¿Es verdad o no?

—Sí.

Me miró ilusionada. Era una criatura de corta edad, y así la trataba su marido, como a una hija llena de bondad e indefensión.

—¿Quiere preguntarle algo, inspectora?

Me percataba de la gratuidad de un interrogatorio, pero no podía resistir la tentación de intentarlo de nuevo por última vez. Puse mi cara a la altura de la suya, procuré que fijara la vista en mí.

—Señora Domènech, ¿recuerda la noche en que salió a pasear por el jardín de la urbanización?

No respondió, pero apartó los ojos y se puso a mirar hacia la ventana.

—¿Lo recuerda, señora Domènech? No hace mucho de eso. ¿Recuerda si esa noche vio a su vecino Juan Luis Espinet, si caminó usted en dirección a la piscina, si estuvo allí en algún momento de la noche?

Mis preguntas quedaban flotando en el aire como inútiles jirones de humo. El marido guardaba un silencio respetuoso. Empecé a sentirme violenta ante mi propia estupidez, ante el abuso que suponía mi permanencia en aquella habitación. Sin embargo, un momento después el rostro de la mujer se contrajo en pliegues de tristeza. Se levantó y fue hasta la ventana, absorta y mecánica. La seguí con el corazón encogido por la tensión. Se demoró un momento mirando el jardín y luego, con voz clara y casi infantil, dijo:

—¿Adónde vas, pajarito, quién eres tú?

Quedamos en suspenso, mudos de sorpresa. Me lancé sobre ella y cogiéndola por el brazo inquirí con vehemencia:

—¿Qué significa esa frase, qué vio usted esa noche, a quién vio?

Presa de un pánico súbito, miró en todas direcciones y al descubrir a su esposo corrió a refugiarse en sus brazos. Domènech la protegió, le dio besos en las mejillas.

—Tranquila, tranquila, estoy aquí. Ahora escucharemos música durante un rato. Ven, siéntate.

Se acercó a una cadena de alta fidelidad que había en un rincón de la sala y colocó un compacto. Sonó una melodía de country americano, banjo y guitarra punteando un ritmo animado y saltarín. Pareció relajarse de pronto. El hombre llamó a la asistenta y cuando ésta llegó me hizo salir de la sala.

—No puede forzarla así, inspectora.

—Pero ¿no se da cuenta? Ella ha recordado, ¡algo vio esa noche! Y el recuerdo de lo que vio ha conseguido asustarla. ¡Debemos desentrañar qué hay tras esa frase que repite todo el tiempo!

—¡Es inútil, inspectora, inútil, su mente no funciona

como la de los demás! ¿Qué quiere hacer, abrirle la cabeza para saber qué tiene dentro?

—¡Lo único que quiero es saber lo que vio, porque estoy segura de que vio algo importante, algo crucial! También estoy segura de que sólo usted podría hacerla decir qué fue.

—Inspectora Delicado, se lo ruego...

—¡No, se lo ruego yo a usted! Intente averiguarlo, usted sabrá cuándo es el momento adecuado, cuál el método ideal para que hable. Usted puede conversar con ella cuando la vea tranquila, o lúcida, o con capacidad de recordar. Se lo suplico, señor Domènech, inténtelo. Se trata de atrapar a un asesino que anda suelto.

—Lo intentaré, lo intentaré.

—¿Me da su palabra?

—¡Se la doy, de acuerdo, sí!

Estaba nervioso ya, urgido por el deseo de verme desaparecer. Prácticamente me empujaba hacia la salida. Su promesa no era fiable en absoluto. ¿Pero qué podía hacer para comprometerlo, cogerlo por el cuello y obligarlo a cumplir algo que dependía de su voluntad última?

Salí a los jardines soleados con un terrible sentimiento de frustración. Le pegué una patada a un guijarro. ¡Mierda! Puede que yo fuera un prodigio de insensibilidad, que no me apiadara de aquel cuadro matrimonial patético, pero ¡coño!, no me dedicaba a la asistencia social ni trabajaba en una ONG, sino que era policía y andaba tras una pista importante. No lograba quitarme de encima la impresión, clarísima esta vez, de que estaba rozando con la mano la solución del crimen sin poderla coger. Un suplicio terrible.

Entré en el coche y cerré bruscamente la portezuela. Entonces advertí que el habitual grupo de chachas me observaba con curiosidad. Allí se encontraba aquella boba de Lali, que aprovecharía el haberme visto salir de «Las Adelfas» para seguir con su absurdo cotilleo sobre «la señora loca». No, sinceramente no creía que aquella pobre mujer se hubiera cargado a alguien. Lo único indudable es que había sido testigo de algún hecho extraño, quién sabía si del propio asesinato. Un testigo mudo e inabordable.

Conduje a toda velocidad hacia comisaría con aquella ridícula y pueril pregunta martilleándome las sienes: «¿Adónde vas, pajarito, quién eres tú?»

Sentarme a la mesa y blandir el teléfono fue casi la misma acción. Marqué el número de Pura, nuestra documentalista, tarea que tiempo atrás había desempeñado yo.

—¿El mal de Alzheimer, Petra? ¡Qué difícil me lo pones! Dudo que en nuestros archivos encuentre algo sobre ese tema. Pero si me dejas hacer un par de llamadas, puedo conseguirte información.

Debía reconocer que Pura tenía mucha más paciencia que yo cuando trabajaba en su departamento. Si alguien se hubiera descolgado preguntándome por un problema tan lejano a la práctica policial, lo más probable habría sido que lo enviara a documentarse al infierno.

Respiré profundamente y miré por primera vez a mi alrededor. Cartas, informes sin terminar, la inevitable convocatoria para la reunión papal y un aviso de llamada externa. Lo leí y me desesperé. Concepción Enárquez me daba un número de teléfono móvil y me pedía que contactara con ella lo antes posible. ¡Maldición!

Creía haberme librado de aquel compromiso y lo único que había conseguido era cargar el peso directamente sobre mis espaldas. ¡Pues estaba yo como para líos de pantalones!

En ese instante, oportuno para mí, inoportuno para él, Garzón traspasó la puerta de mi despacho.

—¡Hombre, Fermín, a usted quería verle!

Llevaba su espantosa gabardina color mostaza en la mano. Antes de decir ni una sola palabra, la lanzó bruscamente sobre el perchero y lo derribó.

—¡Pero coño, ¿qué hace?!

Se dejó caer como un fardo sobre la silla.

—¡No me hable, inspectora, por favor!

Estaba descompuesto, pálido, serio, furioso.

—Si no quiere que le hable, ¿por qué viene a verme?

—No lo sé, ¿me ha entendido? ¡No lo sé!

Empecé a preocuparme. ¿A qué se debía semejante explosión? ¿Un ataque en toda regla de las Enárquez?

—¿Puede decirme qué ha ocurrido, Garzón?

—Ha ocurrido lo que estaba cantado que iba a ocurrir y no debería haber ocurrido nunca.

Dudaba de si sería capaz de aguantar un solo enigma más en aquel mismo día. Hundido, con la cabeza baja y apoyada entre las manos, se explicó con un tono arrastrado:

—Han matado a un muchacho del clan de los Carmona. Sin duda, la venganza de los Ortega se ha consumado.

—¡Joder!

—Se lo dije, ¿no es cierto?, le dije que este tipo de casos se complicaba y llegaba a ser imposible de resolver.

—Me lo dijo, sí. Y ahora ¿qué va a hacer?

—De entrada, meterlos a todos en la puta cárcel.

—Los periodistas lo colgarán del palo mayor. Sabe perfectamente que no puede hacer eso por las buenas.

—De acuerdo, pues que al día siguiente los saque el juez, pero de momento van a quedarse enchironados para que respeten la ley al menos una vez en su vida.

Se levantó sin más comentarios y salió. Su gabardina quedó en el suelo, junto al perchero caído. La recogí y enderecé el armatoste. No se me pasó por la cabeza ir tras el subinspector para hacerlo razonar. Cuando se ponía así, muy de vez en cuando, era como un búfalo enfebrecido dispuesto a trotar por la pradera arrasándolo todo a su paso. Comprendía además su arrebato de furia e impotencia. Las crónicas de muertes anunciadas que se hacen realidad ante tus propios ojos suelen sentar muy mal.

Me quedé trabajando en papeleos toda la tarde, asistí a la reunión del papa, de la que naturalmente faltaba Garzón, y decidí largarme pronto a casa. La encontré helada y conecté la calefacción. Eran los primeros fríos. Me puse un tremendo jersey que compré en Londres hace veinte años y que todavía conservo para los momentos más de depresión que de frío. Su calidez me abraza y reconforta como una madre. Cuando acaba su cometido lo devuelvo al armario y me olvido de su existencia, cosa que raramente puede hacerse con una madre. Me serví un whisky con hielo y puse música de Bach, que siempre relaja. Con ese ritual tan propio de la civilización occidental me creía lo suficientemente a salvo de contingencias como para pasar una velada tranquila. Pero me había olvidado de mi conciencia y del sentimiento de culpabilidad. Quedaba pendiente el recado de Concepción Enárquez reverberando molestamente desde mi mente. ¿Debía llamarla? No tenía ninguna obligación, aunque... ¿y si cualquiera de las dos hermanas había telefoneado a Garzón en algún momento de su magno cabreo con la consiguiente reacción por su parte? Sentía cierta predisposición a enmendar los errores del subinspector, síntoma de alguna enfermedad que debía cuidarme, así que la llamé.

Quería hablar conmigo y quedamos para desayunar juntas al día siguiente en una lujosa cafetería de la avenida Diagonal, donde ella me dijo que solían hacerlo cotidianamente.

¡Ah!, pensé, Garzón estaba desaprovechando la oportunidad de pasar una vejez cómoda y tranquila. Casado con una Enárquez, desayunaría todas las mañanas en la Diagonal, tendría un auténtico hogar y estaría cuidado a cuerpo de rey. Pero defendía su soltería como un león. ¿En aras de qué? De una poco espléndida jubilación y jornadas enteras de soledad. Pero no sería yo quien le señalara a mi compañero dónde estaban las claves del futuro. Allá él. Escucharía lo que aquella mujer tuviera que decirme y me libraría de ella con mi mejor *savoir-faire.*

Me sumergí una vez más en Bach, y el efecto terapéutico de la música fue tan intenso que hasta pude leer un libro sin que ningún ruido, mundanal o metafísico, volviera a interferir.

CAPÍTULO CINCO

Aquella mañana descubrí que, mientras algunos mortales pasábamos la vida escarbando entre miserias humanas, otros se hallaban instalados en la completa felicidad. ¿De qué otro modo podía interpretarse el cuadro que contemplé en la cafetería de la avenida Diagonal donde había quedado citada con Concepción Enárquez? Sólo entrar en el recinto, un aroma gratísimo me embriagó: café, bollos recién hechos, suave tabaco rubio y un destilado conjunto de perfumes caros. Era como meterse en una mullida cama con sábanas de seda. También las sensaciones auditivas remitían al confort: murmullos, alguna risa ahogada y discreta música ambiental. Nada que ver con los garitos que frecuentábamos Garzón y yo, siempre llenos de humazo, emanaciones de aceite frito, ruido de máquinas tragaperras, estrépito de platos dejados caer y aparato de televisión a toda caña.

Las tartas, pastas y repostería se alineaban como joyas en los anaqueles, y el apartado de charcutería mostraba apetitosas ensaladas y delicados rosbifs. Sin embargo, donde residía la quintaesencia de la dicha era en la propia clientela. Mujeres. Casi todo mujeres de bastante edad reunidas en grupos gozosos que hablaban de sus cosas con animación. Eran sólo las nueve de la mañana y aquellas damas habían encontrado tiempo para vestirse con elegancia, peinarse cuidadosamente, ponerse un toque de rímel en las pestañas y encontrarse con sus amigas para un desayuno selecto. Si aquello no era el colmo de la sofisticación, le faltaba muy poco.

Acorde con el decorado, Concepción me hizo señas desde una mesa, acicalada con elegancia y discreción. Nos saludamos como viejas amigas y ella en seguida pidió para mí una serie de pequeñas delicatessen dulces y un café bien cargado. Si Garzón renunciaba al matrimonio con una de las dos, ¿no podrían al menos adoptarme a mí? Me relajé, superar aquella situación iba a ser más fácil de lo que había imaginado. La escucharía con educada atención, le daría dos o tres consejos bien apegados a lo tradicional y desayunaría sin preocuparme por nada. ¡Al diablo con el complejo de culpa que no me correspondía sentir!

Concepción no entró en materia hasta que la mesa estuvo surtida. Luego, mientras yo acometía los escogidos bocados sin piedad, ella se lanzó de lleno sobre el objeto de la cita.

—Inspectora —comenzó—, yo soy una mujer viuda que ya ha experimentado las delicias y los sinsabores que el contacto con los hombres puede ofrecer.

Confieso que aquel párrafo inicial, tan bien ensayado y tan rememorativo, me causó bastante inquietud. ¿Hasta qué época pensaba remontarse en su parlamento? ¿Era aquel coloquio sólo un modo de aligerar sus frustraciones, si es que las tenía, o pensaba endosarme su historia sentimental completa?

—Pero ése no es el caso de mi hermana, soltera como usted sabe. Ella es inexperta y sentimental.

Decidí ejercer de abogada de Garzón antes incluso de que su nombre saliera a relucir:

—Fermín me dijo que había entablado con ella una relación de sincera amistad.

—Fue algo más —dijo con firmeza la hermosa viuda.

Era el momento de soltar mi perorata bien preparada:

—Verá, Concepción, cuando se llega a una cierta edad y en una profesión tan dura como la nuestra, el concepto de amor se ve asediado por un montón de inconvenientes de los que no es fácil librarse. La simpatía natural de mi compañero, su manera cariñosa de tratar a la gente...

Me interrumpió con un gesto tajante de su mano enjoyada.

—Le estoy hablando de sexo.

La porción de magdalena que tenía en la boca casi se me atragantó. ¿Sexo? En cuanto tuviera delante al falso de Garzón lo agarraría por el cuello y apretaría con toda la fuerza de la que fuera capaz.

—Petra, puede parecerle a usted ridículo lo que voy a decirle considerando que mi hermana tiene más de cincuenta años. No hace falta que le cuente las ideas en las que fuimos educadas las mujeres de mi generación. Bien, el caso es que Emilia era virgen.

Procuraba a duras penas que el estupor que empezaba a invadirme no dejara secuelas en mi rostro. Mastiqué sin paladear ya el sabor. Ella siguió hablando, implacable:

—Después de nuestras vacaciones en Mallorca y de

haber conocido a Fermín Garzón ya no lo es. ¿Necesita que me exprese con más claridad?

—No —musité casi en una súplica.

—Por eso debe comprender que la actitud que tiene ahora su compañero hacia nosotras hiere mucho a la pobre Emilia.

—¿Qué actitud? —pregunté, al borde del horror.

—¡Nos rehúye como si fuéramos apestadas! ¡Desde que volvimos de Mallorca corre como un gamo en cuanto intentamos el más mínimo acercamiento!

—Concepción, ¿ha pensado usted que Fermín, acostumbrado a la soledad, puede sentirse algo acobardado ante la idea de un compromiso?

—¿Compromiso, quién está hablando de compromiso?

—Él temía que Emilia se hubiera hecho ilusiones de matrimonio.

—¡Pero bueno, este hombre es aún más anticuado que nosotras! No creo que a mi hermana se le haya pasado por la imaginación semejante idea.

—¿Entonces?

—Me sorprende, Petra, pero ¿es que salen ustedes de la prehistoria? Emilia se siente muy feliz habiendo accedido al sexo libre y amistoso. Era algo que siempre le había hecho ilusión, aunque claro, le habría gustado una cierta continuidad, ya que con Fermín las cosas parecían ser tan fáciles… en cualquier caso lo que resulta absurdo y ofensivo es que la rechace de pronto como si no la valorara lo más mínimo.

—Lleva usted razón.

—La he hecho venir para pedirle que hable con él, para que le haga ver que cualquier idea falsa que se haya formado no es más que eso, una idea falsa. Pídale que la llame y tome una copa con ella del modo más natural.

—Lo haré, hablaré con él.

—Si aún persiste en la huida o el miedo, ruéguele que hable con mi hermana, que se despida definitivamente de ella, pero dándole alguna explicación, asegurándole que ha sido maravilloso conocerla o algo así. Estoy convencida de que se quedará más tranquila.

—No, si persiste en hacer el gilipollas lo que haré será romperle la cara de un puñetazo.

—¡Caramba, inspectora!

—Perdóneme, pero es que no soporto la cobardía ni la pequeñez moral.

—No llevemos las cosas más allá de lo estrictamente necesario.

¿Cómo que no?, ¡oh, Dios!, nunca le perdonaría al subinspector que me hubiera obligado a hacer el ridículo de aquella manera. ¡El muy cínico, ligón de playa, hortera en vacaciones, donjuán de verano! ¡Ah, lo habría machacado sin compasión!

Acordé llamar por teléfono a la amable viuda para darle noticia de mis conversaciones diplomáticas y salí de aquel oasis de lujo de vuelta a mi cotidiana cutrez.

Sobre la mesa del despacho, Pura había dejado una extensa información sobre la enfermedad de Alzheimer: un libro de tipo divulgativo escrito por un médico americano, varios folios con datos estadísticos y la dirección de un par de especialistas en el mal. Tomé el libro y leí al azar: «El enfermo de Alzheimer camina en todas direcciones, tropieza con los muebles, descoloca las sillas. Por la noche se pierde entre su habitación y el cuarto de baño. Si se le deja solo, puede abrir el frigorífico y comer sin control.»

Más abajo había una serie de ilustraciones que mostraban los objetos que nunca debían dejarse al alcance de un enfermo: un enchufe eléctrico, un cuchillo, medicamentos y, muy en la lógica y las circunstancias americanas, una pistola.

Bien, todo aquello justificaba perfectamente el perenne mal humor del señor Domènech, pero no aportaba gran cosa a nuestra investigación. Busqué entre aquellas páginas algo más contundente. En el índice había un apartado que rezaba: «Memoria.» Acudí inmediatamente allí: «En el estadio medio de la enfermedad, el sujeto ve alterada su memoria reciente. No se acuerda de lo que acaba de comer. Sin embargo, conserva la memoria emocional de lo que le ha impresionado.»

Leí después en «Comunicación»: «La comunicación se hace lenta, el vocabulario se empobrece. Repite siempre las mismas frases.»

Todos aquellos síntomas había podido percibirlos yo misma en el comportamiento de la señora Domènech. De pronto, algo me llamó vivamente la atención: «Agresividad: El enfermo de Alzheimer puede reaccionar de modo violento. A menudo pierde el sentido de la realidad y cree ver una amenaza o un peligro donde no existen. Si ve a un extraño, puede llegar a creer que éste quiere pegarle. El mejor consejo si usted se ve agredido es procurar mantenerse alejado de él de modo que pueda verle. Su agresividad se calmará poco a poco y olvidará el motivo de su ataque.»

¡Santo Dios!, ¿había minimizado las posibilidades reales de que aquella pobre mujer fuera la asesina? ¿Quizá fue eso lo que ocurrió? La señora Domènech se levantó en mitad de la noche y salió al jardín, por donde empezó a pasear. Entonces se encontró casualmente con Espinet, le atribuyó una amenaza inconcreta y lo atacó. Pero en ese caso, ¿qué hacía Espinet en el borde de la piscina mirando al agua?, ¿dónde estaba el objeto contundente con el que había sido asesinado?, ¿era una simple piedra que había utilizado la mujer al azar?, ¿qué había hecho con ella entonces? ¿Y la verja cortada y la pisada en el suelo, un ladrón casual que huyó? ¡Preguntas, preguntas y preguntas, era lo único que aparecía cada vez que se intentaba dar un paso en alguna dirección! Me había mantenido bastante entera hasta aquel momento, pero aquel jodido caso empezaba a quebrantarme seriamente.

De cualquier modo, aunque las piezas no casaran en su totalidad, lo que había leído me infundía suficientes sospechas como para ordenar un registro en casa de los Domènech. ¡Quién sabía si el objeto homicida se hallaba escondido en algún lugar de la casa! Llamé al juez García Mouriños para pedirle una orden.

—¡Petra, hace días que no me pasa informes de ese caso!

—Esta misma tarde lo haré. ¿Me mandará la orden?

—Ahora mismo. ¿Quiere que vayamos a ver una película? Hacen una de acción que no está mal.

—¿Pura dinamita?

—No sé si lo suficiente para una mujer tan pendenciera como usted.

—¡Por un perro que maté...!

—Procure no matar más, no siempre estaré yo allí para salvarla.

—¡Vaya!, ¿cómo se llama la película que va a ver, *El salvador de las damas*?

—Petra, un policía no debe cachondearse nunca de un juez.

—¡Hasta luego, juez, recuerde un par de llaves de judo para contármelas después!

Oí su risa campanuda al colgar. En ese mismo momento, cuando mis labios esbozaban una mínima sonrisa burlona, entró Garzón en mi despacho. En un primer momento no supe qué actitud tomar, dudaba entre dejarlo que se explayara o saltar como una pantera salvaje sobre él. Elegí la primera opción sin descartar la segunda. Jugar ligeramente con la presa antes de seccionarle la yugular me proporcionaría más placer.

Venía hecho un eccehomo, pálido, despeinado, desencajado y sin afeitar. Se dejó caer sobre la silla como un saco de algarrobas. Me miró con cara de víctima, resopló. Al parecer se disponía a montarme el numerito del hombre extenuado por el trabajo y la adversidad.

—¿Sabe de dónde vengo, inspectora?

—No, no se me ocurre.

—He pasado toda la noche interrogando a los Carmona y a los Ortega antes de que los soltara el juez.

—¿Y el resultado?

—Usted misma puede verlo: no he dormido, no he comido, me duelen las piernas, los riñones y tengo la cabeza a punto de estallar. ¿Y para qué?, para nada. Ni Dios quiere hablar. Nadie ha visto nada, ni oído nada… otro muerto fantasma, suma y sigue.

—¡Vaya, qué contrariedad! Si está tan hecho polvo, quizá sería necesario que tomara otras vacaciones.

Mi tono irónico y tenso le hizo olvidarse de su cuidada representación. Se puso en guardia inmediatamente. Yo continué el acoso sin atisbos de misericordia.

—¿Mallorca le parece un buen destino para un nuevo descanso, o acaso no le apetecería ir solo?

—Inspectora, ¿puede decirme adónde quiere ir a parar?

—¡Conque sólo mantuvo una sincera amistad con las hermanas Enárquez, ¿eh?!

—¡Inspectora!

—¿Y qué me dice de la seducción de Emilia, por qué me lo ocultó?

—¡Inspectora!

—¡Deje de repetir mi cargo como si fuera lo único que sabe decir! ¡Me ha hecho hacer el ridículo! ¡Garzón, por Dios!, ¿dónde tiene la cabeza? ¡A quién se le ocurre seducir a una virgen de más de cincuenta años!

Se llevó las manos a las sienes y se masajeó las guedejas en señal de total abatimiento.

—¡Joder! —exclamó con más mansedumbre que ira—. ¡Por un miserable polvo que se me ocurre echar va a enterarse hasta el ministro del Interior!

—Es usted exageradamente basto.

—¿Ha hablado con ellas?

—Me llamó Concepción.

—¿Y qué quería?

—Desde luego, no que se case con su hermana, ni que repare su honor ni ninguna de esas zarandajas calderonianas que sólo están en su mente culpable. Únicamente quiere que se comporte como una persona normal, que salga con ella de vez en cuando si le apetece, y si no, que tengan una conversación razonable y le explique sus porqués. En fin, lo que suele hacerse entre gente civilizada y con sensibilidad.

—Lleva razón, lo reconozco, lleva razón. Supongo que

me asusté, pero ¿sabe usted la impresión que produce encontrarse con una mujer virgen a esa edad? Fue como…

—Ahórreme detalles, se lo suplico. Ya he hecho de celestina más de lo que debería. Sólo asegúreme que la llamará, no entra en mis planes hacer de consejera sentimental de señoras maduras ni un minuto más.

—Lo haré, se lo prometo.

—De acuerdo.

—¿Puedo irme a dormir?

—Ni hablar. Escríbame un informe sobre todo lo nuevo en el caso Espinet. Yo lo haré sobre las novedades que tengo por mi parte y luego se lo pasaré. A eso se le llama colaboración, ¿no?

Asintió, vencido y contrito. Verlo salir en aquel estado me inspiró cierta conmiseración. No hay nada como sumir a alguien en la miseria para compadecerlo sinceramente después.

Unas horas más tarde de producirse esta conversación llegaba la orden de registro firmada por García Mouriños. Podíamos irrumpir en casa de los Domènech y buscar la supuesta arma asesina. Llamé a Garzón para que me ayudara a hacer los preparativos. Necesitaríamos gente experta de cara a practicar un registro minucioso y también a alguno de nuestros psicólogos policiales que hablara con «la mujer loca» pertrechado de conocimientos profesionales de los que nosotros carecíamos.

Cuando todo estuvo listo, no sin protestas por parte del comisario, que empezaba a impacientarse por nuestra falta de resultados, partimos en diversos coches hacia «El Paradís». Allí iba la caravana implacable de la ley en busca aparatosa de una pobre enferma. Me sentía tan íntimamente mal que decidí estar ausente durante el registro. No podría haber soportado que los ojos del señor Domènech se cruzaran con los míos. Garzón, que iba a mi lado acarreando su mortal cansancio, se mostró partidario durante el trayecto de interrogarlo de nuevo. Fue inútil asegurarle que ya lo había hecho yo a conciencia, quería forzarlo un poco, aprovechar el desconcierto que le provocaría un registro inesperado. La lógica y frialdad de su mente proporcionaron cierto orden a la mía, transitada por culpabilidades y fantasmas. Según el subinspector, si la señora Domènech se había cargado a Espinet, su marido debía de estar necesariamente al tanto. No era verosímil que la enferma hubiera salido en plena noche, atacado al abogado y sin manchas de sangre ni rastro alguno hubiera vuelto con docilidad a la cama. De haber existido agresión, Domènech habría hallado las pruebas.

—¿Por qué lo ocultó, entonces? —le pregunté a Garzón como si él tuviera la respuesta de todas las cosas.

—Supongo que quiere librarla de un hospital psiquiátrico o algo por el estilo, pero si no es por motivos altruistas, tiene buenas razones para callar. ¿O es que piensa que su amigo el juez no iba a acusarle de negligencia, conducta peligrosa o cualquier putada jurídica por el estilo?

Llevaba razón. Como de costumbre, el subinspector me hacía descender justo los dos peldaños que suelen separarme de la realidad más común. Me sentí reconfortada pensando que el empresario jubilado y sufriente esposo podía ser cómplice. A pesar de ello le recomendé:

—No sea demasiado severo con él.

—Déjelo en mis manos, no se preocupe. Y eso que

con el agotamiento que llevo encima, no creo estar en mi mejor momento.

—Anímese, otros lo pasan peor.

—Sí, las brigadas nocturnas del Bronx.

Una vez en «El Paradís» los dejé a todos frente a «Las Adelfas» y me marché a dar una vuelta a pie. Para tranquilizar mi conciencia agitada me repetía a mí misma que para mis compañeros sería más fácil. Ellos no habían leído nada sobre el Alzheimer. Sin embargo, ningún pensamiento lograba serenarme demasiado, de modo que cuando llamé a la puerta de «Los Ibiscus» fue como si estuviera pidiendo refugio y protección. Como ya iba siendo habitual, Malena Puig me la dio.

Para mi sorpresa no estaba sola. La viuda de Espinet se sentaba lánguidamente en el sofá del salón y ambas tomaban el mágico café reanimador de los Puig.

—¿Qué tal, Inés, cómo está?

—He venido de visita.

Sin mediar ni una palabra más se echó a llorar amargamente. Malena corrió a su lado, le pasó el brazo por los hombros y me explicó:

—Está mejor, Petra, no se preocupe, pero es que Lali acaba de salir y... ¡bueno, esa chica no ha parado ni un momento de soltar lagrimones como puños, era como una fuente! ¿Qué quiere que haga entonces la pobre Inés?, bastante emocionada está con volver aquí.

La abatida Inés intentó por un momento recomponerse.

—No digas eso, mujer, llevaba tres años con nosotros y es normal que llore.

Intervine brevemente:

—¿Sólo tres años? Tenía entendido que eran más.

Debería haberme callado. Inés enterró la cara entre las manos y exclamó:

—¡Dios mío!, tres años tiene mi hijo pequeño, ella lo vio nacer nada más entrar en casa.

Lloraba de nuevo sin consuelo. Malena volvió a abrazarla tiernamente. Se mostraba tan fuerte y juiciosa como de costumbre.

—Vamos, Inés, tranquilízate un poco. Tómate el café.

—Perdóneme, inspectora, desde que me conoce no me ha visto más que llorando. Debe de pensar que soy una tonta.

Permanecí en respetuoso silencio mientras Malena hacía con habilidad su papel.

—La inspectora no piensa eso. Lo estás haciendo muy bien; al fin y al cabo es la primera vez que vienes por aquí. Además, las noticias que me has dado son muy buenas. ¿Sabe, inspectora? Inés piensa regresar ya a su trabajo en la tienda.

—Mis padres opinan que me distraerá.

—Creo que hace bien. No se preocupe, Inés, cogeremos al culpable. La investigación marcha viento en popa —mentí para cooperar en el aliento.

—¿Ha venido en busca de algo? —preguntó Malena.

—Mis compañeros están en casa de los Domènech. Yo sólo he venido para beber su café.

Malena me sonrió de modo encantador y se volvió hacia su amiga.

—¿Te das cuenta, Inés? Mi café ya se ha hecho famoso entre la policía de Barcelona. La inspectora Delicado y yo nos hemos convertido en buenas amigas. ¿Quiere que prepare más café para sus compañeros?

—No, no creo que tengan tiempo. Digamos que yo los representaré.

Sacó una taza más mientras la joven viuda se sonaba la nariz. Luego empezamos las tres a charlar como si aquello fuera una simple reunión de amas de casa que se solazan un rato. Malena conseguía con gran soltura encauzar la conversación hacia temas banales para que su amiga dejara de verse sometida a la influencia de la tragedia que flotaba en el ambiente. Al cabo de un rato, hasta yo misma acabé riendo y comentando nimiedades cotidianas. En el fondo estaba tan poco acostumbrada a aquel tipo de reuniones informales, que el efecto terapéutico de la tertulia recayó también sobre mí.

Cuando me encontraba en la gloria escuchando las anécdotas de los hijos de Malena, sonó mi teléfono móvil. Era Garzón, que me informaba de que el registro había concluido. Le dije dónde estaba y le pedí que viniera a buscarme. Añadí:

—¿Algún resultado?

—Nada, inspectora, esa mujer no se ha cargado a nadie.

—Me lo imaginaba, pero había que intentarlo por lo menos.

Un momento después su coche se detuvo frente a la verja de «Los Ibiscus». Malena insistió en que hiciera pasar al subinspector para ofrecerle un café. Recordando lo desfallecido que estaba, pensé que podía venirle bien y acepté.

Garzón se sentó en aquella alegre sala mirándome como si nunca antes me hubiera visto. Sus ojos decían a gritos: «¿Qué pinta usted aquí?» Inés aprovechó el movimiento para anunciar que se marchaba y Malena la acompañó hasta el jardín. En ese lapsus, la boca de Garzón preguntó lo que había anticipado su mirada:

—¿Qué coño hace aquí, inspectora? ¿Las estaba interrogando?

—Me limitaba a charlar.

—¿Charla de mujeres?

—¡Pues sí!, ¿algo que objetar?

Regresó Malena y nos interrumpimos. Le dio el prometido café al subinspector y nos contó los progresos que notaba en el ánimo de Inés Espinet.

—Aún no sabe si venderá la casa o vendrá a instalarse aquí otra vez, pero está mejor.

Mi compañero vació la taza y en seguida noté su inquietud por largarse. En realidad era lo prudente, por muy bien que yo me encontrara jugando a las amas de casa. Hice un movimiento de retirada, pero entonces Malena dijo mirando su reloj:

—Si esperan cinco minutos más, mis dos hijos mayores volverán del colegio, y la pequeña, del paseo.

—Lo siento, tenemos que irnos ya.

—¡Qué rabia!, les dije a los chicos que si algún día estaban ustedes por aquí hablarían con dos policías de verdad.

—No creo que podamos competir con los de la tele.

—Al menos verían que son ustedes personas normales y corrientes. Últimamente vienen oyendo muchas tonterías en esta urbanización.

Medité un momento, y miré la hora.

—Quizá... ya que el tema que nos ha traído aquí no ha dado nada positivo... bueno, la policía también tiene deberes educacionales con respecto a la sociedad. Esperaremos.

Mi ayudante me miró con estupor. No entendía gran cosa de mi modo de obrar. Por las lucecillas que emanaban sus ojos pude comprobar que aún me creía inmersa en algún vericueto de la investigación del que no había sido informado todavía. Pero no era así, simplemente no tenía ganas de marcharme. Quería ver a los niños de Malena y en especial a aquella pequeña rubia que solía sonreírme.

Apenas si esperamos. Tal y como su madre había anunciado, unos minutos después los dos niños Puig regresaron de la escuela. Eran graciosos, se parecían mucho a su padre. Llevaban bastante polvo en la ropa y el pelo, y olían a esa mezcla indefinible pero inconfundible a que huelen los escolares recién salidos del aula.

Dejaron sus voluminosas carteras en un rincón y vinieron a sentarse con nosotros a instancias de su madre. Cuando fuimos presentados por ésta, los rostros de ambos reflejaron una total fascinación. No soltaban ni una palabra, pero nos taladraban con la mirada. Instantes más tarde apareció la niñera acompañando a la preciosa hija de los Puig. Sin poder resistirme, me incorporé y la cogí en brazos. Como siempre, tranquila y coqueta, la niña me sonrió. Le di un montón de besos y a punto estuve de soltarle una de esas parrafadas ininteligibles cargadas de ternura que se usan para bebés y animales domésticos. Sin embargo, advertí que Garzón me observaba con algo parecido a la censura y eso me cohibió.

La madre y la asistenta se llevaron a la pequeña para lavarla un poco. Permanecimos solos con los dos varones, que seguían con los ojos abiertos como búhos. Ni mi compañero ni yo teníamos la menor idea de lo que era pertinente decir. De pronto, el pequeño abrió por primera vez la boca para preguntar:

—¿Lleváis pistola?

—Sí, es obligatoria para un policía —dijo Garzón buscando coartadas como un criminal.

—¿Ella también? —preguntó el otro en un ramalazo de machismo congénito.

—Pues claro, ella es mi jefa —informó Fermín.

Los dos pares de ojos de rapaz me enfocaron a mí con curiosidad.

—¿Podemos verlas?

Bueno, aquello no estaba en el programa. ¿Mostrárselas sería contraproducente psicológicamente, contribuiría a la delincuencia juvenil? El subinspector, más resolutivo que yo, sacó su Star 30 PK y se la enseñó a los chicos acompañando la acción de una recomendación moral.

—No hay que usar armas jamás. Yo, aunque soy policía, hace mucho tiempo que no la he usado.

El mayor, con la inteligencia deductiva propia de las nuevas generaciones, preguntó en consecuencia:

—Pero la has usado alguna vez.

Garzón se quedó lívido.

—Sí, más que nada para intimidar.

No se hizo esperar la siguiente pregunta lógica, que en esta ocasión lanzó el pequeño:

—¿Qué es intimidar?

Miré al subinspector a ver cómo salía de aquello, pero él, sin inmutarse, respondió:

—Para asustar.

—Ya —se conformó el curioso y, volviéndose hacia mí, casi exigió—: ¿Y la tuya?

Nada convencida de lo que estábamos haciendo, saqué del bolso mi Glock 19 y la exhibí. Hubo reacción.

—¡Jo, qué chula es!

Incluso a mí me pareció preciosa. Acaricié sus compactos contornos de polímero.

—Tiene accesorios —dije—. Un puntero de láser y una linterna, pero hoy no los llevo.

Oí que Malena se aproximaba y metí rápidamente la pistola en el bolso con sensación de culpabilidad. Aquellos niños tan listos sin duda se dieron cuenta de mi gesto, que denotaba operaciones clandestinas, y disimularon en seguida. Estuve segura de que guardarían el secreto de aquellas exhibiciones armamentistas frente a su madre. De nuevo estaba con nosotros la pequeña Ana, que con la cara lavada y oliendo a colonia resultaba aún más comestible. Entonces Malena hizo algo que le agradecí. Sin duda dándose cuenta del *faible* que sentía por su hija, puso su mano en la mía y me sugirió que saliera un rato con ella al jardín.

Aproveché al máximo aquella felicidad cómplice que se me brindaba. Salí al jardín con Ana y ambas lo recorrimos deteniéndonos en cosas que llamaban su atención: una piedra de forma especial, un caracol, un trocito de papel que alguien había tirado. Su mundo era mucho más preciso y atento al detalle que el de los adultos. Mientras nosotros íbamos y veníamos vertiginosamente con la mente puesta en el pasado o en el futuro, los niños pequeños observaban y disfrutaban del presente inmediato en toda su plenitud. Quizá no habría sido descabellado pedirles ayuda en una investigación.

Pocos minutos después, el subinspector dio unos golpecitos en el cristal de la ventana y me hizo una señal inequívoca de que debíamos marcharnos. Me resigné, porque lo cierto e incomprensible es que habría permanecido jugando con aquella muñeca un buen rato más.

En el coche, mientras volvíamos a Barcelona, el subinspector se permitió entrar en mi intimidad.

—Le gusta a usted esa niña, ¿eh, inspectora?

—Es mona —dije en tono casual.

—¿Por qué no se casa otra vez y tiene un bebé? O incluso puede seguir sola y adoptar a una niña china. Ahora eso es una cosa muy corriente.

Lo miré de través.

—A usted le gusta el fútbol y no por eso se lleva a un jugador a casa.

—No es lo mismo; no obstante, lo pensaré, es una posibilidad. De todos modos le advierto que sólo pretendía que usted fuera feliz.

—¿Y quién coño le dice que quiero ser feliz? Me siento perfectamente siendo desgraciada, estando frustrada y puteada. ¿No se había dado cuenta?

—En el fondo, sí —dijo muy serio.

—Pues eso.

No volvimos a hablar en todo el trayecto. Un cabreo más que añadir a la ya larga lista de nuestra convivencia profesional.

Al llegar a comisaría me esperaba una sorpresa. Jordi Puig había llamado preguntando por mí. Malena se había dado más prisa en cumplir mi recomendación de lo que cabía esperar. Me esperaba en el bufete Espinet-Puig.

Salí escapada y tomé un taxi pensando llegar antes. Craso error. Quedamos atrapados en un embotellamiento dos calles más lejos. El taxista dictaminó:

—Todo este follón es por las obras para la misa del papa. Se arma cada vez que descargan material.

Un sentido genérico de la prudencia me llevó a no hacer comentarios por miedo a herir sensibilidades religiosas. Sin embargo, aquel buen hombre tenía su propio plan para la visita pontificia y, sin que pudiera evitarlo, me lo hizo saber.

—Yo habría hecho el altar para la misa en la montaña del Tibidabo. ¿No es allí desde donde el demonio tentó a Jesús? «Todo esto te daré si me adoras.» Era así, ¿no? Bueno, pues ahora se hace una misa para celebrar que el demonio no ganó. Así, todos contentos, los conductores y Dios.

Admiré las capacidades teológico-prácticas del pueblo español, siempre sorprendente. Debía recomendar al cardenal Di Marteri que se dejara aconsejar por la sabiduría popular.

La recepcionista del bufete de abogados me hizo pasar a una sala de espera donde hice lo indicado en aquella localización: esperar. Después de veinte inacabables minutos, Puig me recibió al fin. Pidió disculpas por el retraso, que me parecieron sinceras.

—Inspectora, lamento haberla hecho venir y, encima, esperar, pero estaba en una reunión.

—No tiene importancia. ¿Ha hablado usted con su esposa?

—Sí, por eso la llamo. La verdad es que me sorprendió lo que me dijo, y ni siquiera estoy seguro de que lo que voy a contarle tenga la más mínima importancia pero... en fin, si cualquier cosa sirve... El caso es que hace unos meses noté que Juan Luis estaba bastante raro y ausente mientras trabajábamos. Me inquieté, porque no solía despistarse jamás. Le pregunté si le pasaba algo y me dejó de una pieza al contestarme que tenía un problema amoroso con una mujer que no era Inés.

—¿Qué tipo de problema?

—No me lo contó, ni me dijo quién era la mujer, seguramente porque yo no la conocía.

—¿Cuándo ocurrió eso?

—Quizá hace unos tres meses.

—¿Y eso es todo?

—Sí.

—¿No le contó nada más, ni se extendió en detalles, ni precisó qué clase de problema era aquél?

—No —respondió con su cara de rana sin comprender mi extrañeza.

—¿Y qué le dijo usted?

—¿Yo?... bueno, no lo recuerdo muy bien. Le pregunté si Inés lo sabía y me contestó que no y... nada más. Bueno, sí, le pedí que fuera prudente, que no cometiera ningún error.

—¿Y cómo respondió él?

—Me aseguró que ya lo tenía todo controlado.

—Usted me perdonará, Jordi, pero la suya con Espinet era una amistad muy rara.

—No veo por qué.

—Trabaja usted con un amigo, se ven además los fines de semana, comparten urbanización, diversiones, ¿y no son capaces de hacerse la más mínima confidencia?

—Le estoy diciendo que él me la hizo.

—Digamos que le hizo media confidencia.

Me miraba con su pinta de niño empollón recibiendo una bronca inmerecida.

—Le estoy diciendo la verdad, tal y como sucedió.

Parecía compungido, incluso arrepentido de haberme llamado. ¿Aquél era un abogado que prosperaba en el ejercicio de su profesión, un hombre que se enfrentaba a casos complicados y los llevaba a buen puerto? Sin duda tenía una doble personalidad. De algún modo supo lo que estaba pensando porque bajó la vista y dijo:

—Yo no soy un hombre muy expansivo, inspectora. No hablo demasiado ni tengo costumbre de intercambiar confidencias de la vida privada.

—¿Comentó con alguien lo que Juan Luis le contó?

—No.

—¿Ni siquiera con su esposa?

—No.

—Comprendo.

En eso estaba mintiendo. Se lo dijo en su día a Malena, ésta lo recordó al hablar conmigo y le dio la oportunidad de que fuera él mismo quien me lo hiciera saber. Poco importaba. En cuanto a lo demás, seguramente decía la verdad. Muchos hombres actúan así. Para ellos la amistad consiste en practicar juntos algún deporte, hablar de trabajo, tomar una cerveza y despedirse hasta el día siguiente. Pueden pasar así años enteros sin que ninguno de ellos dude de que los une una gran amistad.

Le hice una última pregunta que no conducía a ninguna parte:

—¿No sintió curiosidad?

—No soy un hombre curioso.

—Le felicito. Podría usted dedicarse a espía o algo así, el factor humano nunca le molestaría.

Sonrió, siempre con su aspecto de niño gordito y formal. Me despedí, sonriendo también.

¡Y bien, si seguíamos así, debería contratar a Malena Puig! Estaba claro que ella tenía llaves que abrían espacios a los que yo no podía acceder. La revelación de Jordi Puig resultaba interesante de verdad. Si era cierto que el *affaire* de Espinet con la recepcionista del club de golf había acabado hacía más de un año, la confidencia del abogado a su amigo se refería a otra mujer. ¡Joder con Espinet! Siempre me ocurría algo parecido, cuando encontraba atractivo a un hombre y creía haber descubierto yo su capacidad de seducción, resultaba que era también irresistible para el resto de las mujeres. Ya no existen las tierras vírgenes, pensé, Espinet era un hombre arrebatador incluso muerto, vivo debía de serlo mucho más. Ni yo ni mucho menos Garzón habíamos contado con su tendencia a la infidelidad, que tenía bien oculta bajo la capa de perfecciones. ¿Se podía sacar de aquello alguna desalentadora conclusión vital? ¿Algo así como: quien tiene la opción de pecar la aprovecha sin remisión? ¿Sólo los feos son virtuosos? Más me valía aplicar cualquier tipo de conclusiones a la investigación. Espinet tenía una amante conflictiva tres meses antes de morir, lo cual no descartaba que siguiera teniéndola en el momento de su asesinato. Iba a ser imposible averiguar su nombre por medio de interrogatorios si ni siquiera a sus amigos más cercanos les había revelado su identidad.

¿Por qué no le había hecho a Jordi Puig una confidencia más completa? ¿Porque no la conocía en absoluto, tal y como había deducido él, o por el contrario porque la conocía? En caso de no conocerla, ¿por qué no le había dado unas mínimas especificaciones? Quizá esperaba que su amigo se las pidiera y, dado el carácter cerrado de Puig, eso no se produjo. Si Puig sabía quién era, la cosa no se presentaba mejor para nosotros. Eran tantas las relaciones que tenían en común, tanto profesional como personalmente, que podía tratarse de cualquiera entre un abanico amplísimo: una clienta, una secretaria de otro bufete, una amiga de juventud reencontrada... Imposible acotar una zona de sospechosos investigables. Cayó sobre mí una cortina de desesperación. ¡Dios eterno, la amante misteriosa de un hombre hermético, hermético y muerto! ¿Había sido ella la asesina?

De vuelta a comisaría busqué a Garzón, pero no lo encontré. Quería que al menos compartiera conmigo las frustraciones. Fui a su despacho. Junto a la puerta estaba sentada Dolores Carmona. Esperaba que saltara inmediatamente sobre mí para endilgarme alguna de sus retahílas, pero no lo hizo. Me miró con total indiferencia. Estaba abatida. Sus ojos aparecían enrojecidos y sus facciones borradas de tanto llorar. Señaló la puerta con la cabeza y dijo:

—El señor Garzón no está ahí dentro.

—¿Y usted qué hace aquí?

—Me ha dicho que espere.

—¿Está detenida?

Se encogió de hombros, y miró al suelo. Su piel cobriza era muy hermosa. El pelo le brillaba bajo el efecto de la luz artificial.

—Han matado a mi primo —dijo por fin.

Se echó a llorar quedamente, sin alterar el gesto. Las

lágrimas le caían a plomo sobre el regazo. Me apiadé de ella. ¿Adónde había ido a parar su impetuosidad? ¿Ya no intentaba camelarme con buenaventuras? Quizá se daba cuenta de que aquel círculo vicioso de violencia era una locura que no podía continuar. Y si pensaba eso… ¿por qué no aprovechar su bajón moral?, ¿por qué no intentarlo y echarle una mano al subinspector? Me senté a su lado y le ofrecí un cigarrillo. Lo rechazó. Hablé con voz convincente y serena.

—Los tiempos cambian, Dolores, y eso de las venganzas es una atrocidad.

—Para los gitanos los tiempos siempre son igual.

La cosa iba bien, al menos estaba dispuesta a dialogar sin montarme numeritos folclóricos.

—Pues no debería ser así, ustedes viven en este mundo y en esta sociedad, por lo tanto tienen que regirse por las mismas reglas de todos los demás.

—En este mundo hay muchas cosas malas que nuestra gente no tiene.

—¿Por ejemplo?

—Nosotros no tenemos divorcios, ni abandonamos a los niños, ni dejamos tirados a los viejos en un rincón.

Me animé, su réplica certera me indicaba que era inteligente y, por lo tanto, que podía entrar en razón.

—De acuerdo, no todo lo nuestro es bueno ni mucho menos. En muchos aspectos, sus costumbres son mejores, pero… matar, no hay cultura en el mundo que justifique eso.

—Hacemos justicia.

—La justicia la imparten los jueces.

—¡Eso es, y dígame qué hacen los jueces cuando ven a un gitano!

—¿Qué hacen?

—Nunca nos tratan bien, ser gitano ya es para desconfiar.

Se había animado al hablar conmigo. Ya no presentaba el aspecto derrotado de cuando la encontré. Pensé que era el momento para centrar la cuestión.

—Dolores, yo puedo presentarle a un juez que no los tratará mal. Usted es una mujer madura e inteligente, hable con él y acabemos con esta cadena de crímenes absurdos.

Se miraba el pie, que daba pataditas al aire con inquietud. Sin duda reflexionaba sobre mi propuesta. Me lancé un poco más.

—Entre usted y ese juez podrían llegar a un acuerdo para poner fin a este despropósito. Primero habla usted con él y luego le transmite las impresiones a su gente.

—¡Yo no he dicho que vaya a hablar con él!

Apreté el acelerador con prudencia.

—Este juez le gustará. Es un hombre justo y tranquilo. Se llama García Mouriños, es gallego.

Levantó la cabeza de sopetón.

—¿Gallego? ¡Ah, no, gallegos ni hablar, los gallegos no son de fiar!

—Pero Dolores, está usted diciendo que los demás tienen prejuicios contra los gitanos y ahora me sale con ésas...

Era demasiado tarde, la oportunidad había pasado rozándome, pero había pasado. Abandonando cualquier actitud razonable, Dolores Carmona se levantó, cogió la cruz que llevaba al cuello y la elevó gritando:

—¡Ante Dios, sólo ante Dios hablaré!, ¡por mis muertos que sólo hablaré con Dios!

Los guardias se alarmaron, acudieron en mi ayuda, se la llevaron para darle un poco de agua y tranquilizarla mientras me miraban socarronamente. ¡Vaya patinazo!, sólo había conseguido soliviantarla. Cada vez que intentaba meter las narices en el caso de Garzón algo salía mal. Aún no comprendía del todo lo que había pasado. ¿Qué había sido el desencadenante, la mención de lo gallego?, ¿también a las minorías raciales llegaba la España eterna con sus pendencias nacionalistas? Me cabreé conmigo misma, ¿por qué se me había ocurrido meterme a negociadora de vía estrecha?

Anduve hasta mi despacho lanzando maldiciones contra mi propia estirpe. Abrí la puerta y sólo la visión de la mesa llena de papeles y el ordenador ávido de datos logró darme el empujón hacia la desesperación completa. ¡Joder, Petra, apúntate un tanto, eres incapaz de avanzar en el caso Espinet y te metes a salvadora de patrias ajenas!

Como lo único real que aporta el paso de los años es el conocimiento de las propias carencias, supe que la única manera de salir de aquel ataque de autocrítica furiosa era huir. Me puse la gabardina y salí a la calle sin rumbo fijo. Iría a ver cómo avanzaban las obras del papa, así al menos podría desviar mi enfado hacia otros temas.

El entarimado de la plaza estaba prácticamente listo. Los carpinteros daban los últimos toques a aquella estructura demencial. Supuse que más tarde, alfombras, flores y detalles completarían el efecto de grandiosidad deseado. Un montaje artesanal para un objetivo divino. De pronto, una pequeña luz se abrió en mi cerebro contaminado de reproches. ¿Y si perseveraba en el error?

Dolores Carmona se había desmelenado en nombre del mismísimo Dios, y bien, ¿por qué no ofrecérselo como mediador entre la justicia de payos y gitanos? Era evidente que éstos respetaban la religión, aunque interpretaran los mandamientos en plan libre. Y ya que teníamos tan cerca a uno de los primeros espadas divinos... ¿Consentiría Di Marteri, se avendría la Iglesia a meterse en conflictos que no le concernían? A lo mejor el prelado se sentía vencedor en nuestro absurdo pique si yo iba a pedirle favores espirituales.

Esta vez era imprescindible consultarlo con Garzón, se trataba de su caso. Esperaba que no pusiera inconvenientes y tener que pasarme dos horas discutiendo con él. Si se mostraba remiso, me inventaría una teoría. Las teorías siempre lo desconcertaban y lo hacían escucharme con mayor respeto. En esta ocasión podía aplicar la teoría del «aprovechamiento integral vital», que ya tenía pensada desde hacía tiempo. Presenta un enunciado muy sencillo: si la vida pone a tu alcance situaciones con componentes completamente distintos, ¿por qué mantenerlos en compartimentos separados? Había que mezclarlos, hacer que unos obraran en beneficio de otros por caminos que podían parecer distanciados e incluso divergentes en un principio. Bueno, era todo lo suficientemente abstruso como para semejar una auténtica teoría. Seguro que Garzón no ponía inconvenientes.

Más animada, más contenta conmigo misma, inicié la vuelta al redil. Cuando había avanzado dos pasos sonó mi teléfono móvil. Era el subinspector.

—Petra, tendría que venir a comisaría inmediatamente.

—Estoy aquí al lado y ya voy para allá. ¿Sucede algo?

—Sí, ya le contaré.

—¡Coño, adelánteme algo!

—Lali Dizón ha desaparecido.

Paré de caminar. Elevé la voz entre los transeúntes, que desviaron mínimamente la mirada.

—¿¡Qué!? ¿Y cómo ha sido eso?

—¡Joder, inspectora, como adelanto ya está bien!

CAPÍTULO SEIS

Ciertamente, como adelanto no estaba mal. Representaba una muestra del desconcierto posterior que nos invadió. Lali Dizón había desaparecido. ¿Por qué?

En tránsito hacia «El Paradís», Garzón me puso en antecedentes de lo poco que sabía. Malena Puig me había llamado a comisaría y al no poder hablar conmigo pidió hacerlo con el subinspector. Azucena, su doméstica ecuatoriana, le había soplado la novedad: Lali Dizón no estaba en «Las Margaritas», no había acudido a los puntos de reunión y nadie le había visto el pelo, excepción hecha de un niño de doce años que aseguraba haberla descubierto saliendo de la casa con una maleta aquella madrugada mientras se había levantado para ir al baño. Todas las chachas estaban revolucionadas. Lali no había comunicado a nadie que tuviera intención de marcharse. Jamás había hecho ningún comentario en ese sentido.

El guardia de noche estaba muy seguro de no haber dejado entrar de madrugada ningún coche particular ni taxi en la urbanización. En ese caso debíamos suponer que Lali había caminado hasta la verja y salido subrepticiamente. Su destino sólo podía haber tomado dos bifurcaciones: la estación de ferrocarril o el centro de Sant Cugat, desde donde quizá cogió un taxi a Barcelona. La primera posibilidad resultaba más factible, la estación estaba cerca y, cargada como iba, eso tenía su importancia. Si había sucedido de esta manera, sería fácil encontrar un testimonio. No se ven muchas filipinas con equipaje a primera hora de la mañana.

Así fue. El mismo jefe de estación la recordaba perfectamente. Había tomado el primer tren a Barcelona. No le había parecido que estuviera nerviosa ni que se ocultara de nadie. Compró un billete, esperó en el andén y se fue. Tampoco le pareció extraña su presencia, y para remarcarlo utilizó una frase muy al gusto español: «Cosas más raras he visto.»

Yo no. Que Lali se fugara de madrugada con su maleta era raro de verdad; un hecho que no encajaba con nada ni aportaba luz sobre el caso, ni siquiera la más mínima sombra. ¿Por qué? A no ser que la huida se debiera a la extraña personalidad de la chica no tenía ninguna explicación. ¿Quizá había ido en busca de su señora a casa de los padres de Inés?

Malena Puig, convertida una vez más en nuestra intermediaria debido a las circunstancias, negó tajantemente.

—Es lo primero que pensé cuando me lo dijo Azucena. Llamé a casa de Inés y no saben nada. No se ha puesto en contacto con ellos ni mucho menos ha aparecido por allí.

—¡Joder! —masculló Garzón, empezando a ponerse nervioso—. ¿Pido que la busquen?

Hice un llamamiento a la calma. No podíamos poner a una dotación de hombres tras su pista sin tener las ideas más claras.

—Puede huir del país —me recordó Garzón.

—Está bien, que pongan en alerta al aeropuerto y nada más de momento.

Detesto ordenar cosas antes de ponerme a pensar, pero en esa oportunidad ni siquiera sabía por dónde empezar los razonamientos.

Bien, Lali se había largado, la pregunta era ¿por qué? Los ojos muy abiertos de Malena Puig me miraban sedientos. Se sentía implicada sin ninguna duda en la investigación a un nivel superior que el de simple amiga del muerto. Burbujeaba de curiosidad. Yo misma la había metido en todo aquel embrollo solicitando su ayuda repetidamente. Ahora no podía largarla sin más, e intuía que seguiría haciéndome falta. La observé fijamente.

—Dígame, Malena, ¿adónde ha ido esa chica, según su opinión?

Sorbió el placer que le proporcionaba verse interrogada como experta. Dijo en estado casi hipnótico:

—Ha ido a reunirse con alguien.

—De acuerdo, ¿con quién?

—Con el asesino de Juan Luis.

Nuestra mutua mirada de pupila a pupila se intensificó hasta hacernos daño como una luz demasiado potente. Nos interrumpió el subinspector.

—¡Un momento, un momento! ¿Está insinuando que fue Lali quien planeó esa muerte?

—A lo mejor fue utilizada por alguien que quería matarlo... —dijo Malena, cada vez más enfrascada en su papel de detective.

Garzón, a quien molestaban mucho las intromisiones de aficionados, objetó con síntomas de mal humor:

—¿Para qué querrían matarlo si ni siquiera le robaron?

—Robarle podía ser el objetivo, pero la maniobra se frustró por su salida hacia el coche en mitad de la fiesta —repliqué.

—Inspectora, Lali sabía que esa noche sus señores daban una fiesta. ¿Cree que lo habría escogido como el mejor momento para robar?

—No en casa de los Espinet, pero sí en las de los invitados que quedaban vacías.

Garzón se calló, meditó, se debatió entre ideas contrapuestas buscando alguna objeción lógica.

—En su casa, Malena, estaba su chica ecuatoriana. ¿Quedaba vacía la de los Salvia?

—Sí, pero tienen alarma.

—¿La conectan siempre al salir?

—No lo sé, pero puedo preguntárselo.

—Ya lo haré yo —afirmó el subinspector con firmeza, nada dispuesto a que Malena continuara invadiendo terreno.

—Ahora encontrará a su asistenta.

—Voy para allá.

—Yo inspeccionaré el cuarto de Lali, quizá ha dejado algún indicio —dije yo.

Nos pusimos en movimiento. Advertí que Malena tuvo el impulso de seguirme, pero una vez iniciado, lo atajó. Dudé si dejarla venir conmigo, aunque era demasiado. Por mucho que fuera capaz de ayudarme con sus comentarios, no podía estar presente en un registro. Noté su frustración al despedirla. Debía de aburrirse mucho semana tras semana y mes tras mes en aquella urbanización. Viéndola retirarse con su pinta de *teenager* sentí, como de costumbre, una corriente de simpatía hacia ella. Me habría gustado tenerla como subinspectora o como amiga personal, pero tanto una cosa como la otra resultaban inviables. Pensé que, si en algún momento de mi vida, no sabía exactamente cuál, las cosas hubieran sido distintas, podría haberme parecido mucho a ella.

La puerta de «Las Margaritas» estaba abierta. Otro dato a favor de que la filipina se había largado para no volver. En su habitación, la cama se encontraba deshecha, el armario de par en par, aún con faldas y chaquetas colgadas. Había seleccionado sólo lo necesario para una retirada de urgencia. Su mesa, un pequeño escritorio, estaba llena de cartas, revistas, papeles. Faltaba su documentación. Me senté para revisarlo todo cuidadosamente.

Los papeles eran dispares y carecían de interés: noticias de moda recortadas, fotografías de cantantes, resguardos de la tintorería, listas de compra. Las cartas venían de Filipinas y estaban escritas en tagalo e inglés. Probablemente eran de amigos y familiares, me pregunté por la conveniencia de traducirlas. Lo descarté. De pronto vi un sobre que no tenía dirección alguna. En el remite se veía un simple corazón dibujado de manera esquemática y torpe. Un montón de ideas me vino a la mente sin el tiempo necesario para seleccionarlas. ¿Espinet se acostaba con Lali? No, aquello no era la España de posguerra con el señorito beneficiándose a la criada, sino la España democrática del diseño y los negocios. En cuanto abrí el sobre comprendí que Juan Luis Espinet nunca habría escrito una horterada semejante. Para empezar, la caligrafía era inculta y tosca. La carta contenía faltas de ortografía e imprecisiones de construcción sintáctica. Todo eso, sin embargo, podría haberlo afectado Juan Luis Espinet para guardar el anonimato. Ya le habría resultado más difícil recrear el infecto estilo de la misiva y su contenido amoroso.

Lali, mi amor:

Cuento los minutos que me faltan para verte y no me puedo aguantar porque tengo el corazón lleno de amor. Son como flechas que se me clavan en el alma. Te veo y no puedo hablarte y la vida me parece una condena. Espero el día de tenerte entre mis brazos y musitarte palabras de amor. Te llevo dentro clavada como espina que no me puedo arrancar. Tú y yo somos dos, pero somos uno en realidad y nadie nos podrá separar nunca. Te quiero con todo el cariño del mundo.

Tu amor único y verdadero.

Supongo que a alguien aquello podría haberle parecido incluso entrañable, una comunicación desesperada de un amante sincero y sencillo que no sabe expresarse mejor. A mí me pareció una repugnante bazofia cocinada con refritos de boleros y lemas de postales kitsch. Aportaba, sin embargo, varios datos interesantes sobre su autor. Primero: ya que el amante doliente veía a su amada pero no podía hablarle, había que deducir que era alguien de su entorno habitual que no podía dirigirse a ella por prudencia y disimulo. Si se trataba de alguien de «El Paradís», no sería difícil dar con él. El nivel en el que Lali se movía era un reino eminentemente femenino. Quedaba una muestra variada pero abarcable de caballeros: jardineros, personal de mantenimiento, guardias de seguridad... No debíamos descartar repartidores de supermercado o incluso vendedores de tiendas a las que Lali acudiera. Quizá se trataba de alguien a quien Lali veía los días festivos. Esa posibilidad abría peligrosamente el campo de cara a una localización.

Segundo: aquella carta indicaba que su autor era un hombre de una cierta edad. Todas aquellas frases de literatura amorosa no eran sino retazos de canciones considerablemente pasadas de moda, boleros de Machín, baladas de Nat King Cole. La Sociedad de Autores no tendría nada que reclamar, los responsables de aquellas letras estaban bajo tierra desde hacía mucho tiempo. A ningún hombre menor de cuarenta años se le habría ocurrido escribir una cosa así.

De repente, el hallazgo de aquella nota se me antojó crucial. Como había dicho la intuitiva Malena, era muy probable que Lali huyera para reunirse con alguien. Que ese alguien fuera el asesino de Espinet constituía una afirmación aventurada, pero que no se podía descartar. ¿Había llegado el momento, íbamos al fin tras algo tangible? ¿Sería aquella alma atormentada de corazón espinoso un simple gilipollas enamorado con ganas de sentirse Gustavo Adolfo Bécquer? Si aquel novio fantasma era cómplice en un crimen, me inclinaba por la posibilidad del chantaje. La dulce y llorona Lali había pescado a su señorito en un renuncio adúltero y se lo había comentado a su enamorado el fusilador de boleros. Éste, tan apto para hacer *collages* de baladas como para oler el dinero fácil, había visto un filón en el tema.

Sí, aquella composición de lugar tenía cuerpo y coherencia. Existían dos piezas clave en dos rompecabezas amorosos distintos: la amante oculta de Espinet y el amante sin nombre de Lali, un presunto instigador, quizá ejecutor, quizá culpable. Garzón y yo íbamos a estar muy ocupados desbrozando el pequeño bosque que aquella epístola cursi nos ponía delante.

El subinspector no se mostró en desacuerdo con mi hipótesis después de haber leído la carta. A él también le encajaba. Espinet se había retrasado en el pago del chantaje, o se había negado a continuar pagando. Discutió con el reventador de baladas y éste lo mató.

—¿Por qué lo llevó hasta la piscina? —preguntó aún remiso a darme al ciento por ciento la razón.

—Por lo que siempre hemos barajado. No tiene pistola, y tampoco se trata de un asesino despiadado y cruel, de modo que lo lleva hasta allí, le propina un golpe y sabe que morirá ahogado. Un trabajo limpio.

La efervescencia de nuestras neuronas se notaba en el aire provocando un petardeo de fuego fatuo. Conocía ese momento en el que el deseo de avanzar espolea la mente hasta la ansiedad.

—Calma y tino, Garzón, lo conseguiremos.

—Lo sé. Ya empiezo a tocar algo con las manos.

—Primero, comprender, después, tocar.

—¿Por dónde empezamos?

—Interrogatorios a todas las chicas de servicio de la urbanización, en especial a las filipinas. A alguien le confesaría Lali que estaba enamorada y quizá también de quién. Le preguntaré a Malena si sabe qué itinerarios exteriores hacía Lali para comprar o ir al tinte. Nos hará ganar tiempo.

—Se ha hecho muy amiga de Malena, ¿verdad?

—¿Piensa que la hago intervenir demasiado en el caso?

—Es posible.

—En realidad es la única que habla en este paraíso de mudos.

Algunas de aquellas chicas filipinas a duras penas entendían la lengua. Me pregunté cómo demonios se las apañaban en el país. Aunque realmente parecían dedicarse exclusivamente a su trabajo y no relacionarse con nadie que no fuera de su nacionalidad. Encontramos a una que se desenvolvía bastante bien en español. Nos ayudó con las demás. Supimos que sólo iban a Barcelona los domingos, durante su día libre semanal. Las labores de la intérprete no sirvieron para averiguar mucho más. Topamos con un hermetismo absoluto. Según sus compañeras, Lali carecía de vida personal y la poca que pudiera tener la guardaba para sí misma. Podía ser cierto, pero de las miradas impenetrables de aquellos ojos oblicuos parecía desprenderse una clara resolución: no hablaré.

Nuestra justicia y sentido del deber para con la policía y la sociedad les eran ajenos. Era obvio que buscaban la protección en su cohesión como grupo. No sacaríamos nada de ellas, lo comprendí en seguida, pero había que llegar hasta el final. Durante un día entero estuvimos lanzando preguntas contra aquellas islas cerradas hasta que no quedó nadie sin pasar por nuestra inútil criba.

El segundo día lo dedicamos a las empleadas hispanoamericanas. Con ellas la situación se presentaba justo al revés: hablaban y hablaban pero no sabían nada. Después de seis horas nos hallábamos inmersos en un mar de rumores, de conjeturas, de sospechas. Todos apuntaban, sin embargo, en la misma dirección: Lali tenía un novio con el que se veía una vez a la semana en Barcelona. Nada más. Tampoco en los establecimientos que nos apuntó Malena como habituales de las chicas había nada ni nadie sospechoso de ser el amante de Lali.

Volvimos a comisaría con la impresión de haber perdido el tiempo. Las alertas desplegadas en el aeropuerto tampoco habían dado resultados. Era confiar demasiado en la suerte. La chica y su misterioso acompañante podían haberse escondido en Barcelona, en cualquier otra ciudad de España.

Me quedé sentada en mi despacho, cansada, con la sensación de que nunca saldríamos de aquel *impasse*. Empecé a redactar el informe de los interrogatorios debatiéndome contra el mal humor. ¿Qué era lo que estaba ante nuestros ojos y no sabíamos ver? La conjetura sobre la que trabajábamos no acababa de convencerme del todo. Lali se compincha con un novio poco escrupuloso moralmente y ambos se deciden a chantajear a Espinet con alguno de sus ligues. El novio se presenta en la urbanización, discute con el abogado y lo mata. Bien, pero en ese caso, ¿por qué escogió el día de la fiesta para hacerlo?, ¿justamente para aprovechar la confusión?

¡Dios Santo!, habíamos tenido a Lali un montón de días a nuestra disposición sin sospechar mínimamente de ella. Ése era otro punto sin aclarar, ¿por qué se había largado cuando lo hizo y no al principio, tras el asesinato de Espinet? ¿Qué la hizo sentirse amenazada?

El ordenador seguía hambriento de los estúpidos datos de mi informe. Procuré centrarme en lo que me ocupaba, pero al cabo de un rato se presentó el comisario Coronas dispuesto a abroncarme una vez más. Por muy extraño que parezca, el motivo del rapapolvo no era la falta de progresos en el caso ni el hecho de haber dejado escapar a una sospechosa que había estado a nuestro alcance, sino la inasistencia durante dos días seguidos a las reuniones de seguridad del papa. Protesté, le conté las dificultades por las que estábamos pasando en la investigación, pero el comisario fue inflexible y concreto:

—Petra, la policía de Barcelona se juega su prestigio en esta visita papal. Todos los medios de comunicación estarán pendientes de nosotros y de los errores que podamos cometer. ¿Cuántos periodistas están haciendo seguimiento del caso Espinet?

—Desde que el juez decretó el silencio, ninguno, señor.

—Entonces valore usted misma el orden de prioridades. No se lo volveré a repetir, a la próxima falta de asistencia la expedientaré.

Dicho esto, salió dejando tras de sí una vaporosa estela de autoritarismo.

Con el ánimo hecho trizas, la bronca de Coronas no era la bronca adecuada, abandoné mi despacho. El mundo caminaba hacia lo absurdo, y la policía no tenía por qué ser una excepción. Fui en busca de monseñor Di Marteri. Para completar mi humillación ya sólo me faltaba ponerme a los pies de la Iglesia.

Lo encontré en el despacho contiguo al de Coronas (siempre junto al poder), que le habían prestado mientras duraba su estancia entre nosotros.

—¿Da usted su permiso?

Me miró francamente sorprendido de verme aparecer en son de paz. Cuando le conté lo que pretendía de él disimuló casi a la perfección sus reacciones faciales de triunfo. Ni siquiera afloró una sonrisa de venganza a sus labios cuando rematé humildemente con un «se lo pido por favor».

Quedó un instante callado, sopesando el alcance de

mi petición, se quitó las gafas para poder rascarse los ojos con gesto de gravedad y luego dijo por fin:

—Es justo que la Iglesia ayude a la policía, que tanto nos está ayudando.

—Lo importante es que no haya más muertos.

—Me hago cargo. Una cosa le quiero advertir; si tengo que obrar como mediador, necesitamos un sitio neutral. La comisaría puede ejercer un efecto negativo sobre esas familias.

—Pensaré en algún buen sitio. Y... monseñor, se lo agradezco de verdad.

—Un hombre de Dios no puede aceptar agradecimiento, siempre actúa sobre la base de una obligación moral.

Actuar siempre sobre la base de una obligación moral debía de ser horroroso, un sistema que no da posibilidades a la amistad. Mucho mejor para mí.

Me acerqué a ver al subinspector. Sería preferible que él buscara el sitio ideal para la mediación. Suyo era el caso de los gitanos. Se puso muy contento al saber que el prelado nos echaría una mano celestial. No le comenté nada del exabrupto de Coronas.

—¿Nos concedemos un respiro, inspectora? Estoy harto de trabajar.

—¿Qué quiere hacer?

—Una simple cerveza en La Jarra de Oro.

—No hay cerveza simple, amigo mío. Vamos allá. Celebraremos que, al menos en un asunto, usted quizá pueda poner el punto final.

No fue posible ni siquiera aquella magra celebración. Casi alcanzando la puerta, un policía nos salió al paso.

—Inspectora Delicado, no se vaya. Un hombre quiere hablar con usted.

—¿Ha dicho su nombre?

—No. Mírelo, es aquel de allí.

Descubrí un hombre al fondo del pasillo, pero no lo identifiqué. Nos acercamos a él.

—¿La inspectora Petra Delicado? Soy el gerente de Master Security.

Recordé la empresa de seguridad a cargo de la urbanización de Sant Cugat.

—Usted dirá.

—Se trata de Pepe Olivera, el guardia de día de «El Paradís».

Me quedé quieta, tensa, casi no me atrevía a hablar.

—¿Y bien?

—Lleva dos días sin aparecer ni en su puesto de trabajo ni en la empresa. Tampoco ha llamado para prevenir que estuviera enfermo.

El subinspector y yo nos miramos en estado de máxima alerta. El hombre prosiguió:

—He telefoneado un montón de veces y nadie contesta. Después, varios hombres han ido a su casa en horas diferentes, pero parece que no está allí.

—¿Sabe si tiene familia?

—Sólo una hermana, pero hemos hablado con ella y desconoce su paradero. Creí que debía informarle, por si tiene relación con el asesinato del señor Espinet.

—Debería haberme informado antes.

—Una empresa de seguridad es algo muy delicado. Quería cerciorarme de que...

—Una empresa de seguridad tiene las mismas obligaciones legales que cualquiera. Deme la dirección de Olivera y de su hermana.

Lo hizo, serio, preguntándose si pensábamos acusarlo de algo. Cogimos inmediatamente el coche. Íbamos callados, abismados en nuestros respectivos pensamientos. De pronto, Garzón golpeó el volante con ambas manos.

—¿El guardia de seguridad, el puto guardia de seguridad? ¿Un viejo a punto de jubilarse? ¡No entiendo nada, inspectora!

—Detesto adelantarme a las pruebas fehacientes, pero todo parece indicar que ya hemos encontrado al amante de Lali Dizón.

—¡Joder! ¿Una chica de veintipocos y un sesentón?

—Una más de las muchas parejas imposibles que se aman en silencio.

El subinspector censuró con una mirada de través mi derrengada inspiración poética y dijo:

—Déjelo, Petra, me gusta más cuando no se muestra comprensiva con las miserias humanas.

Aun sin orden judicial (había que confiar en García Mouriños), forzamos la puerta de Olivera y entramos en su casa. Era una vivienda modesta sin nada especial. Presentaba un orden aparente. Sólo en el dormitorio se advertían los signos de una salida precipitada. Las puertas del armario estaban abiertas y un montón de prendas de vestir se encontraban diseminadas por todas partes. Era evidente que Pepe Olivera también se había convertido en viajero de última hora. Buscamos por entre aquel follón sin hallazgos destacables.

Volvimos a la sala. Había allí un horrible mueble cajonero que nos dedicamos a registrar a fondo. Abrí una pequeña libretita donde el guardia anotaba direcciones y recados. Se la mostré a Garzón.

—¿Se ha fijado en la letra?

—Característica.

—No cabe la menor duda de que nos encontramos frente al poetastro enamorado.

—Ya tiene completa una pareja de amantes, inspectora.

—Tome el cuaderno como prueba. Será mejor que lo vea un experto calígrafo. No me gustaría meter la pata.

Por desgracia no encontramos cartas de amor de la filipina. Me habría gustado ver cómo se las apañaba en su escaso español. De hecho, todo el registro resultó frustrante. Desierto total. Cuatro enseres de cocina, un *Marca* atrasado y un librillo de crucigramas a medio resolver. Viendo la miseria cultural en la que se movía el interfecto, sus cartas ripiosas deberían haberme parecido sonetos de Shakespeare.

Llamamos para que precintaran la casa y salimos de allí. Todo daba a entender que ambos enamorados habían sido cómplices en el asesinato. Después, por motivos inconcretos, habían huido de sus casas.

—De acuerdo, pero ¿con qué botín? —argumentó Garzón.

—Con ninguno. El hecho de que mataran a Espinet indica que la cosa les salió mal.

—Entonces no deben de andar muy lejos. Con su permiso, voy a pasar una orden de busca y captura general.

—Adelante —mascullé, pero no estaba escuchándolo.

En mi cabeza se movían de un lado para otro las piezas del puzzle buscando una ubicación. ¿La cosa quedaba ahí, estábamos en el final del caso a falta de atrapar a los culpables? ¡No podía ser, simplemente no podía ser! ¿Y si se trataba únicamente de un robo frustrado?

Todas las muertes violentas son injustas y aberrantes, pero si le habían matado porque los descubrió yendo a robar, entonces la aberración era enorme.

Garzón también le daba vueltas al tema en su caletre, porque de repente dijo:

—Supongamos que tenían algún dinero que provenía del chantaje que habían iniciado con Espinet. Quisieron más y éste se negó a pagar, incluso, harto ya, los amenazó con delatarlos. Lo mataron. De acuerdo, pero ¿por qué se quedaron aparentando normalidad?, y después, ¿qué los asustó como para hacerlos huir?

—Recuerde, Fermín. Lo que nosotros interpretamos como histeria de una chica corta de entendederas bien podría ser en realidad una estrategia meditada. Lali hizo todo lo que pudo para cargarle el muerto a la señora Domènech. «¿Adónde vas, pajarito?», y todo lo demás. Mientras nosotros seguimos ese rastro mansamente, estaban confiados. Cuando lo abandonamos se sintieron en peligro y…

Era como estar hambriento y masticar un bocado sin poder tragarlo al final, como oír una banda sonora conocida sin conseguir identificar a qué película pertenecía, como intentar reconocer una cara vista alguna vez. Teníamos muchos elementos, pero ignorábamos su ordenación. Todas las hipótesis sonaban a aproximaciones insatisfactorias. No acababa de abrocharnos la camisa, siempre quedaba sin trabar un botón o dos.

—¡Este caso es un coñazo de la hostia! —aulló Garzón en un arranque de mal talante.

—Tranquilo, Fermín, ya que va a emparentar con la Iglesia, más le vale no blasfemar.

Dolores Olivera, la hermana del guardia, representaba a la perfección el papel de matrona desagradable. Gruesa, desgreñada, vestida con una sucia bata de flores, escupía las palabras con una especie de vulgaridad primigenia. No podría haberse hecho pasar por una princesa ni con dos mil clases del profesor Higgins. Claro que la vida que llevaba no debía de haberle permitido ni siquiera imaginar qué era una princesa. Estaba casada con un peón de albañil, fregaba escaleras por las mañanas y tenía cuatro hijos. Se hacinaban todos en un piso destartalado de ochenta metros. Por eso, al verla gritar desabridamente a los niños, no pensé que ese día se encontrara de especial mal humor. En seguida definió su relación fraternal.

—¿Mi hermano? ¡Vaya desgraciado! ¿Qué ha hecho para que le busque la policía? Cuando me llamaron los de su empresa preguntando por él ya me extrañó. ¡No podía ser nada bueno!

—¿Sabe dónde está?

—¿Yo? ¡Qué voy a saber! Es verdad que se presentó hace tres días aquí. Dijo que venía a despedirse. ¡A buenas horas le daba por el cariño de la familia!

—¿Le contó adónde iba?

—No, ni yo se lo pregunté. Me dijo que se largaba a vivir a otra parte, que había cobrado unas deudas y que dejaba de trabajar. A los de la empresa no se lo conté para que dejaran de joderme.

—¿Concretó qué deudas eran ésas?

—No, y no lo mandé a la mierda de milagro. Cuando mi marido y yo pasábamos una mala temporada le pedí prestado y no me dio ni un duro.

—¿Le dijo si se iba con alguien?

—No me dijo nada.

—¿Si se iba a otra ciudad?

—¡Nada!, eso me dijo. ¿Ha robado?

—Quizá.

—Pues, demasiado tarde.

—¿Qué quiere decir?

—Me dio veinticinco mil pesetas. Se lo digo porque no quiero líos. Ya me las he gastado, así que no las puedo devolver. Me mosqueó cuando me las dio, pero con esa historia de que se marchaba a vivir a otra parte, pensé que no iba a verlo nunca más.

Hizo un gesto de despedida con sus manos deformes, gordas, desgastadas por la lejía y prosiguió:

—Yo, por si acaso, me fui a El Corte Inglés y me compré algo bonito como él me dijo. Para una vez que puedo darme un capricho... vengan, se lo enseñaré.

Garzón y yo nos miramos con sorpresa, pero la mujer había iniciado la marcha hacia el dormitorio y nos dejamos guiar. Llegados al pequeño cuarto, nos mostró su adquisición. Una gran jaula dorada del tamaño natural de un gorila ocupaba buena parte del espacio. En su interior, rodeados por una selvática vegetación de plástico, había dos estáticos loros de colores chillones. La hermana de Olivera se acercó y nos mostró aquella abominación con un orgullo casi maternal.

—¿Ven? Los loros están hechos con plumas de gallina teñidas y en los ojos les han puesto piedras semipreciosas de Brasil. ¿A que son bonitos?

Permanecí muda por el horror. Garzón tuvo más presencia de ánimo y murmuró:

—Son magníficos.

—Claro que sí —dijo ella sonriendo por primera vez—. No tendré que devolverlos, ¿verdad?

—No —musité, aún afectada por la impresión—. No tendrá que devolverlos.

Salimos de aquella casa con la sensación estética aún indeleble en nuestros ojos. No, con toda seguridad Pepe Olivera no volvería a ver a su hermana nunca más. O estaba en el extranjero o estaría en la cárcel en cuanto se dejara atrapar. Aquel dinero fresco que tenía en las manos le condenaba sin paliativos. Subimos al coche con un sabor de boca bien amargo. Mi compañero pensó en voz alta:

—Al menos ya podemos descartar definitivamente a la señora Domènech como asesina.

—El «pajarito» que vio tras la casa era la propia Lali. Ésta se sintió descubierta cuando la pobre señora soltó esa frase al pescarla deambulando por el jardín. De ese modo no sólo se curaba en salud por si a la anciana se le ocurría repetir lo del pajarito, sino que, encima, proyectaba la sospecha sobre la misma señora Domènech.

—¿Cree de verdad que esa filipina es tan lista? A mí no me lo pareció.

—Perdone que le suelte una sentencia confuciana, pero lo cierto es que el ser humano nunca es como aparenta. Nosotros mismos parecemos dos policías inteligentes, y ¿qué hacemos? Pues permitir que los presuntos culpables de un crimen se volatilicen en nuestras narices.

Quedó en silencio. Frunció el ceño con gravedad. Luego se echó a reír.

—¿Qué le hace tanta gracia?

—Me acordaba del capricho que se ha comprado la hermana de Olivera.

—¡Calle, por Dios, era más terrorífico que los de Goya!

—Pero a mí me ha dado una idea. Ahora ya sé qué regalarle por su cumpleaños, Petra.

Seguía riéndose como si la pésima marcha del caso no le afectara. No sé qué opinaría Confucio al respecto, pero para mí, el ser humano era muy raro. Una mujer desheredada de la fortuna se enamora de un objeto inverosímil como si hubiera estado deseándolo toda la vida, y un hombre cuyo centro existencial es el trabajo se muere de risa estando en pleno fiasco profesional. O el mundo era incomprensible per se, o yo no partía de los mismos supuestos que los demás. Pero daba lo mismo, las cosas continuaban pasando aunque yo no las entendiera.

La pisada encontrada junto a la tapia de «El Paradís» el día del crimen tenía el mismo número y forma que los zapatos de Olivera que nos llevamos de su casa como prueba. Las cosas que, hasta el momento, no eran sino retazos sin sentido, iban cobrando entidad. Mientras Garzón se marchó para preparar los detalles de la mediación eclesiástica, yo me encerré con todos los datos del caso esparcidos sobre la mesa. Repasé los informes que el departamento económico nos había enviado en su día. Todo normal. Nadie había sacado o ingresado sumas significativas, ni había hecho transacciones especiales o sospechosas. Como solía ocurrirme en presencia de un material que nada aportaba, me puse tremendamente nerviosa. Salté de la silla, cogí mi gabardina y me fui a «El Paradís».

Aquel paisaje imperturbable, siempre igual a sí mismo, empezaba a resultarme tan familiar como antipático. Una vez más visité los lugares del crimen, una vez más paseé por las avenidas bordeadas de casas. Las preguntas sin respuesta seguían martilleando en mi interior.

Amor, asesinato, dinero y fuga. Ya nada impedía pensar que aquellos dos funestos enamorados habían sido los autores de la muerte. Era su móvil lo que continuaba colgando en el aire. ¿Chantaje a Espinet por haberlo descubierto en una aventura amorosa? Quizá el abogado les había pagado varios plazos utilizando dinero negro y por eso no figuraban cantidades extraídas de sus cuentas. A no ser que... a no ser que Lali y Olivera hubieran sido un simple vehículo. No habíamos pensado seriamente en la posibilidad de que ambos hubieran actuado como autores materiales contratados. Alguien podría haberles pagado para que quitaran de en medio a Juan Luis Espinet. Un enemigo emboscado. De ser así, dicho enemigo debía de vivir en la urbanización. Sin duda conocía las costumbres de los amigos. ¿De qué otro modo si no podría haber contactado con la filipina y el guardia? Alguien sabía lo suficiente sobre ellos como para estar al corriente de su enamoramiento, como para tener la seguridad de que aceptarían dinero para poder largarse de allí y vivir juntos, como para saber que no eran tan inofensivos como parecían.

Llegué hasta «Las Adelfas» y le dije a la asistenta que quería hablar con el señor Domènech.

—Señor Domènech, sólo vengo a pedirles disculpas.

Cerró los ojos resignadamente. Se encogió de hombros.

—No importa, olvídelo. ¿Han cogido al culpable?

—Aún no.

—Estoy pensando en abandonar la urbanización.

—¿Por nuestra culpa?

—No en realidad. No se puede ser diferente en un lugar donde todo el mundo está cortado por el mismo patrón. Creí que aquí viviríamos tranquilos, pero me equivoqué. El vecindario mira a mi esposa con miedo.

Lo compadecí con sinceridad. La labor de la policía no siempre perjudica al delincuente. A veces los sospechosos salen seriamente dañados de la investigación. Me sentí mal. Habíamos ido tras una pobre enferma mientras los auténticos culpables se escabullían impunes. Pistas falsas, rastros falsos... Si no encontrábamos a aquella pareja, el meollo del caso quedaría sin desentrañar.

Más por hacer algo que por el trabajo en sí, busqué al guardia de noche para interrogarlo otra vez. Un sustituto me informó de que era su día libre. ¡Cojonudo!, ¿algo podía ir peor? Ojalá al menos la mediación del cardenal surtiera efecto. Aunque con la racha que llevábamos, no me habría extrañado nada que el cónclave hubiera terminado con Dolores Carmona echándole las cartas al eclesiástico.

Camino de la salida pasé por delante de «Los Ibiscus». Malena Puig regaba las plantas en el jardín. Me saludó con la mano que le dejaba libre la manguera. Correspondí. Interrumpió el flujo de agua y se acercó sonriendo.

—Inspectora, ¿qué hace por aquí?

—Poca cosa, la verdad.

—¡No me lo puedo creer!

—¿Que haga poca cosa?

—No, que los asesinos hayan sido esos dos.

—¿Ha oído hablar mucho del tema?

—Desde que mataron a Juan Luis, en esta urbanización hay más rumores que pájaros.

—Creí que aquí nadie se inmutaba por nada.

—¡Es algo tan grave! Yo aún no me he recuperado de la impresión, ¡Lali y ese gorila!

—¿Dicen los rumores por qué mataron esos dos a Espinet?

—¡Para robarle, naturalmente!

—Eso está por demostrar.

Me miró con gesto intrigado. Malena sentía curiosidad, quizá ella contribuía a los rumores también. Le sonreí sin ganas de explicar nada.

—¿Quiere uno de mis célebres cafés?

—Es muy tarde ya. Tengo que volver a comisaría para una reunión.

—Pase al menos un momento para ver a Anita. Azucena la está bañando.

—¿Y los chicos?

—Hacen los deberes en su habitación. Querían esperar a su padre despiertos, pero Jordi llega muy tarde. Trabaja muchísimo. No sé cómo lo resiste, la verdad.

—¿La muerte de Espinet le ha supuesto más trabajo?

—Me temo que sí, aunque siempre ha trabajado hasta el límite.

—¿Qué pasará ahora con la sociedad en el bufete?

—Inés lo venderá a alguien, consensuándolo con Jordi. Tendrá un nuevo socio.

—¿No lo comprarán ustedes?

—Por desgracia no tenemos tanto dinero, pero Jordi dice que encontrarán a un buen socio, no se inquieta demasiado. Vamos, Petra, pase un momento, sólo un momento.

Pensé que quizá ver a Anita en el baño atenuaría mi depresión. Accedí, no era correcto negarme después de tantas molestias como le había causado.

Entramos en un gran lavabo decorado con motivos infantiles. Azucena se inclinaba sobre la bañera. Allí, emergiendo de entre la espuma, estaba la niña. Con el pelo mojado y la piel reluciente estaba aún más hermosa. Jugaba con el agua, canturreaba, hundía pequeños juguetes de plástico que flotaban sobre la superficie. Si no se me pasaba la depresión observando aquella imagen de felicidad, bien podía acudir a un psiquiatra.

Malena mandó a la niñera a la cocina y se hizo cargo de la salida del baño. Pensé que si aquella niña hubiera sido mía, yo misma la habría bañado todos los días sin ayuda de nadie. Como si su madre me hubiera leído el pensamiento, me ofreció:

—¿Por qué no la sostiene usted? Siéntese en ese taburete y yo iré secándola.

Lo hice, y me sentí feliz con mi lustroso paquete, que emitía un agradable calorcillo perfumado. Mientras, Malena hacía su tarea con movimientos experimentados.

—Petra, ¿se lo diría usted a Inés?

—Decirle, ¿qué?

—Bueno, alguien tendrá que decirle que Lali, su propia chica, ha sido la asesina de su marido.

—Malena, no he dado el caso por resuelto en absoluto. Un asesinato del que se conoce el culpable pero no el móvil no está aclarado aún. Esa pareja puede haber sido sólo autora material como usted misma apuntó. Quizá sigamos buscando al asesino en la urbanización. ¿Para qué va a darle un disgusto a Inés si después puede llegar a llevarse otro aún mayor? Es prematuro.

—Pero si se entera por un conducto inadecuado le afectará.

—¿Cómo se ha enterado usted?

—El guardia de día se lo contó a las criadas y después, claro, ya lo supo todo el mundo. El presidente de la comunidad ha rescindido el contrato con la empresa de seguridad. Han contratado a otros. ¡Ha sido un escándalo tremendo!

—Está bien, haga lo que considere oportuno. De todas formas, no creo que la noticia tarde mucho en aparecer en los periódicos por más cautela que exija el juez.

Anita ya estaba vestida con un pijama de minúsculos lunares. La besé en la mejilla y la deposité en brazos de su madre.

—¿Quiere ahora ese café?

—No, lo siento, tengo que marcharme.

—A lo mejor preferiría quedarse a cenar.

—Gracias, pero no puedo. Debo velar por la seguridad de la visita papal.

—Eso está muy bien.

Las luces que brillaban en sus ojos eran de ironía. Nos despedimos con la simpatía habitual y salí pitando para la reunión del papa. Temía que, si llegaba tarde, Coronas me castigara de cara a la pared.

Entré cuando la sesión ya estaba empezada. En seguida comprobé que faltaban el cardenal Di Marteri y Garzón. Buena señal, pensé, sus conversaciones tripartitas estaban durando, y nada de lo que dura es banal.

Aguanté durante hora y media una kilométrica disquisición sobre turnos, efectivos y demás precisiones que no escuché. Salí de las primeras.

Una vez en casa tomé una ducha y me puse cómoda. Ojalá hubiera tenido la calma de Anita al salir del baño. Ojalá embutida en un pijama de lunares pudiera alcanzar la paz de su espíritu. Pero no, estaba deprimida y de mal humor. Encima, cuando iba a servirme una copa llamó Garzón. Noté su euforia en cuanto empezó a hablar.

—Inspectora, es usted absolutamente genial. Es usted inteligente, imaginativa, con recursos que nadie espera, original, práctica; en fin, mi más sincera felicitación.

Esperaba en silencio a que finalizara aquella retahíla lisonjera.

—Petra, ¿está usted ahí?

—Sí, Fermín, aquí estoy.

—¿No me pregunta por qué le digo todos estos piropos?

—Creí que por fin había decidido contarme lo que piensa realmente de mí.

Rió con franqueza casi chabacana.

—Si prefiere creer eso no se lo negaré, pero debe saber que la felicitaba porque se ha resuelto el caso de los gitanos. ¡Los casos, mejor dicho!

—¿De verdad? —dije sintiendo sueño y cansancio.

—¡Como lo oye! Los responsables de ambas muertes, dos varones de mediana edad, han confesado sus crímenes y se han entregado. No habrá más agresiones. La sabia mediación del cardenal Di Marteri ha dado resultado. Yo esperaba fuera mientras negociaban, pero al salir todo estaba arreglado. El comisario Coronas me ha dado la enhorabuena.

—En ese caso debería llamar a Di Marteri para felicitarlo a él.

—No, la idea fue suya y así se lo hice saber al comisario.

—No me recuerde esa idea, por favor. Me siento fatal. A saber qué les habrá ofrecido Di Marteri a cambio de que se entreguen. ¡La salvación eterna, el paraíso perpetuo, la indulgencia plenaria, cualquier timo místico por el estilo!

—De verdad que me cuesta entenderla, inspectora. Convierte usted una alegría en una tragedia a base de razonamientos.

—Ahora sí que me halaga, Garzón.

—¿Por qué?

—Porque en eso consiste la cultura y la base de la civilización, amigo mío.

—Vaya a tomarse una copa, jefa, la necesita.

—La tomaré a su salud.

Pero no la tomé. Ni siquiera el alcohol habría conseguido elevarme los ánimos, de modo que me fui a la cama. Prefería la oscuridad de la mente a cualquier intento vano de sentirme feliz.

CAPÍTULO SIETE

Los días posteriores a la fuga de los dos presuntos culpables fueron de una paralización exasperante. Ni una sola de las comisarías de Barcelona se puso en contacto con nosotros para dar noticias de la extraña pareja. Coronas autorizó que extendiéramos la orden a toda España, pero yo tenía muchas y justificadas dudas de que esa medida diera algún resultado.

Si los amantes habían abandonado el país, posibilidad que no se revelaba como descabellada, el caso Espinet entraría en un callejón sin salida. Sólo pensarlo me espantaba, me soliviantaba, hacía que una inmensa rabia se apoderara de mí. No podía consentirlo. Alguna vez me había jurado a mí misma que nunca me sucedería algo así. Llegué a creer que me libraría de esa soberana frustración del policía. Y sin embargo, ahí estaba, a punto de convertirse en realidad. De hecho, sólo que el comisario se encontrara tan embebido en los pormenores de la visita papal, ya inminente, nos había librado de ser diferidos hacia otros casos, quedando el de Espinet en lugar secundario.

Como siempre que no se consigue resolver un crimen en un tiempo razonable, tenía la sensación de haber pasado veinte veces por delante de la solución sin percatarme. Pero no podíamos darnos por vencidos. Hasta que el papa apareciera por Barcelona, Coronas nos dejaría tranquilos.

Las reuniones para la seguridad papal se encontraban también en un período de recapitulación. Reincidíamos en la organización general como si fuera el paso a paso de un atraco. Desde que Di Marteri había resuelto la mediación en el caso de los gitanos, cuando me cruzaba con él creía ver en sus labios una sonrisa entre irónica y suficiente. Algo así como «uno a cero, muñeca», una actitud muy poco eclesial, si bien podían tratarse de simples figuraciones mías. Aun así, le di las gracias y lo hice de corazón. Desbloquear un caso de dos asesinatos concatenados que amenazaban con ir a más no era moco de pavo. Nunca supe qué les dijo o les prometió, pero el resultado de su intervención se resumía en dos hombres autoinculpándose de sendas muertes. Vi por última vez a Dolores Carmona acompañada de dos de sus hermanos. Lloraba, pero incluso entre lágrimas me dedicó una sonrisa. A pesar de nuestros mundos enfrentados, ambas reconocíamos en la otra a una mujer batalladora, y eso siempre genera una corriente de solidaridad.

Por muy batalladora que yo fuera, había tenido serias tentaciones de darme por vencida en el caso Espinet. Era una opción cómoda. Se daba a los culpables por huidos de la justicia y se cerraba el caso en falso. No se trata de una práctica desconocida en la policía. La cuestión residía en saber cuánto tiempo permanecerían en mi mente las preguntas, torturándome con su inoportunidad. De momento su presencia era incesante: ¿qué habían sacado en claro los asesinos con su acción criminal? ¿Era el chantaje lo que los unía a Espinet?

En aquellas circunstancias, la proximidad de un fin de semana me espantaba. Dos largos días cruzada de brazos era más de lo que podía tolerar. Pero sin planes, ni sospechas ni puntos tangibles sobre los que investigar, ¿de qué me habría servido organizar unas jornadas de trabajo extra en mi casa? Tampoco Garzón estaba demasiado por la labor. Cuando le insinué que podíamos reunirnos en una sesión extraoficial, me contestó que tenía otras cosas que hacer. Sería preferible dejarlo descansar. Aunque poco hubiéramos aclarado por el momento, era verdad que habíamos trabajado como bestias en el caso.

Dediqué la mañana del sábado a ir de compras. A las demás mujeres es un sistema que les funciona bien cuando intentan combatir el estrés. Tomé un taxi que me llevó hasta L'Illa Diagonal, el llamado rascacielos horizontal de Barcelona, una zona lujosa pero asequible, llena de todo lo que la frivolidad puede desear. El mundo fácil, adquirible con dinero, se extendió frente a mí: tiendas de ropa, cafeterías, joyerías, artículos deportivos y zona de mercado, con frutas exóticas y quesos de importación.

Me compré unos zapatos, sofisticados y caros, con la seguridad de que no llegaría a usarlos más que un par de veces, pero ya que se trataba de combatir el estrés... Luego pasé frente a una *boutique* de ropa infantil y miré el escaparate: minúsculos jerséis, cazadoras con dibujos, pantalones de colores vivos... De entre todas las prendas destacaba un vestido de cuadros con el cuello blanco y un gran bolsillo frontal. Lo contemplé largamente y me descubrí a mí misma pensando que Anita Puig estaría preciosa con él. ¿Por qué no entrar y comprárselo? Sentía auténticos deseos de hacerlo, de modo que sin volver a pensarlo realicé aquella pequeña transacción comercial que, cosa extraña, me llenó de placer.

Las dudas surgieron más tarde, cuando regresé a casa. ¿Cómo se me había ocurrido llevar a cabo una acción tan impetuosa? ¿Con qué excusa le daría el vestidito a Malena Puig? No teníamos una relación de amistad que justificara el regalo. La joven madre me vería como a una de esas mujeres sin hijos que se pirran por los niños de los demás. Luego pensé que quizá se trataba de un detalle muy normal. Malena había sido extraordinariamente colaboradora y amable con nosotros en el curso de las pesquisas. Habíamos abusado de su cortesía y sus tazas de café. Le daría el vestido en nombre del Cuerpo de Policía. Sería una magnífica ocasión para demostrar que la bofia de Barcelona tiene maneras y educación.

Me tumbé en el sofá a leer. En condiciones normales habría sido un rato delicioso, pero como suele suceder cuando la mente no está en calma, las líneas del libro bailaban a un ritmo infernal y los ojos oblicuos de Lali se me aparecían entre letra y letra. Intenté recordar cómo eran los rasgos faciales de Olivera. No lo tenía catalogado como un galán. ¿De verdad estaban Lali y él enamorados? No me cabía la menor duda de eso. La soledad crea el caldo de cultivo necesario para que surja el amor. Imaginé a Olivera acechando a Lali en algún rincón del jardín, a ésta mirándolo desde lejos con un niño Espinet en cada mano. Sí, podía ser un gran amor condenado al fracaso en sus circunstancias económicas y de trabajo. La filipina no habría encontrado otro tipo de empleo con facilidad, y con el sueldo de Olivera no tenían para vivir. Necesitaban dinero si querían estar juntos. Pero llegar a algo tan extremo como la muerte...

El teléfono me sobresaltó y el libro se me cayó de las manos. Contesté imbuida de una inquietud teñida de esperanza. Era Concepción Enárquez. En seguida temí algún nuevo desmán amoroso del subinspector, pero sólo llamaba para saber de mí.

—¿Todo va bien? —pregunté aún con desconfianza.

—Muy bien, Petra, todo va muy bien. Lo que ocurre es que estaba sola en casa y se me ocurrió que podríamos salir a tomar un café.

Mi desconfianza creció, pero ¿qué podía hacer? De cualquier modo, quizá salir con ella atemperara mis obsesiones. Le dije que sí y quedamos para merendar.

Encontré a la viuda más delgada. Vestida con un sobrio traje de chaqueta azul marino me recordó a una dama de película antigua, segura de sí misma y de su dignidad. Pedimos un surtido de pastas que ataqué sin remilgos. Después de sorber un par de veces su taza de té, comentó como casualmente:

—Todo funciona muy bien entre mi hermana y su compañero, en plan de amistad, quiero decir. Salen los fines de semana, van al cine, a cenar...

Guardaba algún «pero» en la manga, algún inconveniente que yo debería resolver. Me puse en guardia.

—Garzón no me cuenta mucho, la verdad.

—Lo sé, tampoco a mí Emilia me cuenta nada. Entra, sale, se ven los sábados, los domingos... Al principio yo los acompañaba, pero he ido dejando de hacerlo. Hay que comprender la naturaleza de su amistad.

Ahí estaba el reproche, la parte del plan con la que no se había contado. Concepción Enárquez se había quedado sola. Esperaba que se diera cuenta de que yo no iba a hacer nada al respecto, que no me correspondía, que no jugaba ya en aquel partido.

—Los hombres son extraños, ¿verdad? —dijo de pronto.

—¿Usted cree?

—Defienden su libertad de manera exagerada.

—Todos defendemos nuestra libertad.

—Pero ellos tienen mucho interés en que quede patente, en subrayar ante todo el mundo que son libres, aunque luego se comporten con bastante dependencia. ¿Volverá usted a casarse alguna vez, Petra?

—No le digo que no. El matrimonio no está tan mal. Hay cosas peores.

—¿Por ejemplo la soledad?

—¡Ah, no, ni hablar! Desdichado el que se case para no estar solo. Solo se está muy bien.

Asintió sin mucho convencimiento, y mordisqueó una galleta con su boca pintada de rojo sangre.

—Tendré que volcarme más en los asuntos de la clínica.

—Hará usted muy bien, ¡hay que luchar!

—Yo no he luchado nunca, Petra, por nada ni por nadie. No he tenido necesidad. ¿Cree que eso es una desgracia?

—Ni mucho menos.

—Pues yo creo que sí. Envidio a las mujeres que han salido adelante por sí mismas, que se han esforzado, que han ido a contracorriente.

Sus ojos revelaban angustia y frustración. ¿Qué pintaba yo escuchando las quejas vitales de una señora madura? Dirigí la vista en todas direcciones buscando una salida. Tenía que huir, largarme de allí inmediatamente, coger el portante, desaparecer. ¿Cómo me había dejado atrapar en aquella trampa? Yo, que tengo a bien no aguantar confidencias de nadie, que odio lo sentimental hasta extremos difíciles de creer, estaba convirtiéndome en un paño de lágrimas de uso indiscriminado. Llevada por un impulso mecánico, me levanté. La viuda se quedó de una pieza.

—¿Qué pasa, inspectora?

—Acabo de recordar que tengo que marcharme. Un asunto urgente de servicio.

—¡Oh! —exclamó con auténtica pena—. La he entretenido con tonterías mientras usted tiene cosas importantes que hacer.

—No se preocupe. Permítame que la invite yo.

Pagué al camarero y salí a uña de caballo dejándola bastante descolocada. Mientras caminaba por la calle iba cargándome de razones. ¡Basta de reblandecimientos, Petra!, me dije, ¿adónde pretendía llegar, a mi beatificación? Estaba sufriendo un lamentable proceso de licuación de las meninges, de gasificación de la inteligencia. Nada me obligaba a quedarme escuchando los lamentos de una niña bien entrada en años. Yo era policía, no psiquiatra, ni directora de una ONG, ni una mujer solidaria con mis compañeras de sexo.

Aquella noche me preparé una cena a base de quesos y vino de Rioja. Bebí una copa de oporto como postre y escuché una selección de mi música de jazz preferida. Pues bueno, aun a pesar de todos aquellos detalles maravillosos, me sentía fatal. Había demostrado una insensibilidad total hacia la pobre Concepción, que sólo pretendía que pasáramos un buen rato juntas. ¿Qué me habría costado escuchar a aquella mujer, prestarle una mínima atención y después largarme normalmente? Pues no, había tenido que dejarla plantada como si me persiguiera el diablo. ¡Joder, ya que no resolvía los casos, por lo menos podía ser mínimamente útil a alguien! Un desastre, un cúmulo de contradicciones, así era yo.

A las siete llamaron por teléfono. Era el juez García Mouriños.

—Petra, estoy ordenando los informes del caso Espinet y no me coinciden con las fechas de algunas órdenes de intervención que me han pedido. ¿Podemos cotejarlas?

—Espere, encenderé el ordenador.

Deshicimos sus entuertos en apenas diez minutos.

—¿Trabaja también los sábados, juez?

—¡Bah!, vengo un rato al juzgado para quitarme papeles de en medio, pero en seguida me voy. Hay una película gore de cine independiente que quiero ver. No es un género que me entusiasme, pero..., oiga, ¿por qué no se viene conmigo?

—No sé, había pensado quedarme descansando.

—¡Oh, vamos, anímese, así no me sentiré tan solo! Piénselo y la llamo cuando haya terminado con el trabajo. ¿De acuerdo?

La soledad. La soledad le pesaba más a la gente mayor. ¿Me ocurriría lo mismo a mí al cabo de los años? Descolgué de nuevo el teléfono y marqué el número móvil del juez.

—Juez, soy Petra Delicado. Ya lo he pensado y me apetece ir al cine, sí. ¿Puedo llevar a una amiga conmigo?

—¡Estupendo!, será un placer. Las espero a las nueve en la puerta del cine Verdi. No se preocupen por las entradas, ya las sacaré yo.

Cuando hice las presentaciones entre Concepción Enárquez y el juez García Mouriños me sentí fantásticamente. Aquél era un ejemplo perfecto de la teoría del «aprovechamiento integral vital» que yo misma había creado para impresionar a Garzón. Dos viudos de edad parecida a los que la soledad les comía la moral. Si luego resultaba que se detestaban y decidían no volver a encontrarse, ése ya no sería asunto mío.

A decir verdad, después de haber visto la película a la que el juez nos llevó no me habría extrañado nada que Concepción lo detestara. Pero no fue así, era la primera película gore que veía y le dio por reír. El argumento era simple, una pareja de recién casados deciden hacerse socios de un club de campo cercano a Nueva York. El director de ese club resulta ser un asesino en serie que pasa sus ratos libres matando socios. La gracia, naturalmente, residía en la orgía de vísceras y sangre que organizaba el director cada vez que se le ponía a tiro una de sus víctimas. Salí del cine con dolor de estómago. García Mouriños ya empezaba a disculparse por su elección cuando Concepción soltó la primera carcajada.

—¡Ha sido tan divertida! ¿Qué me dicen de la chica a quien le corta la yugular? ¡Los chorritos de sangre parecían de una fuente, sólo le faltaba la luz y el sonido!

El juez la miró con sorpresa y simpatía.

—Sí, y además el ritmo de la narración no estaba nada mal.

Nunca comprenderé la razón por la que la mayor de las Enárquez reaccionó de aquella manera, pero el caso fue que sus risas rompieron cualquier hielo que pudiera haberse formado. Acabamos los tres tomando caipiriñas en un bar brasileño. Un trío imposible pero que funcionaba, algo parecido al misterio de la Santísima Trinidad. El juez nos contó anécdotas de su vida profesional expurgándolas de nombres propios y Concepción parecía divertirse como una loca.

A las dos de la madrugada me despedí, pero ellos no hicieron indicación de levantar el campo. Seguían charlando cuando yo enfilé la puerta del bar. Perfecto, pensé, dos seres solitarios se habían encontrado gracias a mí. No pensaba que de aquella feliz circunstancia fuera a surgir una loca pasión, pero a poco listos que fueran aprovecharían sus ventajas. Yo tranquilizaba mi conciencia y me aseguraba de que no me dieran la lata nunca más. Siempre he pensado que, si propicié aquel encuentro, fue para aligerar la sensación de fracaso que sentía por el caso Espinet. Algo parecido me sucedió con la idea de recurrir a Di Marteri como mediador. Necesitaba éxitos personales. No me hago ilusiones con respecto a mi sentido de la ayuda al prójimo.

El lunes siguiente, cuando me levanté para ir a trabajar, la sensación de fracaso había cedido terreno en favor de una gran inquietud. ¿Qué iba a encontrar sobre la mesa de mi despacho al llegar? Nada, ése era el problema, un montón de gestiones abortadas por la confusión más absoluta. Me espantaba sentarme frente a papeles vacíos de información, hacer un *tête-à-tête* con el subinspector sin ningún dato concreto que intercambiar.

Todas las funestas imágenes que mi depresión había anticipado se cumplieron al entrar en comisaría. Encendí el ordenador y pinché el caso Espinet. Coronas debía de haberlo consultado ya desde su despacho porque alguien había añadido varios signos de interrogación al final. Era un aviso para navegantes: «Llegad a puerto a todo trapo o empezad a arriar. No tenéis todo el tiempo del mundo, muchachos.»

Me puse a repasar el caso sobre la pantalla por enésima vez. En ese momento me llamó Malena Puig. Era la primera vez que lo hacía. Quería verme, no podía hablar por teléfono. Se me aceleró el corazón. ¿Era posible que hubiera recordado algo nuevo a aquellas alturas? No, no tenía sentido. Sin embargo, su tono de voz no parecía el habitual. Además, al final de su parlamento añadió:

—Sería mejor que nos viéramos a solas, sin el subinspector Garzón.

—¿Se trata de algo importante? —pregunté, incapaz de controlar mi ansiedad.

—No lo sé, quizá no. Supongo que sería preferible que yo me desplazara a comisaría, pero no me tienta en absoluto.

—Se me ocurre una idea, Malena, ¿por qué no viene a mi casa? El café no me sale tan bien como a usted, pero puedo intentarlo.

—¿A las doce le va bien?

—¡Perfecto!

—Deme su dirección.

Esperaba que a aquella hora mi asistenta hubiera terminado ya. Pasaría primero por una panadería y compraría algo dulce. Tenía el deber de tratarla bien, al menos tan bien como ella me había tratado a mí. Por desgracia no podía improvisar un ambiente hogareño en mi casa de Poblenou. Pasé revista mental a la decoración. Hacía tiempo que debería haber contratado a un pintor. Las paredes se veían deslucidas y estaban pintadas de blanco, mientras que las tendencias actuales se inclinan por los colores vivos. Pero para ser la vivienda de una policía divorciada no estaba mal. Al menos no caía en el tópico de la nevera con tres yogures caducados y los ceniceros rebosantes de colillas. De pronto caí en la cuenta de qué tipo de inquietudes estaba despertándome la anunciada visita de Malena. ¿Me encontraba galopando hacia la absoluta idiocia? Dicho de otra manera, ¿estaba volviéndome subnormal? Malena había pensado, recordado o conjeturado algo sobre el caso Espinet, algo lo suficientemente importante como para querer entrevistarse conmigo y yo reaccionaba cuestionando la pintura del salón y organizando un té de las cinco. Aquello era insólito y desesperante. La vida en «El Paradís», la visión de aquellos jóvenes matrimonios bien instalados, me habían despertado un curioso deseo de normalidad social, justamente el tipo de normalidad que durante toda mi vida siempre desprecié, aquel del que hice incontables esfuerzos por huir. La mente es jodida, tarde o temprano acabas añorando la opción que dejaste atrás.

Recompuse la situación. Malena Puig no era mi amiga. No pertenecíamos al mismo mundo ni teníamos la misma edad. Yo no iba a entrar en una dinámica de jóvenes mujeres que se reúnen para charlar de sus cosas. Nuestro único vínculo era estrictamente policial, y así seguiríamos por muy bien que nos cayéramos las dos.

A pesar de aquellas coreadas autoconsignas, compré croissants y preparé café. La asistenta ya se había largado y la casa se encontraba en perfecto orden general. Me senté a esperar a mi invitada.

Era inútil hacer suposiciones sobre lo que Malena fuera a decirme. Sin duda sería algún detalle. Ella permanecía todo el tiempo en el lugar del crimen mientras los demás entraban y salían de «El Paradís». Allí debía de seguir oyendo comentarios de los vecinos, de las chachas.

A las doce, con toda puntualidad, un pequeño Volkswagen amarillo aparcó cerca de mi casa. Vi descender a Malena. Llevaba un sencillo traje beige. Me sonrió al abrirle.

—Nunca se me habría ocurrido pensar que vivía usted en una casa individual, aquí, en medio de la ciudad.

—Bueno, no es «El Paradís», pero tampoco está mal.

—¿Me deja curiosear un poco?

Le enseñé habitación por habitación. Cuando llegamos al pequeño patio trasero su sorpresa creció.

—¡Pero si tiene un jardín!

—Eso es demasiado decir. En realidad, el cuidado de las plantas no es mi pasión. La asistenta planta y arranca lo que le da la gana. Yo no he de preocuparme de nada. Además, tengo riego automático. Hay que reconocer que este patio queda bien, me gusta ver un poco de verde antes de irme a la cama.

—Tiene una casa preciosa, Petra, de verdad.

—¿Creía que todos los policías vivíamos en pisos cutres llenos de periódicos atrasados?

—No, pero... —Se echó a reír—. Bueno, sí, algo por el estilo. Es por culpa de la televisión y de las novelas de intriga. Además, como usted siempre lleva una gabardina bastante arrugada...

—Es mi fetiche. Le tengo gran afecto.

Nos reímos las dos.

—Si se encuentra decepcionada, puedo desordenar un poco la cocina, sembrar unas cuantas colillas por el suelo.

—Será más sencillo que yo cambie mis ideas preconcebidas. De todas formas, me resulta apasionante visitar la casa de una mujer que vive sola.

—Vivir sola no tiene nada de apasionante.

—Yo creo que sí. Organizar tus propios horarios, moverte a tu antojo. Yo nunca he vivido sola, ni siquiera cuando era estudiante. Pasé de casa de mis padres a la rutina de casada.

—Hay mucha gente que vive sola sin desearlo.

—¿Usted también?

—No, yo no. A mí me gusta la soledad.

—A mí también.

—Su caso es diferente. Con esos niños tan preciosos que tiene... Por cierto, yo...

Recordé el vestido infantil que había comprado, y disipé mis últimas dudas en cuanto a entregárselo. Lo saqué de mi armario y se lo di. La cara de Malena registró primero sorpresa, después agradecimiento.

—¡Pero Petra, es precioso! ¿Cómo se le ha ocurrido...?

Tomó la pequeña prenda en las manos y la elevó en el aire.

—Anita estará guapísima con él. Oiga, ¿sabe que la quiere a usted?

—¿A mí?, ¡pero si apenas me ha visto!

—Los niños saben perfectamente quién es quién.

Comprendí que aquella situación podía parecerle ridícula a cualquiera. Aun a riesgo de quedar como descortés, me permití abortarla.

—Malena, usted ha venido hasta aquí para hablarme de algo, ¿no es cierto?

Se ensombreció rápidamente.

—Sí, así es. Pero, en fin, no sé por dónde empezar.

—¿Ha recordado algo sobre el caso Espinet?

—Me resulta muy difícil hablar.

—¿Se trata de algo que implica a alguno de sus amigos?

—Implicar es demasiado fuerte. Ni siquiera sé si tiene la menor importancia. En realidad no sé si debo decírselo.

—Yo misma le pedí que me hiciera llegar cualquier detalle.

—Tengo la sensación de estar dando un chivatazo, y encima sobre algo que debe de ser una tontería.

—Ya me imagino cómo se siente. Es normal. A lo mejor lo que ha recordado no tiene ninguna trascendencia, pero es mejor que me lo diga, podría llevarnos a alguna deducción

Estaba compungida y nerviosa. Le temblaba la voz cuando empezó a hablar de nuevo.

—Verá, inspectora, se trata de Rosa. No sé, es absurdo, pero una semana antes de morir Juan Luis me pidió que le cubriera las espaldas.

—No entiendo qué quiere decir.

—Me rogó que pasara seis horas fuera de la urbanización, y que si alguien me lo preguntaba, dijera que habíamos estado juntas en Barcelona, de compras o en el cine. Yo lo hice así. Estuve seis horas dando vueltas por la ciudad, desde las dos hasta las ocho de la tarde.

—¿Le dijo para qué necesitaba ese tiempo?

—No. Yo no quise preguntárselo. Pensé que tenía un

amante, que estaba engañando a Mateo y que éste debía de sospechar.

—¿Le había pedido antes un favor así?

—Nunca. Ella se mueve libremente sin dar explicaciones a nadie, aunque supongo que seis horas es mucho tiempo, y si Mateo sospechaba algo…

—¿Le preguntó Mateo si había estado con Rosa en ese tiempo?

—No, nadie me preguntó.

—Apuntaré la fecha e investigaré.

—No, Petra, por favor…

La miré a los ojos. Estaba angustiada.

—No haga nada, se lo ruego. Lo más probable es que no tenga nada que ver con la muerte del pobre Juan Luis. Si empieza usted a investigar y hacer preguntas, Rosa en seguida sabrá que yo se lo he contado y eso me costará su amistad.

—¿Por eso no me lo había dicho antes?

Se echó a llorar, me cogió el brazo y lo apretó.

—Petra, se lo suplico, no envenene lo que queda de este grupo. Somos amigos desde hace muchos años y ahora todo se está desmoronando. Busque un modo de hacer las averiguaciones que no me señale. O mejor, no investigue en absoluto, ¿para qué? Si Rosa tiene un amante, ¿cómo puede eso relacionarse con el crimen? Sólo que yo he estado dándole vueltas y no podía callar, no podía…

Había librado una dura batalla en su interior y ahora se arrepentía de su delación. Era lo típico. Si no conseguía tranquilizarla, entraba dentro de lo probable que acudiera a Rosa para confesarle que había hablado conmigo. Intenté aligerar su conciencia.

—Vamos a ver, Malena, le prometo que lo haré con

discreción. No la delataré. Volveremos a interrogarlos a todos de manera que la conversación con Rosa quede disimulada.

—Se dará cuenta y me odiará. Total, para nada.

Por primera vez la traté con cierta rudeza.

—Malena, esto no es un juego infantil. Estamos tratando del asesinato de un hombre. Tiene mi palabra de que intentaré ser discreta. ¿De acuerdo?

Tenía mi palabra sobre el intento, no sobre el éxito del mismo, y ella lo sabía perfectamente. Está descrito en los libros de psicología policial, todos los que cuentan detalles quizá sospechosos sobre un amigo se arrepienten inmediatamente. De pronto, la importancia de los datos revelados se les presenta como más que dudosa y sólo desearían dar marcha atrás en el tiempo para poder deshacer su acción. De una cosa estaba segura, desde aquel momento Malena dejaría de mirarme con tan buenos ojos. Se enterara o no Rosa de nuestra conversación, ella empezaría a percibirme como una enemiga de su clan. A lo mejor si había sido tan amable conmigo en los primeros tiempos de la investigación, era debido a la culpabilidad que le acarreaba el estar ocultándome hechos. Pero la cuestión era otra, y simple además. ¿Tenían esos hechos alguna importancia en el caso Espinet? Era imposible aventurar nada por el momento. Una primera ojeada a la situación no mostraba ningún camino abierto con claridad. Rosa Salvia podía tener un amante. Muy bien, ¿y qué? Como había dicho Malena, podíamos organizar un gran escándalo para nada. Sería preferible obrar con cautela.

Cuando le comuniqué todo el asunto a Garzón se quedó callado un momento. Reflexionaba. Por fin soltó:

—No sé a qué estamos esperando para interrogar a Rosa. Puede existir alguna relación.

—De acuerdo, pero si no existe quizá organicemos un buen escándalo. Hay que obrar con precaución.

—¿Desde cuándo anda con tantos miramientos, inspectora?

—¿Le parecen excesivos?

—¿Me da permiso para que le hable con sinceridad?

—Se lo ruego.

—Espero que no lo tome como una falta de respeto, pero el caso es que, desde el principio, vengo observando que se ha dejado influenciar por la elevada clase social de los habitantes de «El Paradís».

—Eso no es cierto.

—Yo creo que sí lo es. Usted misma reconoció que era posible que alguno de los amigos de Espinet, incluso quizá su propia viuda, pudieran estar relacionados de algún modo con su muerte. ¿Y qué hemos hecho al respecto? ¡Ir con pies de plomo y tratarlos a cuerpo de rey como si temiéramos molestarlos!

—¡Se les ha interrogado, hemos ido veinte veces a «El Paradís»!

—¡Muchos de esos interrogatorios han sido como una especie de vida social para usted! Se ha limitado a charlar con la tal Malena y hacerle cucamonas a su niña.

—¡Le he sacado un montón de información! ¡Y gracias a Mateo Salvia y a Jordi Puig supimos que Espinet tenía amantes! Otra cosa es que esos datos no nos hayan llevado a ninguna parte.

—Hemos actuado entre algodones, Petra. Eso es lo que pienso y eso es lo que le digo con la mano en el corazón.

—¡Es usted injusto, Fermín, muy injusto! ¿Cómo habría sido preferible actuar según usted?, ¿obligando a la viuda a que viniera a declarar aun con un ataque de nervios?, ¿dándole dos hostias a Puig por no saber el nombre de la amante de Espinet? Supongo que ésa habría sido su manera de resolverlo.

Bajó la mirada. Se contuvo. Logró componer una figura digna.

—Inspectora Delicado, usted sabe que estoy a sus órdenes y que siempre haré lo que me mande sin rechistar. Dígame cómo debemos llevar el interrogatorio de Rosa Salvia y así se hará. ¿Me da permiso para retirarme?

—Sí, retírese.

—Estaré en mi despacho.

¡Se divertía el muy cabrito, se lo pasaba bomba haciéndose el mártir y el ofendido! ¡Ah, Garzón, me conocía demasiado bien! Sabía que mi talón de Aquiles era de tipo social y ahí había clavado el dardo con siniestra puntería. ¡Me había dejado influenciar por el elevado ambiente social! ¡Casi nada, toda una acusación, y de las más injuriosas! Porque naturalmente no llevaba razón, en ningún momento yo... Pero ¡basta!, me negué a sentirme como quien declara ante un tribunal. Haríamos exactamente lo que yo había pensado hacer. Le pediríamos a todos los amigos de Espinet que nos enseñaran su agenda de la semana anterior al crimen. De este modo quedaría más disimulado nuestro súbito interés por Rosa. Y Garzón que pensara lo que quisiera. Me negaba a comportarme como una mula que entra dando coces antes de saludar. Y si eso hería la fina sensibilidad clasista de mi ayudante, tanto peor para él.

Fui a buscarlo a su cubículo, donde lo encontré sentado mansamente en actitud monacal. Le ordené que empezara inmediatamente a pedir agendas a todo el grupo de «El Paradís».

—¡A la orden, inspectora! —aulló poniéndose en pie.

—¡No hace falta que pegue berridos como un maldito sargento chusquero! Mientras usted hace su parte yo iré a hablar con Rosa Salvia, ¿entendido?

—A la orden, inspectora —repitió en tono más bajo.

Lo odiaba cuando él decidía hacerse odiar. Y yo caía siempre en sus burdas trampas para sacarme de quicio, pero no me veía capaz de ignorarlo.

Pensé que sería mejor presentarme en el despacho de Rosa sin aviso previo. Llegué pasadas las diez. No pude calibrar si se sorprendía por mi visita, ya que una secretaria me hizo esperar.

Me senté en una pequeña sala. Había un montón de revistas de información económica. Las hojeé. Martes, 20 de agosto, ése era el día que había que investigar. ¿Rosa Salvia, la asesina de Espinet? ¿Era ella la amante misteriosa, la instigadora que pagó a Lali y Olivera? Intenté frenar la cascada de suposiciones que se me venía a la mente. Era lo último que debía hacer, embarcarme en filigranas sin base. Empecé a dormitar. Estaba cansada aunque no me diera cuenta. Adopté una postura en la que pudiera disimular el sueño cuando entrara la secretaria. Caí en un duermevela confortable. La entrada de la secretaria me sobresaltó. Había pasado casi una hora.

Rosa me pidió excusas por tan larga espera. Estaba amable y natural.

—¡Vaya, inspectora! ¿Es que hay noticias de la muerte de Juan Luis?

—Nada definitivo.

—¿Han encontrado a Lali y al guardia?

—Aún no. En realidad empezamos un período de recapitulación. Por eso estamos preguntándoles a todos ustedes qué hicieron la semana anterior al asesinato.

—¿A estas alturas somos sospechosos?

—Quitémosle trascendencia. Como le he dicho, sólo se trata de una recapitulación. Usted tiene una agenda, ¿verdad?

—Por supuesto. La agenda es una prolongación de mi vida.

—¿Lo recoge todo en ella?

—Todo lo profesional.

—¿Y lo personal?

—Algunas cosas sí, y otras no.

En el caso de una mujer de mundo como Rosa, acostumbrada a llevar negocios adelante quizá bajo presión, no era significativo que estuviera reaccionando tan bien. Sin embargo, cuando había mencionado su vida personal, estaba segura de haber percibido en ella una mínima mueca de inquietud, quizá una aceleración de las palabras.

—¿Podemos revisar juntas su agenda, por favor?

—¿Ahora mismo?

—Sé que tiene muchas cosas que hacer, pero creo que ahora mismo sería el momento ideal.

Mi ligera vuelta de tuerca, suave pero firme, la cogió bastante desprevenida.

—¡Caramba, inspectora, no creí que la cosa fuera tan grave!

Se había puesto rígida. Por primera vez tuve la seguridad de que habíamos dado con algo importante.

—¿Puede decirle a su secretaria que no le pase llamadas mientras esté yo aquí?

—Desde luego.

Sacó su agenda de un cajón. La abrió y empezó a hojearla buscando la semana que yo le había solicitado.

—¿Me permite?

La cogí de sus manos y busqué yo misma la fecha que me interesaba. En efecto, la tarde del martes aparecía misteriosamente vacía en contraposición a la gran cantidad de citas y anotaciones de otros días. También la mañana del miércoles se veía en blanco.

—¿No trabajó estos dos días, Rosa?

—Déjeme ver...

Alargó el cuello hacia los espacios que yo le mostraba en lo que me pareció una mala representación teatral.

—No, cierto, no trabajé.

—¿Puede decirme el motivo?

—El martes por la tarde fui al ginecólogo y el miércoles por la mañana no me sentía bien y me quedé en casa descansando hasta mediodía.

—Comprendo. ¿A qué fue al ginecólogo, Rosa, se encontraba enferma?

Por primera vez perdió la compostura y elevó la voz.

—No creo que los problemas médicos de los ciudadanos sean asunto de la policía.

—Lo siento, Rosa, pero en este caso sí lo son. ¿Cuánto tiempo permaneció en la consulta del ginecólogo?

—No sé, no me acuerdo. ¿Adónde quiere ir a parar?

Lo lamentaba de verdad. Había sido discreta hasta donde me habían permitido las circunstancias, pero si seguía callando perjudicaría la investigación.

—Rosa, usted le pidió a Malena que cubriera su ausencia de este despacho durante seis horas y quiero saber por qué. No se va de tapadillo a un médico ni se permanecen seis horas en su consulta.

—¿Malena le ha dicho eso?

—No tuvo otro remedio. Es imprescindible que me cuente la verdad. En condiciones normales, poco me importaría dónde hubiera ido usted, pero habiéndose cometido un asesinato sólo una semana después, cualquier ocultación es sospechosa.

Se quedó en silencio. Me miraba como si me viera por primera vez. No reaccionaba. Al fin dijo con toda naturalidad:

—Estuve en el ginecólogo, ya se lo he dicho.

Me cabreé.

—¡Por todos los demonios, no se está seis horas en una visita médica, ni tiene eso nada de clandestino como para pedirle coartada a una amiga!

—Mi ginecóloga pertenece a la clínica Salute. Pregunte allí, ella corroborará que estuve en su consulta.

—¡Sí, pero Malena ha corroborado que usted deseaba desaparecer oficialmente durante ese tiempo! ¿Por qué?

Bajó la cara para que no pudiera ver sus ojos llenos de inquietud. Habló muy bajo.

—Mi marido y yo no podemos tener hijos.

—Eso ya lo sabía.

—Hemos hecho algunos intentos médicos para quedarme embarazada, pero no dieron resultado. Mateo se niega a probar nada más. Pero yo quiero que me hagan unas últimas pruebas. El plan era que no se enterara.

—¿Por qué no se lo contó así a Malena?

—No quería que nadie lo supiera. He dado ante todos la imagen de que la maternidad no me importaba en absoluto.

Montada la coartada, desmantelada la sospecha. Adiós muy buenas. Había desenmascarado a Malena sin ninguna necesidad. Pero allá se las compusieran. Como habría señalado Garzón: «Aquél era un asunto pequeñoburgués que no nos atañía para nada.»

Al salir del despacho de Rosa me percaté de que me dolían las cervicales. Había pasado un mal rato interrogándola. Lo que había contado tenía aspecto verosímil. Bajo la apariencia férrea de una mujer de negocios llena de sentido práctico palpitaban los más primarios instintos de la maternidad. El marido, frívolo y contento con su suerte, no quiere ni oír hablar de más pruebas de fertilidad. Entonces ella acude sola al hospital, pero no quiere que nadie sepa de su debilidad, ni siquiera Malena, a la que pide ayuda como procuradora de coartada. Sí, todo encajaba bastante bien. Sin embargo, cuando se lo conté al subinspector, la versión no le pareció demasiado fiable. Aquella historia de ansias maternales contra viento y marea le parecía de dudosa fiabilidad. Insistió en que corroboráramos la coartada en la clínica Salute. Él, por su parte, había llevado a cabo la comedia que le ordené, tan inútil, sin que por supuesto ningún hallazgo se reflejara en las agendas de los amigos de Espinet. Lo miré a los ojos buscando una reconciliación.

—¿Qué me dice, Fermín, caminamos hacia alguna parte?

—Por lo menos ya tenemos algo que hacer. Proporciona otra sensación, estar parado es terrible.

—Sin embargo, a estas alturas ya no podemos conformarnos con una sensación. Necesitamos hechos palpables.

—No desespere, inspectora. Los hechos aparecerán a nuestra vista en algún recodo impensado, como setas jugosas.

—Muy poético.

—Aunque le advierto que a mí todo eso de las pruebas de embarazo me suena raro. Toda esa coña de la maternidad para que las mujeres se sientan realizadas es un engañabobos.

—¿Y qué me dice de las gatas, las chimpancés, las coyotes del desierto? Todas cuidan hasta la muerte de sus camadas.

—Sí, joder, pero nunca he visto a ninguna coyote que se haga inseminar artificialmente.

—Porque los humanos hemos llegado a un alto nivel de sofisticación que también se traduce en las cosas naturales.

—Pues si tan sofisticados somos, los instintos ya no deberían tener ninguna importancia.

—Seguimos haciendo el amor.

—Pero tener un bebé es otra cuestión. Ya me dirá para qué quiere un bebé una mujer como Rosa, con todos los follones que un bebé implica. Ella lo tiene todo, dinero, poder, belleza... a usted misma le confesó que con hijos no habría llegado profesionalmente hasta donde está.

—Tendrá una de esas contradicciones en las que todos caemos.

—De contradicciones sabe más usted que yo.

—¿Eso cree?

—Me lo ha demostrado. Detesta a los curas y pacta con un cardenal. Es una mujer independiente y pone los ojos en blanco cada vez que ve a la niña de Malena Puig. Por no hablar de...

—¿De qué?

—Es reticente con el matrimonio y el amor, pero hace de casamentera.

—¿Qué quiere decir?

—¡Buena me la ha jugado presentando a Concepción y al juez! Ahora salimos en parejas todos los sábados por la noche, y me chupo cada sesión de cine... Antes, Emilia y yo siempre íbamos a cenar, pero desde que apareció García Mouriños comemos algo ligerito y, ¡hala, al cine! Después hay que comentar la película. ¡Con lo pelmazo que siempre me había parecido el juez!

No pude evitar que me acometiera un ataque de risa. Garzón me miraba con cara de reproche.

—Sí, sí, ríase. Si sigue con esas tendencias, lo mejor será que inaugure una agencia matrimonial.

—No se enfade, Fermín, ése no es sino otro ejemplo de la teoría del aprovechamiento integral vital. Con este nuevo planteamiento me libro de Concepción y el juez ya no me dará más la tabarra para que vaya a ver películas con él.

—¡Cojonudo, y me los enchufa a mí!

No podía parar de reírme, y Garzón estaba contento. Le gustaba que lo encontrara gracioso. Volvíamos a ser buenos amigos.

—En fin, subinspector, dejemos las cosas de índole personal. Dígame cuál es el siguiente paso en la investigación. Ya estoy cansada de decidir cosas hoy.

—Obviamente hay que ir a comprobar la coartada

de la maternidad. Espero que en esa clínica nos reciban bien.

Estábamos de buen humor. Quizá atisbábamos una pequeña luz al final del túnel. Garzón canturreaba al volante. No le iba tan mal como decía. Acabaría siendo cinéfilo, incluso devoto de algún director en particular. Mi estratagema había dado resultado. Me sorprendió mi propia capacidad para el apaño de situaciones. De la manera más inopinada había propiciado una pequeña pandilla que parecía funcionar a pleno rendimiento. ¿No sería ésa la tarea futura de todo policía? Nadie podía asegurar que cuando la sociedad se perfeccionara y el delito fuera erradicado de la práctica común, la tan denostada bofia no pasara a hacer servicios de tipo social. Imaginé a Coronas adjudicándonos casos de ancianos aislados, de enfermos crónicos necesitados de intendencia o compañía. Ni se me ocurrió mencionarle la utopía al subinspector, no la habría aceptado ni como tema de discusión teórica.

La clínica Salute tenía como característica principal no parecer una clínica en absoluto. Moderna, fría y minimalista, construida en su totalidad con granito y madera, podría haber pasado por un gimnasio de lujo o un palacio de congresos. Dos recepcionistas vestidas con trajes de inspiración espacial atendían al público con una sonrisa invariable. Cualquier vestigio de relación con la enfermedad había sido borrado de la vista. Nada de médicos con bata y chanclos paseando por los pasillos, ni de fornidos camilleros hablando de fútbol en un rincón. Asepsia total. Se habría dicho que sólo admitían a pacientes pletóricos de salud.

La recepcionista que nos tocó en suerte creía que

nos habíamos equivocado al decirle que éramos policías. Anunció sin la menor mala fe:

—Esto es una clínica.

—Sí, y seguramente tiene un director, ¿a que sí? —dijo Garzón con retranca malhumorada—. Pues es al director a quien queremos ver.

La muchacha, asustada, tomó una decisión de urgencia.

—Avisaré a la relaciones públicas y ella los atenderá.

Nos apartamos un poco del mostrador. El subinspector bufaba por lo bajo. Intenté reconducir la situación.

—Fermín, por favor, le ruego que sea cortés por el método más convencional. No quiero complicaciones innecesarias.

—Nuestro tiempo cuesta dinero a los contribuyentes.

—Ya se lo recordaré cuando proponga tomar una cerveza en horas de trabajo.

Por fortuna, la relaciones públicas llegó en seguida. Nos observó con la misma sonrisa profesional que exhibían las otras chicas. Era una cuarentona elegante y muy maquillada. Le hicimos saber que necesitábamos datos de una de sus pacientes.

—¡Pero señores, eso es imposible! Esto es un establecimiento privado. No podemos traicionar la confidencialidad médica.

Intervine antes de que lo hiciera mi compañero.

—Lo sabemos, todo el mundo es privado. Cada una de las personas de este país es absolutamente privada. Pero las leyes que la policía hace cumplir afectan a todos por igual. ¿Sería tan amable de dejarnos hablar con el director?

La sonrisa congelada en el rostro ni siquiera se alteró.

—Lo que quiero decir es que nuestros clientes no tienen tratos con la justicia. Aquí no traen a nadie con un navajazo de una reyerta.

Garzón no pudo aguantar más.

—Oye, encanto, o avisas al director o te traigo una dotación especial de policía y te montamos un número de la hostia en la mismísima puerta.

Por fin dejó de sonreír y desapareció con cara tensa sin añadir ni una sola palabra. Me volví hacia mi compañero con la expresión bañada de ironía.

—Tiene usted un concepto muy amplio de lo que es la cortesía convencional.

—Es que ya me estaba tocando los cojones con su sonrisita.

No habían pasado ni cinco minutos cuando una especie de azafata nos condujo al despacho del director, que resultó ser una directora. Sobria, concisa, con sesenta años bien llevados, nos atendió de modo ecléctico e indiferente.

—De manera que sólo quieren comprobar una coartada. Está bien. Nunca hemos hecho nada parecido, pero supongo que es nuestra obligación. Miraremos el ordenador y veremos qué médico atiende habitualmente a esa señora.

Se puso manos a la obra. Garzón y yo intercambiamos una rápida mirada de alivio y complicidad.

—Sí, aquí está. Rosa Massens, señora de Salvia. La trata la doctora Climent. Si quieren, podemos consultar también por ordenador su agenda de visitas de aquel día.

—No. Preferiríamos hablar con ella.

—De acuerdo, veré lo que puedo hacer.

Se ausentó del despacho con los pasos cortos pero

firmes de una mujer china. Garzón se puso inmediatamente de pie y curioseó la habitación.

—¿Ha visto? Esta señora no es médica. Aquí tiene colgado su título de economista.

—Normal. Lleva sólo la gestión de la clínica.

—No sé si es tan normal. Esta clínica no parece una clínica.

—Lo hacen así para que el paciente no se deprima en ambientes médicos.

—A mí me deprimiría más estar en un sitio que parece una sucursal de banco.

—Pero usted es especial, Fermín, en realidad estoy pensando en hacer un cursillo sobre su personalidad, incluso un máster, fíjese bien.

La entrada de la directora no nos permitió culminar nuestro escarceo verbal. Venía acompañada de una joven médica de aspecto impoluto. No parecía nerviosa ni sorprendida. Hablaba en tono monótono y parsimonioso.

—Sí, a la señora Salvia la visité yo ese día.

Nos alargó un papelito con el que venía pertrechada. En él constaba la afirmación que acababa de hacernos.

—Doctora, ¿el tratamiento que le hizo a la señora Salvia duró seis horas?

—Sí, más o menos.

—¿Cómo es posible que fuera tan largo?

—Permaneció un tiempo en observación.

—¿Puede decirme qué tipo de tratamiento recibió?

—No, lo siento, no puedo decirlo.

—¿Fue un tratamiento de fertilización?

Los ojos de la médica acusaron una ligera sorpresa. Los desvió inmediatamente hacia la directora, que tomó la palabra.

—No, señores, la doctora Climent no está autorizada a informarles sobre ese punto. Se trata de un dato completamente confidencial.

—Pero la propia Rosa Massens nos lo dijo así, sólo se trata de confirmar.

—Lo siento, no podemos confirmar ni negar.

—¿Ni siquiera con un requerimiento judicial?

—Lamento que esté tan mal informada, inspectora. Ahí nos asiste la ley. Ningún juez ni jurado pueden hacer que rompamos la confidencialidad del tratamiento médico. Es un derecho inalienable. Pero si tienen alguna duda, llamaré al abogado de nuestra institución para que les dé más detalles.

—¿Saben ustedes que el motivo de que estemos aquí tiene relación con un asesinato?

—Ni aunque fuera con una masacre, inspectora, daría igual. Además, me cuesta mucho creer que ninguna de nuestras pacientes ande por ahí matando a la gente.

El desprecio que le inspirábamos se dejó reflejar claramente en su mirada. Les di las gracias con toda frialdad y salimos de allí. Garzón estaba que trinaba.

—¿Se ha fijado? «Ninguna de nuestras pacientes.» No se refería a que Rosa fuera una buena chica, sino a que el delito no le corresponde a esta clase social. ¡Es la hostia!

—¡Qué pesado está con la lucha proletaria, Fermín!

—¡Es que me jode!

—Más debería joderle haberse quedado sin saber la verdad.

—Sabemos que Rosa sí estuvo ahí durante seis horas.

—Sí, pero ¿por qué no han querido confirmar su tratamiento?, y ¿por qué necesitó cubrirse las espaldas con

Malena? Me quedaría más tranquila sabiendo qué pasó en realidad.

—Pues ya ve que la cosa pinta mal. Si los asiste el derecho a callar…

—Se lo preguntaremos a García Mouriños. A lo mejor se le ocurre alguna triquiñuela legal.

—Lo dudo.

—¡Coño, Garzón!, comprendo que le pueda caer mal, pero es un excelente juez con muchos años de experiencia.

—No, si no me cae mal —dijo sin convicción y se puso a mirar hacia otra parte.

Garzón defendía su territorio de la presencia de otros machos, en un comportamiento muy animal. No era censurable. En realidad todo el mundo defiende su pequeña parcela, como la clínica que acabábamos de visitar lo hacía con sus pacientes.

Me pregunté qué cosas había en mi pequeña parcela que debía defender, qué formaba el núcleo sagrado por el que pelearía llegado el caso. Por mi independencia. No se me ocurrió nada más, y ese pensamiento me entristeció.

CAPÍTULO OCHO

García Mouriños nos confirmó que recabar datos médicos bajo presión legal estaba muy difícil, en especial si las sospechas que pensábamos aclarar no representarían prueba definitiva de la comisión de algún delito.

—Hace poco... —dictaminó— el Supremo revocó una sentencia basada en los datos clínicos que un médico le había comentado a una amiga del inculpado.

Creo que solté un taco como toda contestación. El juez se inquietó al otro lado del hilo.

—Petra, ¿sigue ahí?

—Al pie del cañón, juez.

—Pues ya ve que este cañón es de los que sueltan buenos pepinazos. Legalmente hay poco que rascar. ¿Era muy importante esa gestión?

—Ni siquiera lo sé. Pero no se preocupe, ya nos las compondremos.

—Por cierto, Petra, no sé si sabrá que Concepción y yo hemos congeniado mucho.

—Lo celebro.

—Su hermana sale con el subinspector Garzón. ¡Qué pequeño es el mundo, ¿eh?! Aunque su compañero no parece demasiado feliz; creo que no le gusta el cine.

—¿Que no?, ¡al contrario, le encanta! Llévelo mucho al cine, juez, y si son películas de autor, tanto mejor, así se culturalizará.

¡Ah, jodido Garzón!, todos nos veíamos envueltos en una nueva situación inesperada por su culpa y él se dedicaba a boicotear el invento. ¡Habría merecido todo un ciclo de cine francés de los sesenta! Bueno, al menos yo podía dedicarme al caso sin preocuparme ya por sus conquistas y las consecuencias de éstas. Comprendía a los artistas cuando dicen que las pequeñas distracciones de la vida diaria son veneno para la creación. Si consideramos la investigación de un crimen como un pequeño acto no exento de inspiración, era obvio que yo no había contado con la mínima concentración necesaria en el caso Espinet. Teníamos demasiados frentes abiertos, los asesinos materiales sin confirmar ni atrapar, mucha gente descartada y vuelta a encartar, muchos pasos en falso. Excesivos componentes fallados como para cocinar un buen pastel. Encima, todas aquellas moscas molestas que lo habían sobrevolado: la visita del papa, el caso de los gitanos, los problemas amorosos de Garzón. No, debía hacer un poco de retiro mental y dedicarme a atar cabos, recapacitar sobre el aluvión de datos no concluyentes, buscar claves que explicaran el montón de sospechas sin fundamento claro que se abatían sobre el caso sin orden ni concierto.

Miré qué hora era. Debía comunicarle al subinspector el nuevo parón que nos amenazaba frente a la clínica Salute. Pero no tenía ganas de hablar. Salí a pasear por la plaza de la Catedral. El inmenso decorado papal estaba casi listo. Las estructuras metálicas y de madera le daban a la plaza un aire extraño. Era como si fuera a celebrarse un torneo medieval, un mercado renacentista.

El número de curiosos había aumentado. Algunos grupos escolares eran dirigidos por sus maestros. Debían de proponerse que los chavales presenciaran los preparativos de un hecho histórico. Sonó mi móvil. Era Garzón.

—Inspectora, ¿dónde coño se mete, no íbamos a despachar?, ¿qué ha dicho el juez?

—Venga a la plaza de la Catedral, despacharemos aquí tomando un café.

—No estará con el cura...

—No, venga tranquilo, estoy sola.

Me encontraba cansada, deprimida, llena de frustración. Cuando vi llegar a Garzón con su pinta de cocinero italiano me sentí peor aún. Me adelanté a su pregunta.

—El juez no puede darnos una orden.

—¡Joder, llevamos una racha! ¡Todas las pistas se abortan antes de que podamos empezar a investigarlas!

—Garzón, el café. Si no me tomo un café, caeré desvanecida.

—No será tanto.

—¿Por qué nunca me toma en serio?

—¡Al contrario! —dijo mientras entrábamos en un bar—. Lo que usted dice siempre me hace cavilar. ¿Recuerda la teoría del aprovechamiento integral vital?

Lo miré de través.

—Sí.

—Inspectora, aplicamos su teoría al caso de los gitanos y funcionó. ¿Por qué no lo hacemos otra vez?

—¿Quiere que el cardenal vaya a la clínica Salute?

—¡No! Quiero que nos ayuden las hermanas Enárquez. Ellas son accionistas de una clínica de lujo. ¡Seguro que conocen a la directora de Salute y pueden convencerla para que nos pase el dato de tapadillo!

La teoría del aprovechamiento integral vital, ¡menudo invento! Claro que lo que estaba diciendo Garzón no era completamente descabellado. Medité.

—Si descubriéramos algo, no podríamos esgrimirlo como prueba legal.

—Pero podríamos actuar en uno u otro sentido, forzarla a hablar... ¡saber la verdad!

—Lleva razón.

—¡Qué bonitas palabras viniendo de usted, inspectora! «Lleva razón.» ¡Nunca las olvidaré!

—Póngase manos a la obra y menos cachondeo. A lo mejor las hermanas no quieren ni oír hablar de algo así.

—Déjelo de mi cuenta.

Puso una ridícula cara de seductor. Lo odié. Se largó sin decir ni adiós. Pedí otra taza de café para hacer un poco de tiempo. Mis pensamientos volvieron al lugar justo donde tenían que estar. ¿Era posible que en la clínica mintieran sobre la permanencia de Rosa en sus instalaciones? Quizá no en la clínica, pero bien pudiera ser que la doctora Climent fuera su amiga personal y la cubriera como hizo Malena. ¿Qué ocurrió entonces durante esas seis horas? ¿Quedó de acuerdo Rosa con Lali y con Olivera para cargarse a Juan Luis? ¿Por qué? Las preguntas no hacían sino confundirme más, el trote ágil de las ideas se convertía rápidamente en un galope desbocado. Volví a comisaría y dediqué todo el tiempo a redactar esos informes necesarios que no informan de nada y cuya lectura es obligada para unos jefes que no los leen jamás.

A las siete acudí a la última reunión para la seguridad del papa. Después, sólo se realizaría un ensayo general antes de la puesta en práctica del dispositivo. El cardenal me saludó con una leve caída de párpados muy en la línea eclesial. Todo daba a entender que la reiteración y el aburrimiento también habían hecho mella en él. Debía de estar deseando volver a las intrigas vaticanas. El momento álgido de su protagonismo se lo había brindado la policía de Barcelona permitiéndole participar a su modo en una investigación. ¿También un cardenal sueña con ser detective alguna vez? No sé si era su caso; desde luego, el de las hermanas Enárquez, sí. Ellas sí formaban parte del colectivo ciudadano medio que ha deseado en alguna ocasión barajar pruebas, hacer hipótesis, vestir el hábito de investigador. Eso demostró su actitud cuando el subinspector les contó lo que esperábamos de ellas.

Lejos de esgrimir la prudencia, el negocio o la ética empresarial, aquellas dos locas deliciosas encontraron fascinante el proyecto. Veían en él un riesgo y una novedad que las entusiasmó. Supuse que el subinspector había contribuido a que hallaran el asunto tan fascinante. Con toda probabilidad lo adornó de unos ribetes románticos de los que en realidad carecía, de una trascendencia para la resolución del crimen de la que no estábamos ni pizca seguros. Como no me fiaba demasiado de las promesas que el subinspector pudiera haberles hecho puesto en el papel de reclutador de refuerzos, les conté la cruda realidad. Pero no se desanimaron. En su casa, frente a un whisky, se pergeñaron los detalles de la acción.

Lo primero que se les ocurrió fue dar testimonio de su ciudadanía de bien adhiriéndose a los principios del Cuerpo Nacional de Policía. Después de ese comienzo tan prometedor, Concepción Enárquez tomó tierra por fin en la realidad.

—Me pregunto cómo lo haremos —exclamó con ciertos síntomas de preocupación.

—¿No conocen a nadie en los puestos gerenciales de la clínica Salute?

—¡Por supuesto que sí! Hemos estado muchas veces con el gerente y la directora en reuniones del sector. Lo que ocurre es que... bueno, no sé si será eficaz recurrir a ese sistema. Ya saben qué pasa con las amistades cuando interviene el tema profesional, pueden negarse a cualquier petición esgrimiendo subterfugios de conciencia.

Emilia salió de su mutismo con la energía de una niña animosa.

—¡Podemos hablar con el gerente sin contarle toda la verdad!

—¿Y cómo justificamos que necesitamos datos tan confidenciales? —le replicó su hermana. De repente, su rostro se iluminó—. Oye, ¿Ramona aún trabajará allí?

—Debe de estar a punto de jubilarse, si es que no lo ha hecho ya.

Ambas se miraron con malicia y alegría en los ojos.

Ramona era una enfermera jefe de características como sacadas de un manual. Fuimos a visitarla. Era alta, rubicunda, soltera, dispuesta y servicial. Había empezado a trabajar muy jovencita con el padre de las Enárquez y profesaba a la familia una veneración sin límites. Convinimos con las hermanas en que era la persona ideal para pedirle un favor tan peliagudo. Tras muchos años de servicio se movía por la clínica Salute como pez en el agua y acceder a las historias clínicas de los pacientes no ofrecía dificultad para ella. Nos miraba con los ojos bien abiertos cuando le especificábamos qué era lo que queríamos exactamente.

—Es muy simple, Ramona. Mire si es verdad que Rosa Massens estuvo seis horas en la clínica y qué tratamiento se le dispensó. Nada más.

Asentía, muy seria, como si se dispusiera a formar parte de un comando suicida.

—En cuanto acabe el horario de oficina, iré a secretaría y consultaré el ordenador.

—Si alguien la descubriera...

—No se preocupen, yo sabría qué hacer.

Las hermanas sonrieron con orgullo. Habían seleccionado a la guerrillera idónea.

Quedamos de acuerdo en que la acción se ejecutaría al día siguiente. Yo estaba convencida de que saldría bien. Otra cosa era que sirviera para algo. Si todo lo que contó Rosa era verdad, no tendríamos ninguna base para sospechar de ella. Si por el contrario su estancia en la clínica se había debido a la creación de una falsa coartada, sería el momento de investigarla hasta el tuétano.

De vuelta en comisaría me dieron la agradabilísima noticia de que el comisario Coronas quería verme. No estaba enfadado conmigo. Me extrañó, últimamente siempre lo estaba.

—Petra, he decidido que en el dispositivo de seguridad del papa sea usted la guardaespaldas directa del cardenal Di Marteri.

—¿Puedo preguntar por qué ha tomado esa decisión?

—Muy sencillo, el propio cardenal me lo ha pedido.

—Creí que sería liberada de servicio ese día. Estamos en un momento muy delicado del caso Espinet. Necesito mucha concentración.

—Un policía debe acostumbrarse a hacer varias cosas a la vez. Ésa es la formación que ha recibido.

—Lo sé, señor, pero este caso requiere una sutileza especial.

—Petra, no se obsesione con el caso Espinet. Si las cosas siguen así, va a tener que archivarlo, o por lo menos dejarlo relegado a un segundo lugar.

—Sería una pena, porque vamos muy bien.

—A mí no me lo parece. En cualquier caso, ya sabe, su objetivo el día X será el cardenal y sólo él.

—Muy bien, señor.

Nunca comprendería por qué el cardenal me había escogido a mí como protección. Tendría escaso apego a la vida, o querría darse el gusto de verme trabajar para él. En fin, daba igual, tendría que tragarme la misa y participar en aquel sarao desde la primera fila. No tenía muchas esperanzas de que Di Marteri aceptara ir a tomar una copa mientras el papa se bañaba en multitudes. Llamé por teléfono a Garzón.

—¿Quiere acompañarme a comer?

—De mil amores.

Cruzamos a La Jarra de Oro y pedimos el menú. Garzón, tras mi crónica sintética, opinó que el cardenal sólo pretendía ligar conmigo. No le reí la gracia ni le di pie para que continuara bromeando. Estaba muy inquieta por lo que había dicho Coronas. Llevaba razón, el caso iba muy mal. Habíamos demostrado una total falta de iniciativa. Los acontecimientos habían tirado de nosotros como si fuéramos perros perezosos.

El subinspector daba cuenta de su filete sin que nada se interpusiera en el placer que siempre le proporcionaba la comida. Lo observé con envidia. Ojalá yo hubiera sido como él, tendente a la autoexculpación, feliz con las cosas sencillas.

—No estamos dando la talla, Fermín. Archivarán el caso.

—¡Bah, no se haga mala sangre! Hemos hecho lo que hemos sabido. Nadie está obligado a más. Además, ya verá, Ramona va a conseguirnos los datos que necesitamos.

—No se engañe, y luego ¿qué? Esos datos sólo son la confirmación de la coartada de una mujer que ni siquiera es sospechosa.

—Bueno, pero los datos saltarán a la palestra.

—La palestra está llena de saltos gratuitos.

—No sufra, mujer, todo irá bien.

Aquélla era justo la frase que estaba esperando oírle pronunciar. El «mujer» en tono bíblico y la falsa omnisciencia de un futuro halagüeño siempre me tranquilizaban un montón.

Me despedí de mi compañero sin ni siquiera esperar al postre. A pesar de sus consuelos no conseguía remontar.

—Me voy a descansar un rato. Cúbrame si alguien pregunta por mí.

—Esté tranquila, diré que ha ido al dentista.

—Diga mejor al psiquiatra, está más de acuerdo con la verdad.

Decidí ir a pie hasta mi casa de Poblenou. Una caminata me haría bien. Fui cruzándome con gente que se movía impetuosamente, como si todos supieran adónde se dirigían. Gente de diverso aspecto y pelaje que sin duda tendría un cometido profesional concreto en la vida, una ocupación que conllevaría una ecuación lógica entre esfuerzo y resultados. Los envidié. Envidiaba a todo el mundo aquel día, no deseaba estar en mi piel.

Llegué a casa en un estado semihipnótico. No miré el correo, pulcramente apilado en la mesa por mi asistenta, ni quién había dejado mensajes en el contestador. La única aspiración que me impulsaba era dormir. Derrumbé mi cuerpo sobre el sofá y oí caer los zapatos con dos golpes decadentes. Desaparecí en el sueño.

Desperté cuando estaba anocheciendo. Inmediatamente, la inquietud se apoderó de mí por completo. Había estado demasiado tiempo ausente en unos momentos en los que los demás seguían viviendo. Detesto esa sensación de pérdida. Cogí el teléfono de manera maquinal y marqué el número de Garzón.

—Inspectora, la vi tan cansada que no me he atrevido a llamarla. Y eso que tenía motivos importantes para hacerlo.

Agité la cabeza para despejarme.

—¿Qué quiere decir?

—Ha pasado algo gordo, inspectora. Ya tenemos los datos de la enfermera.

—¿Y...?

—La coartada de Rosa es cierta. Estuvo seis horas en la clínica. ¿Sabe qué tratamiento recibió?

—Fertilización.

—Ni hablar, todo lo contrario.

—Vamos, Garzón, ¿qué es todo lo contrario?

—Interrupción voluntaria de embarazo. Lo que se llama un aborto, para entendernos.

—¿Desde cuándo tiene esa información?

—Me la dio Emilia Enárquez al poco de irse usted de La Jarra de Oro.

—¿Y ha tenido la desfachatez de dejarme dormir con eso entre las manos?

—Petra, me pareció que no estaba usted en condiciones de...

—La próxima vez yo decidiré si estoy en condiciones o no. Voy para allá. Cite a la enfermera y no hable con nadie de esto, ¿entendido?

Nadie vela por nosotros cuando decidimos ausentarnos del mundo. Hay que estar siempre alerta, con los ojos abiertos, en perenne vigilancia. Resulta cansado, pero es así.

Al menos debería haberme lavado la cara pero no lo hice. Salí en estampida. Hasta respirar me parecía superfluo mientras no tuviera delante a Fermín Garzón.

—Interrupción voluntaria de embarazo practicada sobre un feto de tres semanas. Eso pone en su ficha. La enfermera jefe no parecía conmovida en absoluto por el bombazo que acababa de lanzar.

—Creí que eso no era legal en este país.

—Todo es legal en una clínica privada, inspectora Delicado.

—Mientras se tenga dinero para pagar.

—Algo así. Practicamos abortos solicitados a muchas mujeres de toda edad, pero sobre todo a adolescentes que han sufrido un contratiempo. Por supuesto, con el consentimiento paterno. Es mejor que tener que volar a Londres, ¿no le parece?

—Supongo que sí. Siempre habíamos creído que Rosa Massens había pasado por tratamientos contra la infertilidad.

—Y así fue. Pero la causa de la infertilidad en el matrimonio procedía de su esposo. Nunca quisieron probar un tratamiento con un banco de semen. También esos datos figuran en su historia clínica.

—En ese caso...

—En ese caso, la paciente debía estar embarazada de otro sujeto que no era su marido. Puede ser una buena razón para decidir abortar, ¿no cree, inspectora?

—Por supuesto. ¿Se puede saber quién es el padre?, ¿conservan ustedes tejidos del feto o algo así?

—No, me temo que no. Un feto sólo es un feto, recabar su grupo sanguíneo o información genética no sería de ninguna utilidad.

—Comprendo.

—Hay algo más que debe comprender. Ya ha podido comprobar que mi fidelidad a la familia Enárquez es total. Mientras su padre mantuvo su clínica abierta trabajé siempre allí. Sin embargo, ya pueden imaginarse que negaré haberles dado ningún dato confidencial.

—Lo comprendo muy bien. De cualquier manera, tal y como se ha obtenido la información, no serviría como prueba criminal. Quédese tranquila, sólo la utilizaremos para funcionamiento interno.

—Si no es así, la dejaré en evidencia, inspectora, diré que no la he visto jamás.

Cuando se marchó me quedé pensando en la leyenda que atribuye a las enfermeras jefe un punto despiadado. Quizá era verdad. Garzón me miró, inquieto.

—¿Y ahora qué piensa hacer?

—Voy a hablar con Rosa en la intimidad.

—¿Sobre qué?

—Pienso acusarla de la muerte de Juan Luis Espinet, el padre de ese niño del que se desembarazó.

—Es arriesgado.

—No tenemos otra opción. No podemos usar esa prueba en sí, de modo que hay que utilizarla como abridor de la botella. Una vez sacado el tapón, espero que se derrame al exterior todo el líquido.

Sabía que a Garzón las metáforas lo ponían nervioso, de modo que no insistí.

—Quizá sea mejor que yo no esté presente dado el tema de la conversación.

—Ya lo he pensado, pero creo que debe darse cuenta de que su situación es comprometida y si está usted se sentirá más presionada.

—Petra, ¿de verdad cree que ella lo hizo matar?

—¡Despierte, Fermín! Eran amantes, ella quedó embarazada, pero Espinet no quiso ni oír hablar de abandonar a su familia. Tuvo que abortar, con el dolor añadido que debió de provocar eso en una mujer que no ha tenido hijos y a la que quizá le hacía ilusión. Su resentimiento fue terrible, y creció a lo largo de una semana, tanto que decidió hacerlo asesinar.

—Por medio de la banda de los dos. ¿Y qué les ofreció a cambio?

—Dinero, naturalmente, para que pudieran largarse y emprender una vida en común. Rosa maneja dinero. Aunque el inspector Sangüesa no encontrara ninguna irregularidad en sus cuentas, es fácil pensar que tuviera algún maletín negro perdido por ahí.

—¿Y cómo pudo saber que Lali era susceptible de aceptar un trato de ese tipo?, ¿cómo tomó contacto con ella de un modo más íntimo que siendo la simple criada de Espinet?

—No lo sé, Garzón, no lo sé. Confiemos en que ella nos lo diga.

Garzón cabeceaba pesadamente como un macrocéfalo en duda.

—¿Y si el bebé era de un compañero de trabajo, del cobrador del gas?

—No diga despropósitos, subinspector. Y aunque así fuera, qué sugiere que hagamos, presentarnos cortésmente ante ella y preguntarle: ¿de quién era el niño que abortó, querida? Habrá que forzar la máquina, ver por dónde sale el vapor.

—El marido se enterará.

—Supongo.

—¡Vaya palo, ¿no?!

—Vaya palo, sí.

Citamos a Rosa en comisaría a las siete de la tarde, cuando hubiera acabado de trabajar. Intentábamos sorprenderla con lo que sabíamos, por lo que no quise convocarla con precipitación ni de modo aparatoso.

Llegó con veinte minutos de retraso, lo que, tratándose de ella, era como llegar puntual. Llevaba un elegante traje de chaqueta gris y una preciosa blusa blanca. Estaba espléndida, no comprendo cómo hasta ese momento no me di cuenta de hasta qué punto era atractiva. ¿La amante secreta de Espinet? Desde luego, ¿por qué no? Una mujer con grandes virtudes, cansada de un marido frívolo, un hijo de papá que se la pegaba sin ninguna duda. En cuanto a Espinet… un seductor solapado, siempre junto a una esposa inmadura y dependiente. Encontró en Rosa algo mejor de lo que le ofrecían sus ligues eventuales. Ella se enamoró, él no, dejarlo todo por ella era demasiado pedir. Una amante despechada, un aborto… el drama estaba servido. Como en los mejores folletines de Hollywood, que le encantaban a García Mouriños.

Se plantó ante nosotros con toda tranquilidad, como si no ocultara ningún secreto.

—¿Qué pasa, señores, tengo que testificar lo mismo otra vez?

—Esperamos que no sea lo mismo, Rosa, porque ahora sus circunstancias han cambiado.

Guardé silencio para intensificar el efecto teatral de mis palabras. Puso cara de no comprender. Sonrió, titubeó.

—Bueno, ustedes dirán.

—Rosa, cuando estuvo ingresada durante seis horas en la clínica Salute le practicaron un aborto voluntario. Creemos que la paternidad de ese niño corresponde a Juan Luis Espinet.

Sus bellos ojos bien maquillados se entrecerraron con dolor. Luego los bajó, y de ellos empezaron a brotar pesadas lágrimas.

—¿Puede contarnos toda la verdad? —preguntó Garzón justificando su presencia en la sala.

Hizo un esfuerzo por hablar, pero en ningún momento levantó la mirada. Dijo en susurros:

—Malena. ¡Dios mío, ayer aún me juró que no se lo había contado todo!

—Y no lo hizo. Hemos sabido eso por otros conductos que no hacen al caso. Supongo que es consciente de hasta qué punto la compromete este descubrimiento.

Asintió tristemente.

—Lo sé, se enterará mi marido, también Inés...

—Si tiene un abogado, es mejor que lo llame ahora, antes de seguir contestando a nuestras preguntas.

Levantó la cabeza con un respingo súbito.

—¿Por qué?

—Vamos a pedirle al juez que la acuse oficialmente de la muerte de Juan Luis Espinet.

El dolor dio paso al pánico. Se incorporó y me agarró el brazo con fuerza.

—¡No, inspectora, por favor, no se equivoque, yo no lo maté!

—¿Quién lo hizo entonces?

—¡No lo sé! Quedé aterrada la noche del crimen, me enteré cuando los demás. No podía comprender qué había pasado. ¡Se lo juro!

Había perdido todo su aplomo de mujer segura de sí misma. Se aferraba a mi brazo con cara de loca.

—Llame a su abogado, Rosa, se lo digo por su propio bien.

—¡No quiero un abogado, no lo necesito! Yo no maté a Juan Luis. No pude hacerlo; además, ustedes saben que estaba con los demás en la fiesta.

—Contrató a Lali y a su novio para que lo mataran.

—¡Pero eso es absurdo, inspectora!

—Les pagó mucho dinero.

—¡No!

Estaba aterrada. Se echó a llorar abiertamente.

—¿Cómo pueden pensar una cosa así? ¡Es una atrocidad!

—Usted le quería. Pensó que su embarazo sería una buena ocasión para que abandonara a Inés, pero él se negó. Le propuso que abortara como única solución.

—No, inspectora, hablemos, le contaré. Parte de lo que dice es verdad. Me enamoré de Juan Luis. Hacía meses que nos veíamos a escondidas. Quedé embarazada, pero yo no lo busqué, aunque a decir verdad tampoco lo evité. En ningún caso fue un plan frío para ponerlo entre la espada y la pared. Yo sabía que no existía la más mínima posibilidad de que dejara a su familia, pero fui yo quien decidió abortar, él jamás me lo pidió.

—La dejó en la estacada y usted lo odió por eso.

—No. Yo sola me lo busqué. Él jamás me prometió nada. Su vida profesional contaba mucho para él, nunca se habría permitido un escándalo. El embarazo precipitó nuestra ruptura, pero nos habríamos separado igual. Yo...

No pudo seguir hablando. La voz se le quebró. Lloraba a tumba abierta, sin control, sin consuelo. Hizo un esfuerzo aún por articular una pregunta desesperada:

—Me cree, ¿verdad, inspectora?, ¿me cree?

—Lo siento, pero todo está en contra suya. Haga una llamada a su abogado, va a quedar retenida aquí hasta que hable con el juez.

Nos levantamos, preparados para salir. Entonces la oímos decir en tono más sereno:

—Inspectora Delicado, hágame un favor. Deje que sea yo quien se lo cuente a Mateo.

—Muy bien, así será.

En el pasillo comprobé que Garzón se encontraba conmovido. Las lágrimas femeninas le parecían un hueso duro de roer.

—Vaya papeleta para esa chica, ¿no, Petra?

—No quisiera estar en su piel, pero tampoco habría querido estar en la de Espinet.

—Parecía sincera en su reacción.

—Admitir un asesinato cuesta bastante, pero acabará haciéndolo, ya lo verá.

Le pedí al subinspector que pasara a redactar el informe de los últimos acontecimientos para pasárselo al juez. Yo, mientras tanto, iría a rematar un cabo suelto.

Puesto que, al parecer, Malena Puig sabía los detalles del embarazo de Rosa aunque decidiera no hablar claro, su testimonio podía servir como prueba en la acusación. No sería necesario preocuparnos por el modo poco ortodoxo en el que habíamos obtenido la información de la clínica.

A la mañana siguiente entré de nuevo en «El Paradís». Nada había cambiado tras varios días de no haberlo visitado. El paraíso se reciclaba a sí mismo; tenía capacidad de regeneración. Aparqué el coche en una zona autorizada y caminé hasta «Los Ibiscus». La casa se veía inusualmente silenciosa. Las ventanas, cerradas; las cortinas, corridas. Llamé al timbre y tardaron en acudir. Por fin abrió Malena, ataviada con su mono de pintora lleno de manchas frescas. En esta ocasión no sonrió al verme, sino que su rostro se ensombreció por completo.

—Inspectora, ¿cómo está?

—¿Puede invitarme a pasar?

Se hizo a un lado y entré.

—Venga conmigo al salón.

Nos sentamos la una frente a la otra. Me miró con expresión neutra e impenetrable. No me invitó a café, ni me había hecho pasar al reducto más íntimo de la cocina.

—¿Estaba pintando?

—Sí.

—¿Puedo ver lo que hacía?

Se encogió de hombros y se puso en pie.

—Venga si quiere, aunque no creo que valga la pena. Hoy no me ha visitado la inspiración.

La seguí y subimos en silencio la escalera. Al parecer se había acabado el tiempo de las bromas y la amistad.

En el estudio reinaba el relativo desorden que yo ya conocía. El lienzo sobre el que Malena trabajaba era uno de aquellos tétricos paisajes llenos de oscuridad. Sombra sobre sombra, un camino sinuoso se perdía entre nubes bajas hasta el horizonte borrascoso. Me quedé mirándolo largamente.

—En fin, Malena, si interpretamos este cuadro según un patrón convencional, no parece que vea usted el mundo bajo los efectos de un ataque de optimismo.

—Por una vez, eso es verdad.

Dio un suspiro profundo y se restregó los ojos con cansancio.

—Lo han averiguado, ¿verdad?

—¿Cómo lo sabe?

—Rosa me llamó diciéndome que la habían citado en comisaría. —Se volvió bruscamente y me escrutó a conciencia—. ¿La han dejado marchar?

—Me temo que no. Va a ser acusada del asesinato de Espinet.

—¡¿Por qué?!

Saqué un cigarrillo de mal humor y lo encendí echando nubes de humo como una máquina.

—Malena, ¿qué quiere que le conteste a eso? Usted nos dio la pista inicial. ¿Por qué no me contó también que estaba embarazada de Espinet? ¿Se quedó su conciencia más tranquila así? A lo mejor también sabe que ella lo mató y ha decidido seguir callando.

Se revolvió con furia.

—¡No, es mentira! ¡Ella no lo mató! Lo mataron Lali y su novio; lo que pasa es que se les han escapado y necesitan cargar la culpabilidad sobre alguien.

—No tiene por qué ponerse así. Nadie la va a acusar de encubrimiento.

Bajó el tono de voz hasta llegar al susurro.

—Como si eso me importara algo. Si hubiera oído las cosas que me dijo Rosa cuando me llamó, el desprecio y el rencor que siente hacia mí…

Empezó a llorar silenciosamente. Comprendí la batalla interior que había librado en torno a hablar o no hablar. ¿Había hecho bien delatando a medias la confidencia de una amiga? ¿Y si ahora la acusábamos injustamente de un asesinato que no había cometido? La tragedia del falso culpable gravitaría siempre sobre su cabeza. El mito de la traición a la amistad, del colaboracionismo con la policía, todos aquellos clichés detestables caían ahora sobre sus hombros como un fardo pesado. Su modo de solucionar el dilema, diciendo sólo parte de la verdad que sabía, había sido claramente infantil. Pensé que era justo la reacción de alguien preservado de los avatares más duros de la vida. Me pregunté cuántas mujeres de un determinado nivel social pasaban años y años así, lejos del tráfico infame de la existencia, viendo sólo una parte de la realidad, la más agradable. ¿Era eso criticable? Probablemente, no. Todos nos hemos enternecido alguna vez ante la anciana inocente y un punto pueril que conserva la gracia que la hace encantadora. Mucho más que ante la imagen de la matrona traída y llevada por los acontecimientos, lacerada por todas las ofensas de la vulgaridad diaria. Me apiadé de aquella niña de aspecto falsamente resuelto a quien acababan de desmoronársele los cimientos. Le puse la mano en el hombro.

—Serénese, Malena.

Se zafó suavemente.

—Déjame, Petra, déjame —dijo tuteándome por primera vez.

Hice yo lo mismo con ella.

—Te llamarán a declarar. Procura ser completamente veraz en esta ocasión. Lo contrario no haría más que complicar las cosas, créeme.

—Ella no puede ser una asesina —musitó.

—Eso ya se verá. No creas que vamos a cargarle un crimen que no cometió. Se hará una instrucción completa basándose en las pruebas. Por eso no debes preocuparte.

Guardó silencio. Se limpió las lágrimas. Me despedí. Cuando ya casi había ganado la escalera la oí decir con voz exangüe:

—El vestido le sienta muy bien a Anita.

Me volví. Sonreía tristemente. Le devolví la sonrisa y la dejé allí, rodeada de sus paisajes tétricos, quizá justificados en aquella ocasión.

Caminando por los jardines impolutos, con los trinos de los pájaros como fondo, comprendí que aquella escena que acababa de vivir me había dejado un sabor ciertamente amargo. Un asesinato salpica sangre en todas direcciones. Nadie sale completamente limpio a su alrededor. Todo lo ensucia, todo lo contamina. ¿Por qué me había metido en una labor profesional como aquélla? ¿Qué extraña tendencia autopunitiva me había llevado hasta la frontera desde la que se divisa la sima negra del alma humana? Debería haberme encontrado en un pequeño lugar seguro adonde sólo llegaran las risas de mis propios hijos, ocho o diez.

CAPÍTULO NUEVE

El juez García Mouriños vio suficientes indicios de delito en los últimos descubrimientos como para imputar a Rosa Massens. Fijó una fianza de diez millones de pesetas, ya que no advertía riesgo de fuga por parte de la presunta culpable. Mateo Salvia pagó sin problemas esa cantidad. Garzón había estado presente cuando éste fue a buscar a su mujer.

—¿Se le veía enfadado? —le pregunté.

—No, y me extrañó. Más bien se le veía cínico, como pasado de todo. Oiga, inspectora, ¿no estaremos metiendo la pata? A lo mejor el asesino es él.

—¿Eso cree?

—Podría serlo por los mismos motivos por los que creemos que ha sido ella. Se enteró del *affaire* de su esposa y...

—Pidió ser ella quien se lo contara.

—A lo mejor intenta protegerlo.

—No compliquemos las cosas. Las resoluciones del juez no van ni mucho menos por ahí.

—¿Qué ha ordenado?

—Una nueva investigación más exhaustiva de los asuntos económicos de Rosa. También ha determinado que sigamos interrogándola como sospechosa principal.

—¿Hasta que confiese?

—Hasta que confiese y, sobre todo, hasta que nos diga dónde se esconden Lali y Olivera, si es que lo sabe.

—O sea, que el caso está en pelotas aún.

—¡Hombre, tanto como en pelotas!... No está en absoluto cerrado. Digamos que los resultados de nuestra investigación no han dado lugar a una resolución inmediata.

—Pues el papa llega pasado mañana.

—¡Por mí como si toma la primera comunión! No sé qué tiene que ver el papa con esto.

—Petra, sí lo sabe. Si no conseguimos cerrar el caso en dos días, Coronas nos relevará, pasará a ser competencia de la policía judicial.

—Bueno, eso no sería ninguna tragedia.

—Suponiendo que Rosa sea de verdad la asesina, no; pero si nos equivocamos...

—Es usted persistente en sus dudas.

—Yo interrogaría al marido.

Debería haberme acostumbrado ya a las reticencias de mi compañero, a su tendencia natural a no aceptar por las buenas el consenso. Pero uno, de manera inconsciente, tiende a no creer que los demás son iguales a sí mismo hasta la muerte. Aceptar que es así es demostrarnos que tampoco cambiaremos jamás, lo cual resulta duro. Además, en aquella ocasión comprendía que Garzón fuera remiso a dejar las cosas como estaban. Aquel caso tenía pinta de ir a cerrarse en falso, no de modo concluyente y radical. Iba camino de convertirse en uno de esos detestables casos, tan frustrantes, en los que los acusados permanecen meses o años en calidad de presuntos culpables hasta que llega el juicio. Nunca, incluso cuando ya está dictada la sentencia, tiene uno la certeza de estar ante la completa verdad.

Accedí sin hacerme de rogar demasiado a un nuevo interrogatorio de Mateo Salvia. Lo cité en mi despacho. Como Garzón estaba muy inclinado subjetivamente en su contra, decidí que no estuviera presente para no influenciarme. Aceptó la orden sin rechistar.

Antes de que Mateo Salvia entrara, esperaba encontrarme con un hombre acabado, abatido por la enormidad de los acontecimientos. Al verlo comprendí que no era ni mucho menos así. Salvia se presentó elegante, ligero como siempre, con su sonrisa entre amarga e irónica exhibida al borde de la desfachatez. Sin embargo, un observador perspicaz podía advertir que un par de semicírculos oscuros se habían dibujado bajo sus ojos. Nada le ocurría por el contrario a su actitud calmada y su tono de voz. Seguía parsimonioso, con un deje cínico que se había incrementado si cabe.

Yo no tenía muy claro por dónde empezar, así que opté por abrir el campo en toda su amplitud esperando que surgieran a la conversación datos de interés.

—Y bien, Mateo, ¿qué me dice de todo este berenjenal?

—Pues que no me gustan las berenjenas y, aun así, voy a tener que tragármelas.

Sonrió con una ironía en la que adiviné una enorme tristeza, un gran cansancio. Luego añadió más serio:

—Rosa no lo mató, estoy seguro. Ella nunca habría contratado a ese par de desgraciados, no es su estilo. No los conocía apenas. Es una acusación absurda.

Garabateé falsas notas que me dieran tiempo para pensar.

—¿Y usted, los conocía?

—No. A la chacha de los Espinet la había visto, naturalmente, pero no sabía ni cómo se llamaba. Al guardia de día dudo haberlo visto nunca. ¿Qué pasa, cree que yo fui el asesino, el cómplice o algo así? No sé por qué habría tenido que meterme en semejante follón.

—Por los motivos clásicos: celos, despecho, honor mancillado…

Soltó una carcajada.

—¡Honor mancillado!, creí que eso no existía ya.

—Bueno, ahora se le llamará autoestima herida o algún otro término psiquiátrico, pero no deja de ser lo mismo.

Tamborileó sobre la mesa y me miró frente a frente.

—¿Quiere que le confiese una cosa, inspectora Delicado?

—Para eso estamos aquí.

—No habría tenido la fuerza moral para sentirme mancillado como usted dice si Rosa me hubiera contado que estaba embarazada de Espinet, cosa que no hizo.

—¿Puedo saber por qué?

—No sé qué idea se ha hecho de los habitantes de «El Paradís», pero le aseguro que nada es lo que parece. Inés y yo estuvimos liados durante un tiempo.

Toucheé. ¿Alguien da más? El juego sigue abierto, pensé, si es que podía pensar con propiedad.

—¿Habla en serio?

—Por completo. Ella estaba harta de un marido que no le hacía ni caso y yo pasaba por allí.

—¿Se enteró alguien?

—Nadie. Hicimos de la discreción una virtud, y no cometimos errores de bulto.

—Bien, no sé qué decir.

—Espero que comprenda que no soy el más indicado para tomar venganza por una infidelidad.

—¿Por qué finalizó lo suyo con Inés?

—Todo tiene un principio y un final. Lo pasamos bien y después continuamos siendo amigos. A eso se le llama tener clase, nada de embarazos ni abortos como en un folletín de tercera.

—¿Qué piensa hacer ahora?

—Separarme de Rosa, ¿qué voy a hacer? Ha estallado el escándalo y eso altera el delicado equilibrio general. No hay otra alternativa.

—No parece tener muchas ilusiones, Mateo.

—Nunca las tuve. Desencantarse siempre me ha parecido una horterada, algo así como reconocer en público una debilidad.

Volvió a sonreír con su actitud cansada. Me dio la impresión de estar más desgastado que derrotado. Le dejé marchar sin más preguntas que pudieran interesar al caso y pedí que no me pasaran llamadas. Tenía que pensar, intentar asimilar lo que acababa de saber. ¡La desconsolada Inés! La esposa aniñada y dependiente incapaz de superar la pérdida de su marido. A partir de aquel momento debía empezar a considerar la necesidad de matricularme en un cursillo de psicología aplicada a la vida diaria. Bien, hasta ahí llegaba mi reacción humana, llena de cotilleo y curiosidad. Ahora debía encajar el nuevo dato en el rompecabezas colectivo y ver cómo alteraba el cuadro final. Había muchas opciones.

Por ejemplo: Inés y Mateo se entienden. Espinet se entera y, por despecho, se lía con Rosa. Inés se entera del ligue de Rosa y Espinet y, en un arranque, lo hace matar. Nadie como ella conoce el talante secreto de su propia doméstica. Claro que, frente a todo y ante todo, estaba aquel aborto, el único hecho palpable y real derivado de aquella madeja de infidelidades y camas cruzadas. ¡Dios Santo, me perdí entre piezas que coincidían con otras por dos o tres sitios a la vez!

Contarle las novedades y los líos de combinaciones que generaban al subinspector y ver cómo se sumía en un mal humor ciclópeo fue todo uno. Blasfemó en muchas más lenguas de las que conocía.

—Mire, inspectora, aquí no se pueden hacer conjeturas ni buscar móviles válidos. ¡Todo cristo follaba con el vecino! Resulta que, al final, tres personas habrían tenido motivos pasionales aceptables para cargarse a Espinet.

—Sí, pero sólo una de ellas tuvo que abortar por su causa.

—En efecto, tener que abortar es un paso más.

—El único computable.

—Movámonos por los hechos, Petra.

—Estamos en ello.

—¡Si atrapáramos a los dos fugitivos!, pero por lo visto a la policía española le falta eficacia.

—¡No me joda, Garzón! Usted sabe mejor que yo que pueden estar en cualquier parte. Es buscar una aguja en un pajar. ¡Somos nosotros los que hemos hecho algo mal!

—Nosotros también somos la policía española —sonrió como un niño que se apunta un pequeño tanto.

—Puede tomárselo a broma, pero tal y como están las cosas, el juez declarará inocente a Rosa por falta de pruebas. ¿Y sabe qué significa eso? Que la investigación no ha estado bien hecha, no hay más.

—Justamente ayer estuve con el juez. Fuimos a ver una película de Kurosawa.

—¡Subinspector!, maneja usted ya los grandes nombres con mucha soltura.

—Soy un experto: Buñuel, Godard, Jarmusch y las últimas películas del grupo Dogma.

—¡Qué barbaridad!

—¡Me trago cada coñazo! Cualquier día montaré un cine club en comisaría.

—¿Le dijo algo el juez sobre el caso Espinet?

—Él sigue teniendo mucha confianza en las investigaciones financieras del inspector Sangüesa.

—Sangüesa ya investigó en su día sin ningún resultado.

—Pero ahora está poniendo las cuentas de Rosa patas arriba. Por cierto, ¿cuántas veces la hemos interrogado ya?

—Varias, pero no parece dispuesta a confesar.

—Tengo que irme, inspectora. El comisario quise verme.

—¿Y a mí no?

—Creo que la ha dejado por imposible.

—Ni hablar, está esperando que acabe la historia del papa para clavarme la puntilla.

—No sufra, cuando muera yo le rezaré.

—Espero que lo haga el papa, ya que estará por aquí...

Al menos con Garzón podía bromear. Desde que tenía una amistad estable con Emilia Enárquez su carácter se había estabilizado también. Sí, todo lo que habíamos abordado a base de la teoría del aprovechamiento integral vital había salido de maravilla, pero por desgracia la teoría pinchaba en el caso Espinet. Una botella cerrada, eso era el caso Espinet. Puede que hubiéramos conseguido vaciarla de líquido por medio de alguna fisura, pero el tapón seguía en su sitio. La posibilidad de que surgiera un último dato sorprendente y esclarecedor era cada vez más remota. Nos veríamos obligados a forzar a Rosa hasta lograr una confesión. El viejo sistema policial de arrinconar a un presunto culpable hasta arrancarle una confesión no me gustaba nada. Era como cazar un conejo e ir despellejándolo poco a poco, un día un jirón de piel, otro al siguiente... un modo detestable de trabajar. Minar la resistencia de un ser humano tenía algo de bajeza, nada que ver con sacar una paloma blanca e impoluta de la chistera. Pero no quedaba más remedio.

Decidí acudir a «El Paradís» en vez de hacerla comparecer en comisaría. Era un cambio de estrategia mínimo, pero quizá se revelara como eficaz. Entrar en la urbanización empezaba a causarme una tremenda sensación de desagrado. Lo que antes me provocaba ilusión de libertad: flores, pájaros y niños, había acabado por convertirse en claustrofobia. El aire se había enrarecido. Allí vivían aquellos jóvenes patricios con su felicidad de catálogo ideando las mil y una maneras de ser desgraciados. Bajo el verdor deslumbrante de los árboles había demasiados nidos vacíos.

El efecto negativo se incrementó a medida que me acercaba a casa de los Salvia. Sabía bien que ya no me esperaba el café humeante de Malena Puig ni el calorcillo del cuerpo de su hija, sino la tragedia soterrada de una mujer caída.

Rosa me abrió la puerta. Había envejecido de repente. Estaba vestida con una bata ligera bajo la que se veía el pijama. No se había peinado. Me miró como si no me reconociera.

—¿Puedo hablar con usted?

Me franqueó el paso con un gesto ausente. En el vestíbulo había varias maletas apiladas, y unos palos de golf.

—Mateo se va —dijo sin saludarme. Luego caminó con los hombros bajos y me llevó al salón. Se dejó caer en un sofá. Me senté frente a ella—. Dice que de momento va a alquilar un apartamento porque no puede ni debe quedarse más tiempo aquí. ¿Usted lo entiende, inspectora? Hace muchos años que estamos juntos. Nos hemos aguantado todo mutuamente: la indiferencia, el mal humor, las respectivas infidelidades... pero ahora no puede permanecer en esta casa ni un momento más.

Me encogí de hombros, y la dejé hablar.

—Y, sin embargo, nos llevábamos bien, habíamos llegado a un estado amistoso, de cariño y comprensión. Nos animábamos si algo iba mal, nos hacíamos compañía, íbamos juntos a fiestas, reíamos. Pero esta mañana no ha querido ni dirigirme la palabra.

—Han pasado cosas muy graves, Rosa.

Se volvió con un ímpetu inesperado.

—¿Qué es lo que ha sucedido, qué? ¿Que lo engañé con Juan Luis? Ayer mismo él me confesó que había estado liado con Inés. ¿Que estaba embarazada? ¡Aborté!

Él ha sabido otras veces que he tenido amantes y nunca le importó.

—Está olvidando que se ha cometido un asesinato.

—¡No sea ridícula, inspectora, yo no lo maté! Puedo comprender que al principio tuvieran dudas sobre mí, pero es absurdo pensar que lo hice yo, ¡absurdo! ¿Usted lo piensa de verdad?

Había recobrado la energía y la resolución que la caracterizaban.

—Mi cometido no es pensar.

—¿Pues cuál es entonces?

—Averiguar la verdad. ¿Puede contarme su versión de los hechos?

—¿Cuántas veces espera que vuelva a repetir lo mismo?

—Las que sean necesarias.

—¡Lo sabe todo ya! Era amante de Juan Luis. Me quedé embarazada y decidí abortar. Eso precipitó nuestra ruptura. Es todo, no hay más.

—¿Tenía usted esperanza de que abandonara a su mujer?

—No.

—¿Quién inició la relación?

—Yo, pero él no se hizo de rogar.

—¿Se enfadó cuando le contó que estaba embarazada?

—No, sólo se sorprendió.

—¿Qué le dijo?

—No me acuerdo muy bien. Algo como que había sido un fallo impensable.

—¿Le pidió él que abortara?

Quedó callada un momento. Veía palpitar su pecho bajo la ropa fina.

—Quizá me lo sugirió.

Pegué un bote en mi asiento, me enervé.

—¡Vamos, Rosa, por Dios! Declaró usted que en ningún momento le habló de abortar y ahora resulta que se lo sugirió. ¿Cómo se desarrollaron las cosas, como en un consejo de administración? «Le sugiero amablemente que aborte por el bien de nuestra sociedad.» ¡Seamos realistas! Usted le pidió que abandonara a Inés y él se negó. Ambos montaron en cólera. Usted le dijo que no pensaba deshacerse del niño y él le exigió que lo hiciera. No estaba dispuesto a que se organizara un escándalo.

—¡No me lo exigió!, me rogó que lo hiciera por mi propio bien.

—¡Perfecto!, y usted le contestó con toda educación: «No te preocupes, querido, abortaré.»

—¡No, no fue así!

—¡Desde luego que no! Usted se resistió, lo amenazó. Ambos se pusieron violentos. Juan Luis la persiguió durante una semana intentando convencerla por todos los medios de que interrumpiera su embarazo, hasta que por fin no pudo resistir más su presión y lo hizo.

Se encaró conmigo, presa de una gran furia.

—¡Sí, ¿y qué, qué prueba eso?!

—Eso prueba que le guardó usted un rencor terrible. En primer lugar, su amante había demostrado no quererla en absoluto y, encima, la obligó a deshacerse de un hijo que siempre había querido tener.

Su cara demostró el daño terrible que le hicieron mis palabras. Continué, quizá estábamos llegando al final y confesaría.

—El resentimiento que sentía se convirtió en odio. Primero pensó en contar la historia a todo el mundo y organizar un gran escándalo. Más tarde se preguntó por qué tendría que salir usted también perjudicada de aquel *affaire*. Había un sistema más drástico, más definitivo, que en esos momentos le pareció más justo: matarlo.

—¡Yo estaba con los demás cuando mataron a Juan Luis!

—¡Vamos, Rosa, no me haga reír otra vez con eso! Usted sabía que Lali y Olivera estaban liados, que ambos tenían pocas luces y poco dinero, de modo que les propuso un arreglo ideal.

—¡No, yo no sabía nada de esos dos!, ¡qué iba yo a saber!, ¡tengo otras cosas de las que ocuparme!, ¡no suelo ir charlando con los criados con santa paciencia como hace Malena! ¿Cómo se me podría haber ocurrido acudir a una medio subnormal como Lali?

—No la creo, Rosa, no la creo, y lo siento de verdad.

—Y si nadie piensa creer en mis palabras, ¿por qué me hacen hablar y hablar? En realidad piensa que si una mujer aborta ya es capaz de cualquier cosa.

Se puso en pie dignamente.

—Márchese, inspectora. No voy a consentirle que juegue conmigo.

—Le aseguro que no se trata de un juego. Su situación es muy complicada.

—Salga de mi casa. Yo no lo maté. No soy el tipo de persona que anda matando gente por ahí.

Me levanté y fui hacia la salida.

—Se sorprendería si viera a algunos asesinos, Rosa, no tienen cara de delincuentes ni van con la navaja bajo el brazo. Si decide hablar, llámeme.

Supongo que se derrumbaría al salir yo, pero aparentemente mi visita la había confirmado en su dignidad. Las batallas les sientan bien a los guerreros.

Me preguntaba por qué aquella guerrera se había dejado liar en un asunto semejante. Las mujeres no tenemos remedio, pensé, al final caemos en los tópicos más mugrientos: la desdichada que se enamora del hombre casado al que nunca podrá tener. ¡Demonios, puede que hubiéramos conseguido la liberación, pero no habíamos avanzado nada en nuestra vida sentimental! Rosa había fundado una fábrica, la había hecho cotizar en Bolsa, ¿no podía complementar la decadencia de su matrimonio con algún que otro ligue intrascendente? Pues no, ahí se encontraba, empantanada en una tragedia del corazón que a nuestras tatarabuelas ya les habría resultado familiar. ¡Al carajo! Esperaba ser hombre en mi próxima reencarnación, o mejor serpiente o mandril, cualquier bicho antes que otra mala copia de la Regenta, Ana Karenina o Madame Bovary.

Bueno, no había logrado una confesión y me había cabreado. Allí la dejaba con su conciencia y el teléfono intervenido por si acaso. Esperaba que reflexionara un poco más sobre lo que le convenía.

Ni se me ocurrió acercarme a charlar con Malena. Estaría arrepentida de haberme ayudado y mi presencia le recordaría su traición a la amistad de Rosa. Enfilé el camino central tan absorta que tardé en darme cuenta de que una mujer me llamaba desde un coche.

—¡Inspectora, inspectora Delicado!

Me acerqué. Tardé unos segundos en reconocer a Ana Vidal, la vecina que vio a la señora Domènech la noche del crimen.

—¿Cómo está? Iba al supermercado cuando la he visto pasar. ¿Es cierto lo que se dice por aquí?

—¿Qué se dice?

—Que la esposa de Salvia está imputada en el asesinato de Espinet.

—Las noticias vuelan.

—Ya sabe lo que ocurre en lugares cerrados. Es terrible lo de Rosa, ¿verdad?

—Cuidado, no se confunda, Rosa no será culpable hasta que la juzguen y el juez la encuentre culpable.

—Opino lo mismo que usted. Acuérdese de la pobre señora Domènech. ¡Me habría muerto si llegan a acusarla sin motivo por culpa de mi declaración! De hecho, sólo se lo conté a ustedes porque Malena Puig insistió.

—¿Cómo?

—¡Oh, bueno, fue pura casualidad! Encontré a Malena en la zona infantil y le conté que había visto aquella noche a la señora Domènech. Yo no quería testificar porque me parecía que no tenía nada que ver con el crimen, pero Malena me recalcó mucho que se lo dijera a usted. Por eso me decidí.

—¿Por qué no me lo comentó?

—No sé, pensé que no tenía importancia. ¿La tiene?

—No, no en realidad.

—Bueno, inspectora, me voy a comprar. ¡Ojalá todo esto se acabe pronto!

—Sí, ojalá.

Puso el coche en marcha y se alejó. Yo me quedé quieta donde estaba, pensando. Malena. En cada recoveco de aquella investigación surgía su nombre. Se había tomado muy en serio su ayuda a la policía. En los primeros momentos nos había pasado datos sobre Lali, sobre el propio Espinet, sobre su viuda. Ahora acababa de saber que su intervención había sido crucial para que Ana declarara haber visto deambular por la urbanización a la señora Domènech la noche del crimen. Convenció a su propio marido para que nos contara las confidencias que Espinet pudiera haberle hecho. Como punto final, su testimonio había sido definitivo para llevar hasta la categoría de principal sospechosa a Rosa Salvia. ¿Demasiada casualidad? ¿Sabía ella desde el principio quién había sido el asesino? No me lo parecía. Malena vivía sin el montón de obligaciones profesionales que acuciaban al resto de los amigos de Espinet, era bastante normal que se hubiera implicado en el caso como no lo había hecho ninguno de ellos. Sin embargo, la conciencia me mordisqueó el lóbulo de la oreja y, como no olvidaba las acusaciones de debilidad que Garzón me había hecho, en cuanto encontré a éste en comisaría le señalé el reiterado concurso de Malena en la investigación para saber qué opinaba.

—Es curioso, sí. Claro que, según usted, fueron sus conversaciones y preguntas las que la movieron a hablar.

—Eso pienso, sí.

—De todos modos, habría que investigarla más a fondo.

—¿Qué motivos podría tener para ocultar al asesino de Juan Luis?

—Que fuera su propio marido.

—¡Oh, no, Garzón!

—¿Cómo que no? En un grupo en el que todo el mundo follaba con el de al lado, cualquier cosa es posible. Claro que si seguimos la estela de cada polvo oculto, al final nos podríamos encontrar con más sospechosos que muertos.

—Es una manera un tanto silvestre de expresarlo.

—En cualquier caso, ahora se nos impone una pequeña parada técnica. Pasado mañana llega el papa y esta noche tenemos un ensayo general del dispositivo de seguridad. ¿Lo recordaba?

Era como si no quisiera recordarlo. Durante un mes la policía de Barcelona había afilado sus armas para poder bailar un baile final perfecto. La *vedette* principal aterrizaba aquella misma noche en el aeropuerto de El Prat después de haber movilizado por completo la ciudad. Se alojaría en el palacio de Pedralbes. Mi único consuelo era pensar que mi participación en la magna organización se limitaría a la misa.

Con esa idea acudí al ensayo en la plaza de la Catedral. El cardenal Di Marteri ocupaba un lugar fijo en aquella coreografía y mi obligación era estar a su lado. Lo busqué. Nos saludamos con amabilidad. Desde que nos había ayudado no habíamos intercambiado ni una sola palabra más. Ambos permanecimos en silencio mientras aquello duró. Busqué al subinspector cuando se dio por terminada aquella absurda prueba.

—¿Qué hace usted esta noche, Fermín, tiene sesión de cine club?

—No, ni hablar.

—Entonces quiero proponerle un plan.

—¿Erótico?

—Sí, con el erotismo que da investigar. Lo invito a cenar en mi casa, y como materiales de la orgía le propongo que traiga todos los expedientes del caso Espinet.

—Ya me imaginaba algo así. ¿Qué vamos a hacer?

—Examen de conciencia, dolor de los pecados y propósito de enmienda.

—Eso es algo de la Biblia, ¿no?

—De la Biblia en verso.

—¿A qué hora quiere que vaya?

—A las diez.

—Allí estaré, aunque le advierto que mañana el papa nos hará madrugar.

—Si estamos un poco dormidos, nos comprenderá, Dios siempre comprende los motivos de los hombres.

—Está usted en vena sacra, ¿eh?

—Es lo que toca.

Puede que Garzón tuviera sus defectos, puede que nuestra relación estuviera ya algo viciada por la cotidianidad, pero no podía negarse que, cuando yo le pedía algún extraordinario, era capaz de pasarme por delante del papa de Roma hablando con toda propiedad.

Fui al supermercado de un *drugstore*, único abierto aún, y compré ensaladas preparadas y espaguetis. Me encaminé a mi casa con el tiempo justo para cocinar.

Cualquiera habría dicho que embarcarse a aquellas alturas en una recapitulación del caso cuando estaba virtualmente cerrado era una barbaridad. Pero debíamos intentarlo. Descartado el whisky después de cenar.

A las diez en punto llamó a la puerta el subinspector. Venía provisto de varios disquetes de ordenador y unas carpetas bastante abultadas. Lo descargó todo sobre la mesa del salón y siguió el rastro olfativo de la cena hasta la cocina. Cenamos allí, hablando de naderías. Rastrear los errores es mucho más difícil que empezar desde cero, de modo que ambos éramos conscientes de la necesidad de una distensión inicial, antes de entrar en la sesión intensiva de trabajo.

Llegados al postre, mi compañero buscó el cara a cara más confidencial.

—No se angustie, inspectora. En el caso Espinet hemos hecho lo que hemos podido.

—El espíritu con el que debemos afrontar este intento final es opuesto a lo que dice, Garzón. Hemos hecho algo mal. Hemos pasado por delante de alguna puerta sin llegar a abrirla, y por eso en el caso no siguen sino planteándose dudas. Hay que asumir que no hemos estado a la altura, revisarlo todo sin ninguna fe en nosotros mismos, ¿comprende?

Asintió mirándome a los ojos e hizo una pregunta que me animó:

—¿Tiene café preparado?

—Todo un cafetal.

Dejamos los restos de la cena sin recoger y pasamos al salón. El ordenador se encontraba en una mesa lateral, y allí nos instalamos.

Yo iba cantando preguntas y Garzón las contestaba consultando los expedientes.

—¿Análisis de huellas?

—Realizado con corrección.

—¿Autopsia?

—Resultados cerrados. Sólo se halló el arañazo como prueba adicional.

—Primer sospechoso: señora Domènech. «¿Adónde vas, pajarito, quién eres tú?»

—La hipótesis dice que el pajarito que vio fue Lali saliendo por la puerta de atrás, inquieta por su amante. La filipina se adelantó a contarnos la frase por si la señora Domènech la delataba. De paso hacía recaer las sospechas sobre ella. ¿Correcto?

—Presuntamente, sí.

—¿Se realizaron investigaciones e interrogatorios en torno a los Domènech?

—Sí, e incluso un registro. Se descartó su culpabilidad.

—¿Y los guardias de seguridad?

—Olivera, huido, se dio como presunto autor material. El otro no tenía nada que ver.

—¿Seguro?

—Sí.

—¿Y la empresa a la que ambos pertenecían? ¿Se ha investigado, hemos hurgado en sus cuentas?

—¡Hombre, inspectora, no había ningún indicio que lo justificara!

—Da igual, recuerde que estamos intentando rematar cosas sueltas. Haremos una inspección ocular de las oficinas y un nuevo interrogatorio al director. También podemos pedir una investigación de sus cuentas.

Garzón inició una lista sin mucho convencimiento. Adelante, pensé, vamos a organizar tal cristo reclamando investigaciones de última hora que Coronas nos suspenderá de empleo y sueldo.

Prueba a prueba, hora a hora, la lista de Garzón iba creciendo. A las tres de la madrugada, los trámites apuntados eran los siguientes: nueva inspección de las declaraciones a Hacienda de Mateo Salvia. Nueva inspección del expediente de inmigración de Lali Dizón. Nuevo interrogatorio a la viuda de Espinet, esta vez mencionando los pormenores de su relación con Mateo.

Con los ojos velados por el sueño, Garzón se levantó. Habíamos terminado. No había más datos que revisar. Se pasó las manos por la cara, dio una vueltecita por la estancia, y se volvió hacia mí.

—¿Y Malena Puig? —preguntó—. Si ha tenido usted este rebrote revisionista, es porque pensó en las coincidencias que presentaba su actuación.

—La he dejado a propósito para el final. Quiero que lo averigüe todo sobre ella, ¿me oye?, todo, su pasado, quiénes son sus padres... vaya hasta donde pueda llegar.

—Me alegra oír eso.

—Yo no sé si me alegra o no.

Observamos la lista final. Nada sonaba muy prometedor, pero al menos a partir de aquella noche tendríamos la convicción de haber explotado a conciencia hasta el último cartucho. Después... la justicia dictaría sentencia con lo que pudiéramos haber puesto en sus manos.

—Váyase a dormir, subinspector. ¿Quiere quedarse aquí para ganar tiempo?

—No, gracias, al oso siempre le gusta dormir en su madriguera.

—Intente descansar, no me gustaría que mañana confundiera al papa con otra persona.

Soltó una risotada.

—Puede apostar a que no.

Por la ventana de la cocina lo vi salir y caminar hacia su coche. ¡Pobre Garzón!, llevaba el peso del cansancio con dignidad. Pensé que, cuando se jubilara, la vida profesional perdería interés para mí. Sería como una primavera carente de flores, como un baile sin música, como un café con leche sin croissant.

Pasé por el salón. Todo estaba en desorden, pero cerré la puerta. Allí quedaron los restos de comida, de sospecha y de humo. Me acosté en seguida y dormí bien, con la placidez de un tronco a la deriva flotando sobre el mar.

Nunca podría haber imaginado que en Barcelona existieran tantas monjas. Los hábitos variopintos que llevaban ya no tenían nada que ver con las arquetípicas tocas voladoras que les daban un aire entre infantil y divino. Los atuendos actuales eran horribles: vestidos grises, marrones o beige que llegaban a media pierna, un trozo de tela sin forma en la cabeza y zapatones masculinos baratos. Cualquier relación con la mística quedaba descartada. Ni siquiera tenían el aire sobrio y recio que las habría identificado como militantes de Dios. Eran vulgares.

Acudieron a millares a la misa del papa. Iban en grupitos excitados y gritones, contentas porque se disponían a presenciar la actuación de su ídolo.

El resto de la gente no me pareció mucho más atractiva. Parecían salidos de una peña excursionista. Hablaban con franqueza evidente, se reían a carcajadas, se movían con gran seguridad. Estaban adornados con el imperceptible halo de las sectas. Con toda probabilidad dedicarían parte de su tiempo a acompañar a viejos solitarios o a cualquier otra obra social meritoria, pero a mí me provocaban una cierta aversión.

Algunos grupos se sentaban en el suelo para cantar a coro y rasguear las guitarras que llevaban. Formaban parte de un colectivo absolutamente *demodé*, tipos virtuosos, campechanos y joviales al servicio de las instituciones eclesiásticas.

La dotación de policías asignados a la plaza de la Catedral era ingente. Hasta que no apareciera la comitiva papal no teníamos otra misión que pasear entre la gente cumpliendo una vigilancia teórica. Todos llevábamos *walkie-talkies* conectados en red y a la central de operaciones. Mi zona era la sureste y me encontraba bastante alejada de Garzón.

Me sentía nerviosa, de un humor nefasto. Cada vez que pasaba junto a uno de aquellos grupos cantarines le lanzaba miradas furibundas. De buena gana los habría detenido por alterar el orden público de la ciudad. Nunca le perdonaría a Coronas que no me hubiera dejado fuera de aquel festejo.

A medida que se aproximaba el momento de la misa, iba acudiendo más gente. El tráfico se hallaba cortado en todo el barrio. Los asistentes llegaban en oleadas, procedentes de la zona de aparcamiento para autobuses. ¿Habían previsto las autoridades semejante desembarco de fieles? No me habría gustado nada morir aplastada por una avalancha católica.

Cerca de las once de la mañana la afluencia de público cesó. Todos se colocaban en los lugares donde iban a permanecer durante la ceremonia. Algunos de mis compañeros habían empezado a revisar mochilas demasiado voluminosas. Me sorprendió que obraran con tanta profesionalidad. Dudaba de que, entre aquellos grupos de fieles, hubiera algún magnicida ataviado con botas camperas dándole al canto celestial.

Vi que se acercaba Coronas y puse cara de estar obrando con auténtico celo policial. Vino directo a mí.

—¿Puede saberse a qué juega, Petra?

—¿A qué se refiere, comisario?

—¿Por qué ha pedido tantas revisiones en la investigación?

—¿Me habla del caso Espinet?

—Ya sabe que sí.

—Lo siento, señor, pero como estamos inmersos en esta operación me encontraba un poco despistada.

—¡Cojonudo! Llevo un mes intentando que le preste atención aunque sean cinco minutos a esta operación y usted no sacaba la nariz del caso Espinet, pero ahora se ha despistado. Supongo que lo único que quiere es llevarme la contraria.

—Nada de eso. Verá, he ordenado tantas revisiones en el caso Espinet porque estoy convencida de que pueden aparecer más pruebas.

—¿Tiene la menor idea del trabajo que hay acumulado para cuando se acabe este numerito del papa?

—Lo sé, pero...

—Petra, no voy a echarle atrás esas órdenes, pero cuando estemos más tranquilos quiero que pase por mi despacho y hablaremos del caso Espinet.

Bueno, la suerte estaba echada, y las horas, contadas. Coronas no iba a permitirme que campara a mis anchas intentando solventar el caso en revisiones sucesivas. No nos quedaban muchas oportunidades más.

A las doce del mediodía, la línea interna avisó que la comitiva papal acababa de abandonar el palacio de Pedralbes. Desfilarían a velocidad lenta por la avenida Diagonal, enfilarían el paseo de Gracia y llegarían a la plaza de Cataluña. Allí, los cardenales se apearían de sus vehículos y continuarían hasta la catedral a pie. Sólo el pontífice seguiría montado en el *papamóvil*, que lo dejaría a pie de altar.

Nos pusimos en alerta. Los geos apostados en las azoteas circundantes, más numerosos que las antenas de televisión, cargaron sus impresionantes armas de mira telescópica. El aspecto de los geos, contrariamente a lo que se cree, se caracteriza por su corta estatura, que les permite tanto encerrarse en el maletero de un coche, como deslizarse por una pequeña grieta o rendija hasta el interior de una casa. Al subinspector Garzón le encantaban. Admiraba su enorme fuerza física y el desarrollo atlético de sus músculos. Supuse que estaría disfrutando en el fondo de aquella operación. Yo, por mi parte, empecé a sentirme como un extra de película.

A la una menos cuarto el aire de la plaza cambió. La gente empezó a agitarse. Los que estaban desperdigados por el suelo se levantaron y un rumor se extendió: «¡El papa, llega el papa!» Recibí un par de empellones y fui a colocarme en el lugar que me correspondía, a la espera de la arribada de los cardenales. Varios de los compañeros en hábito de guardaespaldas hicieron lo mismo.

Diez minutos más tarde el público se galvanizó. Empezaron a vibrar como insectos al calor del verano. La formación de cardenales hizo su entrada solemne en la plaza. Descubrí a Di Marteri ataviado con una casulla verde y oro que le sentaba muy bien. Iba abstraído, como encerrado en sí mismo. El resto de los prelados guardaban idéntica compostura. Lo seguí a la distancia que estaba estipulada por si alguien saltaba sobre él con intenciones homicidas, cosa que, por supuesto, no ocurrió. Subió al altar y yo, junto con los demás inspectores, ocupé la primera fila de público, todos puestos en pie. Éramos como el servicio de orden en un concierto juvenil.

Si hasta aquel momento la multitud había vibrado, cuando apareció el *papamóvil*, exultó. Como nunca he ido al fútbol, aquel enfervorizamiento colectivo me cogió por sorpresa. Algunos lloraban, otros aplaudían o rezaban. Un montón de pancartas, hasta entonces ocultas, salió a la luz. «Los jóvenes, con el papa», «Amor al papa», «Dios es juventud». Miles de manos se agitaban al paso del extraño vehículo, mezcla de pecera y urna funeraria. El regocijo era auténtico, como si proviniera de una profunda emoción que a mí se me escapaba. Era algo para lo que no estaba dotada, entrenada o instruida. Tenía la misma sensación que cuando te enfrentas a una página escrita en un idioma que desconoces, o a un instrumento que no sabes tocar, o a un complejo problema matemático que no puedes resolver. Obviamente, aquel regocijo espiritual tenía sentido para quien fuera capaz de interpretarlo, pero no para mí.

El *papamóvil* dio una vuelta triunfal por todo el recinto, y al final llegó hasta el altar para que el pontífice descendiera. Lo hizo con gran dificultad, ayudado por sus vicarios. Lo rodeaba una nube de guardaespaldas privados y algunos de los nuestros. Fue a sentarse renqueando en un trono situado a la derecha del altar. Desde allí asistiría a la misa concelebrada por los cardenales en la que no participaría por motivos de edad y salud. Sólo al final estaba previsto que pronunciara una breve homilía en castellano y catalán, acabando con una bendición a los congregados.

Permaneció en su asiento, encorvado y con una expresión extraordinariamente adusta. De vez en cuando lanzaba miradas esquinadas hacia el vacío. El resto del tiempo se habría dicho que dormía. Parecía uno de esos ancianos desconfiados que guarda un dulce en el regazo con tesón y cicatería temiendo que alguien vaya a quitárselo.

La misa siguió su curso con toda pompa y esplendor, una coreografía incontablemente representada. Al final de la misma, el papa habló con la entonación monocorde de quien memoriza sonidos sin conocer su significado. Después impartió la bendición entre la unción de los asistentes. Garzón me había informado de que dicha bendición tenía muchísimo valor, te perdonaba todos los pecados cometidos en el pasado e incluso creo recordar que proporcionaba algunas ventajas de cara al futuro.

Bien, aquello se había acabado. Niños y niñas se acercaban al papa con ramos de flores. Ahora todo consistiría en esperar a que el pontífice se pirara y acompañar después a Di Marteri hasta su minibús. Y para esto se había bloqueado a un montón de policías durante un mes…

De pronto sucedió algo que no estaba en el programa. Di Marteri me miró e hizo un gesto como indicándome que iba a moverse por su cuenta. Sin esperar mi respuesta, se dirigió hacia la primera fila de público. Sorprendida y alarmada, lo seguí. Se volvió hacia mí y me dijo en voz baja:

—Espéreme aquí, por favor, no corro ningún peligro.

La zona hacia donde se dirigía, muy cercana al papa, estaba infestada de policías. Obedecí y observé con los ojos bien abiertos cómo el cardenal se acercaba a un grupo de entre el público y hablaba con sus integrantes. No tardé mucho en reconocer a Dolores Carmona entre un buen puñado de sus familiares. Junto a ellos estaban también miembros del clan Ortega. Tras parlamentar unos instantes, todos, acompañados de Di Marteri, se dirigieron hacia el papa, que bajaba en ese momento de su pedestal ayudándose con un estilizado crucifijo en forma de vara. Sin duda, todo aquello había sido convenientemente preparado. Ambas familias gitanas rodearon al pontífice e hicieron con él un breve conciliábulo. Los tomó por los hombros como en una *mêlée* de rugby e, instantes después, se distanció de ellos mínimamente y los bendijo con gesto trémulo. Un montón de fotógrafos de prensa registró el hecho. Los adláteres del papa se apresuraron a socorrerlo porque parecía desfallecer. Apoyándose en ellos, se encaminó hacia su vehículo exhibidor, en el que se embarcó de nuevo. Los Carmona y los Ortega se mezclaron entre la gente. Di Marteri vino a mi encuentro y me dijo suavemente:

—Ya puede acompañarme hasta el autobús.

Me puse a su lado y caminamos despacio y en silencio por detrás del altar. Al fin me decidí a preguntarle:

—¿Es eso lo que pactó con las familias gitanas, monseñor, que si entregaban a los culpables el papa los perdonaría personalmente?

Habíamos llegado al minibús. Di Marteri se volvió muy serio hacia mí.

—Yo sólo soy un humilde intermediario del Señor, y Dios no pacta, simplemente concede o niega.

Entonces sí sonrió, y me alargó una mano cubierta

por un guante escarlata que yo estreché sintiendo que aquel gesto tan habitual se convertía en algo extraño y solemne.

—Inspectora Delicado, me ha gustado mucho conocerla. Lamento que no contemple usted el catolicismo con simpatía. Una mujer fuerte como usted podría hacer mucho por la Iglesia.

—Usted tampoco lo haría mal como policía.

Se recogió con la mano las aparatosas vestiduras y subió al microbús, donde ya estaban casi todos sus compañeros.

Me alejé intentando reorganizar mis ideas. El marco de la plaza se había convertido en un caos. Busqué inútilmente a Garzón. Los asistentes habían empezado a marcharse en medio de un gran desorden. Sonó mi móvil. A duras penas pude entender al subinspector diciéndome:

—Petra, la espero en el bar Castillo. Como está en un callejón, estaremos tranquilos hasta que se largue la marabunta.

Era una buena idea. Hacia el bar me dirigí entre aquellas tropas eufóricas por haber contemplado a su líder. Tras diez espantosos minutos de inmersión en la masa, llegué por fin al Castillo. No sé cómo se las había ingeniado Garzón, pero ya estaba allí, con el bigote perlado de espuma cervecera.

—¡Salud, inspectora, por el papa! Todo ha salido bien: ni una bomba, ni una granada, ni un mal cóctel molotov. Misión cumplida.

Pedí una cerveza helada y la degusté con placer. El subinspector insistió:

—Ha sido emocionante, ¿verdad?

—Más que una arenga de Winston Churchill en la segunda guerra mundial.

—Lo digo en serio, inspectora. Aunque nosotros no seamos creyentes, era hermoso ver la fe de los demás. ¡La fe mueve montañas!

—Y masas, igual que el rock, la política o el fútbol.

—Hombre, no es igual, yo nunca he salido de un partido limpio de pecados.

Nos echamos a reír.

—Me alegro de que esté tan animada.

—No lo estoy. Coronas ya nos ha dado el primer aviso serio.

—El caso Espinet sigue trabajándole las neuronas, ¿verdad?

—Y bien a fondo.

—Pues yo tengo la sensación de que no vamos a encontrar nada nuevo. No sé, me pasa como con la religión, no tengo fe.

—Esperemos que se produzca una revelación.

—¿En la religión o en el caso?

—Ya puestos… en los dos.

Si Coronas pensaba abalanzarse sobre nosotros y cerrar nuestro caso, no lo hizo a la primera ocasión. Siempre he estado convencida de que la semana de gracia que nos concedió se debió a la gran trascendencia periodística que tuvo la intervención del papa en el caso de los gitanos. La noticia se extendió y dio pie a incontables comentarios de prensa. Según la opinión general, el hecho repercutió en la buena imagen tanto de la policía catalana como de la Iglesia romana. Jugada perfecta.

Justo al final de esa semana empezaron a llegar los resultados de todas las revisiones de investigación que habíamos solicitado. Les pasé revista. La parte económica, en la que tanto habíamos confiado, resultó una completa decepción. Nada en absoluto.

Abrí el expediente de inmigración de Lali. Tampoco allí había ninguna inesperada revelación. Había sido legalizada en el año 95 y en esa misma fecha empezó a trabajar para los Espinet.

Faltaban los informes que Garzón debía reunir sobre Malena y el nuevo interrogatorio a Inés. Tomé el teléfono dispuesta a llevarlo a cabo inmediatamente. Si hubiera hecho caso de su reacción cuando le dije que quería hablarle, la habría acusado en seguida de la muerte de su marido. Titubeó, remoloneó, argumentó que no tenía tiempo libre, y sólo cuando insistí en tono oficial se avino a concertar una cita. Me rogó que no nos viéramos en casa de sus padres ni en comisaría, por lo que no tuve más remedio que quedar con ella en «El Paradís».

Ésta es la última vez que vengo aquí, pensé cuando aparcaba bajo los árboles, que empezaban a perder hojas. Y, probablemente, sea una visita inútil. No tenía esperanzas puestas en aquel interrogatorio.

Inés me abrió la puerta de «Las Margaritas» con cara de circunstancias. Me hizo pasar al salón y se sentó frente a mí con su expresión aniñada de siempre. Encendí un cigarrillo y la observé. Estaba incómoda, nerviosa. De pronto se arrancó:

—Inspectora, si mis padres pudieran quedar al margen de...

La interrumpí de mal humor:

—¿De verdad cree que va a poder mantener en secreto su historia con Mateo? ¡Despierte, Inés!, se va a celebrar un juicio en el que todo saldrá a relucir.

—Pero mi asunto con Mateo no atañe al asesinato.

Me enfurecí.

—Veamos, su marido ha sido asesinado y usted era amante del marido de la mujer acusada de haber cometido el crimen, ¿de verdad cree que no tiene nada que ver en este embrollo? Le recomendaría un poco de madurez.

De repente se puso tensa, su cara adoptó una mueca enfadada y explotó por donde menos lo esperaba.

—¡Vaya, ya salió el tema de la madurez! ¿Quién le ha dicho que soy inmadura, su íntima amiga doña Perfecta?

—¿Cómo?

—Sí, claro, Malena ha hablado con usted. Se cree una santa, ella está por encima del bien y del mal. Siempre se permitía darme consejos: «Deberías madurar un poco, cariño.» Ella es pura como una virgen y ahora es la única que está limpia en todo este follón.

Intenté interrumpir lo que me pareció una rabieta en toda regla:

—Inés, por favor, esto es absurdo.

—¡No, no lo es! La santa acusa a sus amigas de asesinato, la santa le cuenta a la poli que la pobre Inés es una niña inmadura. ¡Venga, pregúntele a ella si de verdad es mejor que las otras, pregúntele si no es adicta al café, si no se toma de vez en cuando una copa de más cuando está sola!

Me puse en pie.

—¡Basta, Inés, basta!

Se mordió el labio, y empezó a llorar. Podría haberla estrangulado allí mismo. ¿Cómo era posible que un hombre como Juan Luis Espinet se hubiera enamorado de aquella niña consentida e insustancial? Comprendí que tuviera una lista de amantes larga como un tren. Intenté serenarme un poco. Esperé un momento, saqué mi libreta, le hice cuatro preguntas rutinarias y me largué.

En cuatro zancadas me planté en mi coche. Aquél era un caso de mierda. Mediocridad, inmadurez y sexo, ésos eran los tres únicos componentes de la historia. Probablemente a Espinet se lo había cargado su amante, despechada por el abandono y por haber tenido que abortar. La cosa no daba para más sofisticaciones, habría que ir pensando en cerrar.

—¡Eh, Petra!, ¿qué hace otra vez por aquí? —Era Malena Puig—. ¿Ha ocurrido algo nuevo?

—Lo siento, Malena, pero no tengo ganas de hablar.

Se quedó sorprendida por mi tono, bajó la cabeza y dijo muy despacio:

—Ah, bueno, disculpe.

—Tengo que irme.

—¿No quiere ver a Anita? Está en casa, con Azucena.

—No, gracias, otra vez será.

Puse el coche en marcha y me alejé, dejándola de pie junto a un macizo de flores.

No comprendo cómo no sufrí un accidente de tráfico en mi camino de vuelta a Barcelona. Iba conduciendo con la mente puesta en otro lugar. Intenté analizar lo que había soltado Inés en su estúpida pataleta. Malena no era perfecta. De acuerdo, nadie lo es. ¿Adicta al café? Era una acusación absurda. ¿Bebía? La verdad, me costaba creerlo. El desarrollo perfecto de las actividades de su casa, el modo como educaba a sus hijos, su misma personalidad... nada desvelaba la posible tragedia, tan común, de una ama de casa frustrada que se emborracha en solitario. Pero la cuestión no residía en sus virtudes como administradora del hogar, ¿era cómplice Malena de Rosa Salvia? ¿Se habían cargado a Espinet de común acuerdo? ¿Había actuado Malena por solidaridad femenina ayudando a perpetrar una venganza?

Me fui a mi casa, necesitaba pensar. Entré en la cocina para preparar algo de comer. Como una autómata, puse a hervir las judías que había arreglado mi asistenta. Después me desplacé en plan zombi hasta el dormitorio y me cambié. Con un pantalón cómodo y una camisa masculina pensaría mejor.

Malena Puig. ¿Por qué entonces Rosa guardaba silencio sobre su culpabilidad compartida? Al fin y al cabo, si estaba acusada del crimen se debía a las declaraciones de su amiga.

Cerré los ojos. Malena Puig, tan cerca siempre de mí, tan dispuesta a colaborar. ¿Cómo armonizar su talante sereno y equilibrado con la posibilidad de ser cómplice de un crimen? Desde que la conocí me había parecido una mujer privilegiada, uno de esos seres fieles a una escala de valores sencilla: ver crecer a sus hijos, organizar una hermosa casa, disfrutar de cada pequeñez cotidiana, vivir la vida sin sobresaltos, sin aspiraciones elevadas ni frustraciones inesperadas. ¿Qué sentimiento podía haber sido tan rotundo como para apartarla de un planteamiento tan sosegado? ¿Eran amantes ella y Rosa?

Me sentí mareada. Si entrábamos en el mundo de los sentimientos, «el efecto cereza» complicaba las cosas al máximo. Tiras de una cereza y ésta arrastra a las otras hasta formar un informe montón. Quedan difuminadas las leyes y costumbres, la lógica, la moral. Todo es posible, hasta lo más absurdo y aberrante: Olivera enamorado de Espinet, la señora Domènech de Rosa... sólo la pequeña Anita estaba libre de sospechas aún, sólo por el momento. Quizá algún día ella también podría convertirse en una desesperada y sufriente mujer capaz de matar por despecho amoroso. Únicamente los animales, con sus apareamientos en busca de vida, están libres de los estragos de un sentimiento devorador.

Llamaron a mi teléfono móvil. Era el juez García Mouriños.

—Petra, el comisario Coronas y yo estamos pensando en cerrar el caso Espinet.

—Juez, ¿no puede esperar un día más?

—¿Qué quiere lograr en un día, una gran pirueta final? Esas cosas sólo pasan en el cine.

—Entonces debería concederme ese día, el cine es importante para usted.

—Pero estamos en la vida real.

—Juez, tengo motivos para pedirle ese día.

Quedó un momento en silencio. Luego, su voz de potente acento gallego se hizo audible de nuevo.

—Está bien, pero procure que la escena del desenlace merezca la pena. Ya sabe, algo espectacular, persecuciones en coche, acorralamiento del malvado y duelo al sol. ¡Ah, y al final que triunfe la justicia!

—Haré lo que pueda. Llevaré mi coche a engrasar y pediremos una ametralladora para Garzón.

Se echó a reír y colgó. Él tampoco tenía fe. Miré qué hora era. Pronto aún. Me eché cuan larga era sobre el sofá. Me dormí.

No sé cuánto tiempo permanecí en plena inconsciencia, pero la primera impresión que recibí al despertar fue de carácter olfativo. Un hedor espantoso se extendía por el aire. Corrí hacia la cocina. Sobre la encimera, la olla a presión al rojo vivo exhalaba los últimos negros suspiros de las judías que puse a hervir. Normal. ¿A quién se le ocurre pensar en comidas sanas y hogareñas cuando el ánimo anda soliviantado?

Como para impedirme que me regodeara en el desastre, sonó el teléfono. Era el subinspector.

—¿Dónde coño se mete, Petra?

—En mi casa, ya ve, pero aquí también me persigue el infortunio.

—Quizá ya no.

—¿Qué quiere decir?

—Tengo algo, me gustaría hablar con usted. ¿Por qué no me invita a cenar?

—Le espero. ¿No puedo saber nada de lo que tiene?

—Llegaré en cuanto el tráfico me lo permita. Ya se lo contaré.

Detestaba los misterios de Garzón. A lo mejor había encontrado algo lo suficientemente importante como para improvisar un final cinematográfico a gusto del juez. Dudaba, sin embargo, de que se presentara con algún remedio que dijera cómo despegar medio kilo de judías verdes del fondo de una olla a presión.

Tomé el teléfono y pedí un par de pizzas con mucho queso, tal y como le gustaban a mi compañero. La abundancia de queso era el único homenaje gastronómico que estaba en condiciones de rendirle.

CAPÍTULO DIEZ

Que Garzón guardaba algo importante en el macuto de las noticias era algo evidente. Sólo mirándolo a la cara se podía advertir. Traía la expresión satisfecha de quien no ha perdido el tiempo. En esas ocasiones sacarle la información llegaba a ser arduo, se tomaba un lapso de complacencia para que aumentara mi interés.

—Déjeme que huela el ambiente antes de entrar.

—¿A qué debería oler?

—A algún plato suculento hecho con sus propias manitas.

—Olvídelo. Hoy la cosa va de pizzas telefónicas.

—¡Vaya por Dios! Al menos me dará una cerveza fresca.

—Eso sí.

Nos adentramos en la cocina y el subinspector volvió a olfatear el aire como un perro cazador.

—Ahora que afino más juraría que huele a quemado.

—¿Por qué no reserva su buen olfato para la investigación?

—¿Y la cerveza?

Saqué un par de botellines del refrigerador y los puse

sobre la mesa. Nos sentamos. Él metió su denso bigote en el vaso y bebió con delectación. Esperé pacientemente.

—¡Ah, una cervecita helada de vez en cuando es uno de los regalos que Dios nos hace! Es alemana, ¿verdad? Estoy seguro de que Dios creó Alemania pensando en la cerveza.

Mi paciencia se tambaleó.

—Oiga, Fermín, ¿piensa contarme qué ha encontrado o he de esperar una revelación de Dios?

Sus ojos de diplodocus disecado me miraron con seriedad.

—Petra, creo que hemos estado tratando a Malena con excesivo guante blanco.

—Eso ya me lo había dicho alguna vez.

—Pero es que ahora me ratifico y me gustaría que me diera la razón.

—Desembuche de una vez.

—Inspectora, ¿sabe dónde trabajó durante un tiempo Malena?

—Como abogada, trabajó como abogada.

—No siempre los abogados trabajan como abogados. Usted es ejemplo de eso.

—Adelante, ¿dónde trabajó?

—Como funcionaria de inmigración.

Llamaron al timbre. Era el repartidor de pizzas. Mientras le pagaba, mi cabeza no dejaba de hervir. Volví corriendo al salón.

—Estoy segura de que el expediente de Lali Dizón pasó por sus manos.

—Lo comprobaremos.

Me quedé callada. Vi cómo Garzón abría las pizzas

y atacaba un pedazo de la suya masticando de modo maquinal.

—Prosiga —dijo entre bocado y bocado.

—¿Le parece excesivo pensar que Malena descubriera alguna irregularidad grave en el expediente de Lali y que la ayudara a ocultarlo por simple piedad?

—Sí, de acuerdo, pero eso...

—Eso pudo ser utilizado como extorsión pasado el tiempo. De hecho, frente a una mujer ignorante y enamorada como Lali, que se descubriera una trampa en su expediente y existiera la posibilidad de expulsarla del país debió de obrar como una razón muy contundente.

—¿Tan contundente como para ser moneda de cambio en un crimen?

—Sí. Malena no sólo aparece entonces como cómplice, sino que incluso cabe la posibilidad de que fuera la instigadora del asesinato de Espinet.

—Sigue fallando el móvil —exclamó Garzón—. ¿Por qué iba a hacer Malena algo parecido?

—Por solidaridad. Cuando Rosa habló con ella después del aborto estaba destrozada. Le dijo que quería vengarse y entre las dos...

—¿Y después nos la entrega?

—Es abogada. Sabe que tal y como están las cosas no pueden condenarla. Nos la entrega y provoca un *cul-de-sac* del que no podemos salir sin pruebas.

—Sí, es posible.

—Si todas estas deducciones son ciertas, entonces Malena ha estado jugando conmigo. Voy a tomar algo más fuerte, ¿me acompaña?

Saqué una botella de whisky de la alacena. Serví dos copas y me bebí la mía de un tirón.

—Petra, no me gustaría que ahora se sintiera culpable. Esa chica ha estado aprovechándose de su sensibilidad, metiéndole a su hermosa niña por los ojos, y usted, quizá llevada por…

Debía impedir que siguiera por aquel camino tan espinoso.

—Dejémoslo, Garzón, ahora necesitamos pruebas. No podemos cerrar la investigación en falso otra vez.

—Sí, inspectora. Mañana comprobaremos en la Delegación de Inmigración si Malena gestionó en su día el expediente de Lali. ¿Qué le parece?

Asentí. Mi subordinado se levantó, y me puso una mano en el hombro.

—Me voy, inspectora. La espero mañana temprano. Debería olvidarse de todo esto e irse a dormir.

—Sí, descuide, lo haré.

Intenté poner orden en la cocina concentrándome en lo que hacía, pero era inútil. Metí un vaso vacío en la nevera y me quemé con el agua caliente. Mi cabeza conducía a cien por hora en otra dirección. Lo dejé todo como estaba y salí.

En el salón probé a tranquilizarme leyendo un libro. Imposible. Un disco. Los *Nocturnos* de Chopin. Tampoco funcionó. Ni todas las artes juntas eran capaces aquella noche de librarme de la obsesión. Rosa y Malena, cómplices a fondo en el asesinato de Espinet. ¿Por qué, por qué Malena se había metido en un asunto tan grave? Ayudar a vengar las ofensas de su amiga no me parecía móvil suficiente. Quizá sólo le sugirió a Rosa que utilizara a Lali y Olivera y después se inhibió, aunque eso no la hacía menos cómplice.

Me levanté del sofá, di varias vueltas por la estancia comprendiendo muy bien lo que sienten los leones en el zoo. Me serví otro whisky y de repente mi mente recordó el dato que andaba buscando de modo casi inconsciente. Era una frase: «Tres años tiene mi hija y Lali la vio nacer al poco de llegar.» La había pronunciado Inés en mi presencia. Por supuesto, y el expediente de inmigración de la filipina la daba como contratada en casa de Espinet desde hacía cinco años. Ahí estaba la flagrante disarmonía de fechas. Recordaba que aquello me había llamado la atención en el mismo momento en que oí la frase, pero no le había concedido ni un minuto más de reflexión. Simplemente, la borré.

Me había implicado humanamente con Malena de modo lamentable, tanto como para no incluir en la perspectiva de observación concienzuda todo lo que estaba a su alrededor. Terrible, un fallo que ni siquiera hubiera sospechado que pudiera cometer. ¿No era yo fría y escéptica, difícil de cazar en la red de los sentimientos? Mi comportamiento había sido incalificable. Dedicada a cotillear, charlar, brujulear y cultivar impulsos amistosos, había frivolizado la labor de un policía hasta casi el límite. Y todo, ¿por qué? ¿Por frustración maternal como insinuaba el subinspector? ¿Por ver en Malena Puig lo que yo podría haber sido y nunca fui? Mi aversión hacia mí misma se hizo tan intensa que me detesté, y no existe sensación más desapacible que la de detestarse a sí mismo.

Cogí mi gabardina y salí a la calle. Como casi siempre en Barcelona, vivíamos un otoño cálido, pero aquella noche los primeros vientos del norte habían empezado a soplar. No estaba lo bastante abrigada, pero daba igual, el frío me hacía bien. Supongo que necesitaba castigarme de alguna manera, aunque fuera tan superficial.

Llegué a pie hasta comisaría. Apenas saludé a la gente de servicio. Entré en mi despacho y busqué en los expedientes del caso. Sí, la primera investigación sobre Lali lo decía muy claro: cinco años contratada por los Espinet. La revisión que acabábamos de solicitar lo ratificaba. Sólo con que, tiempo atrás, hubiera prestado atención al comentario casual de Inés y aclarado aquel desfase de años de servicio, el caso habría avanzado un trecho enorme, o quizá alcanzado su resolución definitiva. ¡Cojonudo, Petra, tómate algo! ¿Qué aconseja Freud ante una situación parecida: «Relájate, quiérete a ti mismo y olvida»? ¡Al carajo con Freud! Miré mi reloj. Eran más de las once, una hora inconveniente para telefonear a cualquier casa, y francamente impensable si se trataba de la casa de los padres de Inés. ¡Tanto peor!, bastantes miramientos habíamos tenido ya, a fin de cuentas habían matado a su marido, y no a su perro.

Marqué el número. Contestó una voz femenina. Pregunté por Inés.

—De parte de la inspectora de policía Petra Delicado.

Nunca me había autoanunciado con tanta pomposidad, pero quería poner los puntos sobre las íes desde el principio. Reconocí la voz de Inés, disminuida hasta el susurro.

—¿Pasa algo, inspectora?

—Quiero hacerle una pregunta.

—¿A estas horas?

—A estas horas, sí.

—Usted dirá.

—¿Recuerda si fueron tres años los que Lali trabajó para ustedes?

—Tres años, sí.

—¿Está segura?

—Por completo.

—¿Alguna vez le comentó dónde había estado contratada con anterioridad?

—Pues... no creo, no. Me contó que en Filipinas trabajaba en el campo, pero aparte de eso...

—¿No le pidió usted referencias de otros empleos en España?

—No. Me la recomendó Malena, y yo, claro, me fié.

—De acuerdo. Eso es todo.

—¿Los han encontrado?

—No, aún no.

Colgué. No había ninguna duda, Lali Dizón había sido obsequiada con dos años de contrato inexistente por alguna razón. Malena había tenido probablemente la capacidad de hacerlo. Sólo había que comprobarlo al día siguiente. Con gusto habría volado hasta «El Paradís» y le habría preguntado a Malena: ¿por qué, cómo, cuándo? Pero en esta ocasión había que andar con pies de plomo, ni un fallo más.

Salí a la calle. La Jarra de Oro estaba cerrando. No quería volver a casa aún, tenía la certeza de que, en cuanto traspasara el umbral de la puerta, los pensamientos autopunitivos volverían a mí. La solución era andar, una larga caminata a la luz de una luna que no se ve en la ciudad. Y así lo hice, caminé y caminé hasta que las piernas me dolieron y la espalda me crujió.

A las tres de la madrugada regresé. Entré en casa sigilosamente, como si mi intranquilidad durmiera en alguna parte y no quisiera despertarla. Fui hasta el dormitorio, colgué la ropa en el armario y me metí desnuda en la cama. La frialdad de las sábanas me sobresaltó. Adopté la postura fetal, acurrucándome como un polluelo en el nido, y probablemente alguna gallina amable y maternal me dio su calor, porque en seguida caí en el sueño.

La mañana siguiente amaneció lluviosa. Me sorprendió a mí misma comprobar hasta qué punto había dormido profundamente, de un tirón. Abrí los ojos y sin moverme de la cama observé cómo el agua corría por los cristales. No tenía ganas de levantarme, en la cama se estaba bien. La cama es una isla donde uno se refugia, a salvo del mundo exterior. Encendí la radio y escuché las noticias de actualidad mezclándose con el sonido de la lluvia, como si ambas cosas no me afectaran lo más mínimo. El reloj marcaba las nueve en punto. Sonó el teléfono. Lo dejé sonar. Después contesté. Era el subinspector. Ya tenía los datos de inmigración. Las sospechas se confirmaban, Malena había tramitado el expediente de Lali. Le di las gracias y colgué. Tomé la decisión que debía tomar. Volví a empuñar el teléfono y marqué el número de Malena Puig.

—¿Malena? Quiero hablar con usted.

—Supongo que se trata de algo profesional.

—Sí.

—De acuerdo, la espero. Haré café.

Tomé una ducha caliente. Me vestí muy despacio. Desayuné. No me permití ni una sola conjetura, ni un pensamiento, ni una cábala sobre el caso Espinet.

A las diez hice la que sería mi penúltima entrada en aquella maldita urbanización. Aparqué y me dirigí a pie hasta «Los Ibiscus». La lluvia había vaciado las avenidas y jardines. Se levantó un vientecillo helado que me estremeció.

Llamé al timbre de los Puig. Malena tardó un buen rato en abrir. Cuando lo hizo me sonrió, se apartó a un lado para dejarme paso, sin hablar. Miré mis pies, algo manchados de barro.

—No quisiera ensuciarle la casa.

—Da igual. Suba al estudio, inspectora, he preparado el desayuno allí.

—Malena, lo siento, pero creo que a estas alturas no deberíamos...

Me interrumpió con suavidad:

—Se lo ruego, será la última vez.

Pasó por delante de mí. Mientras subíamos pude ver que sus movimientos eran lentos, como trabados por alguna razón que no acertaba a comprender.

En el estudio había una bandeja con un termo, dos tazas y galletas, todo listo con el esmero con que Malena solía hacer las cosas.

—Siéntese, por favor.

Me miraba fijamente a los ojos. Saqué una grabadora. Noté que cada vez me resultaba más difícil respirar normalmente. Saqué un cigarrillo intentando que el pulso no me temblara.

—¿Me da uno a mí?

Lo extrajo de la cajetilla con mucho cuidado. Se lo encendí. Dio una chupada profunda y se echó hacia atrás en su asiento exhalando el humo con fuerza.

—Al final me lo ha puesto muy difícil, Malena. La

investigación ha durado mucho más de lo que esperaba.

La sangre empezó a golpearme rítmicamente en las sienes.

—¿Qué quiere decir?

—No me haga montar un número final, Malena. Confiese ya, será más fácil para todos. Usted mandó matar a Juan Luis Espinet, usted sola. Rosa nada tiene que ver en esto.

Se puso en pie. Fue hacia la ventana y se quedó mirando la lluvia en silencio. Cuando se volvió tenía los ojos llenos de lágrimas.

—No siga más tiempo con esta locura. Confiese. Hemos encontrado el expediente de Lali Dizón que usted alteró.

Una lágrima le cayó por la cara, se la secó con un gesto torpe. Me miró.

—Estoy cansada, sí, no puedo más.

—Usted lo hizo.

—Sí.

—¿Dónde están Lali y Olivera?

—Pero, espere un momento, tengo que explicarle…

—¿Dónde están?

—En Castelldefels. Escondidos en un apartamento.

—Dígame dónde exactamente. En qué dirección.

—En el número 18 de la calle de la Floresta.

Llamé inmediatamente a Garzón.

—Subinspector, es urgente. Lleve una dotación y vayan inmediatamente al número 18 de la calle de la Floresta de Castelldefels. Lali Dizón y el guardia están escondidos allí. No, no, ahora no. Ya le contaré.

Miré a Malena. Se sentó, tranquila, con sus hermosos ojos pendientes de mis movimientos.

—Siéntese, no voy a escaparme, no voy a mentir. Voy a contárselo todo, de verdad. He tomado un sedante, estoy bien.

—Usted mandó a Lali y a su novio que mataran a Juan Luis.

—Sí.

—¿Por qué?

—¡Lo quería tanto, inspectora, tanto! ¿Ha querido usted a alguien mucho alguna vez? Pero mucho hasta el límite, hasta el fin.

La observé sin abrir la boca.

—Seguro que no. Querer así sólo nos pasa a unos pocos. Y a mí me pasó.

—Eran amantes.

—¿No se ha fijado en Anita? Es igual que Juan Luis. Su mismo porte elegante, los mismos cabellos rubios y fuertes.

—¿Es hija suya?

—Sí, pero Juan Luis no pensaba dejar a Inés, desde luego que no. Inés era su estatus, su prestigio social, profesional. Si la abandonaba, se quedaba expuesto al escándalo y eso no podía permitírselo. Lo comprendí, ¿qué demonios iba a hacer? Además, siempre queda la esperanza cuando se está enamorada. Quizá más adelante, cuando los niños crezcan... Creí que él lo pasaba tan mal como yo. ¡Y tenía a su hija! Una niña de los dos. Era una especie de garantía. Él sabía que era su hija, seguramente algún día decidiera mandarlo todo al garete, decir la verdad...

—Pero un día apareció Rosa y le confesó que estaba embarazada de Espinet y que había abortado.

—¡Exacto! —Dio una risotada amarga—. Fue un mazazo. Como si me hubieran descerrajado un tiro en la cara. ¡Adiós, mi querido amor! Imagínese, la doliente enamorada que guarda su secreto porque sabe que la aman también en silencio. Pues no, Juan Luis se estaba acostando con Rosa, y encima la deja preñada, ¡ah, era una especie de semental!

Su risa resultaba patética, helaba la sangre.

—Me pregunté qué número de amante era yo: ¿la veinticinco, la treinta y tres? ¿Nos tendría numeradas o nos pondría nombres en clave? La ejecutiva, el ama de casa... yo sería el ama de casa, por supuesto, eso soy nada más.

—¿Qué hizo entonces?

—Acepté la confidencia de Rosa, la consolé, la escuché. Lo primero que se me ocurrió entonces fue ir a pedirle cuentas a mi enamorado: ¡Oh, mal hombre, ¿por qué, si decías que me amabas?! Luego pensé en organizar un buen escándalo. Pero ¿para qué iba a salir perjudicada yo también? ¿Sabe lo que hice? Fui a ver a Juan Luis y sólo le dije: «Te mataré. Hagas lo que hagas no vas a salir vivo de ésta.» ¿Usted se lo habría tomado en serio?

—Supongo que no.

—Él tampoco lo hizo. Escurrió el bulto, se zafó, me ignoró. Yo ya formaba parte del pasado. Entonces fue cuando decidí matarlo de verdad.

Hizo una pausa y se puso a servir tranquilamente el café. Ahora sí parecía serena, como si aquello fuera una conversación intrascendente, el argumento de una película que estuviera contando.

—Lali me debía un cierto favor.

—Lo sé. ¿Por qué alteró las fechas de su expediente?

—Los dos primeros años que estuvo en el país ilegalmente ejerció la prostitución en un bar. Con esos antecedentes nunca habría logrado un trabajo normal. Es tan histérica y tan inculta que, sólo oír hablar de la posibilidad de verse expulsada del país, funcionó. ¡Y tenía su propia historia amorosa, además! Les prometí cinco millones de pesetas que yo tenía ahorrados. Dejaban pasar unos meses y se largaban a empezar en otro lugar, ¡juntos por fin! Funcionó, a ustedes no se les ocurrió que yo pudiera tener alguna cuenta con dinero propio.

—¿Cómo sabía que Juan Luis saldría de la casa después de cenar?

—Muy fácil, en un momento que estuvimos solos en la cocina le dije que le había dejado una carta debajo de la rueda de su coche. Por supuesto, temiendo que alguien la encontrara, fue a buscarla con la excusa de la botella.

—Fácil. Un robo y en paz. Pero la señora Domènech vio a Lali.

—Eso lo complicó todo. Salió estúpidamente para mirar por la puerta de atrás, inquieta por Olivera, y entonces la señora Domènech le soltó su frase: «¿Adónde vas, pajarito, quién eres tú?» Lali se asustó; mientras ustedes ya estaban por allí husmeando me lo contó, y yo, en una decisión errónea, le pedí que se lo contara a usted también. ¿Qué podíamos perder? En el caso de que la señora Domènech les dijera a ustedes que había visto a Lali, adelantarnos a la declaración de una mujer trastornada, encima con la frase ridícula del pajarito, alejaba toda sospecha.

—Y luego se encontró con Ana Vidal.

—Cuando me dijo que había visto a la señora Domènech pululando por el jardín la noche del crimen pensé... esos policías no acaban de largarse de aquí, ¿por qué no intentar inculpar a una mujer que nunca será condenada por la ley?

—Ahí empezó usted a jugar conmigo, ¿verdad, Malena?

—Me lo puso usted fácil, Petra. ¡Le gustaba tanto Anita...! Además, nos caemos bien, ¿verdad que nos caemos bien?

—No me joda con eso.

—Lo siento, además de la pastilla he tomado un poco de alcohol.

—El día que estaba aquí Inés y dijo delante de mí que Lali sólo llevaba tres años trabajando en su casa fue usted quien se asustó. Creyó que yo empezaría a atar cabos, que la interrogaría de nuevo, y los hizo huir a ambos.

—Sí, les pedí que alquilaran un apartamento en Castelldefels. Sabía que hay muchas urbanizaciones medio desiertas en invierno. Pasarían ahí un tiempo, hasta que ustedes dejaran de incordiar, y luego se fugarían a Filipinas o a cualquier otro lugar. Pero claro, la investigación se ha alargado demasiado y ahora me piden más dinero, dinero que no puedo darles. Y ya no aguanto más, Petra, estoy cansada, es demasiada tensión. Quiero que me encierren, que me dejen dormir.

—Ha llegado a encontrarse tan cercada que decidió entregarme a su amiga Rosa.

—Bueno, tenía que hacerlo con tiento, no soltando todo lo que sabía sino sólo una parte y confiar en que ustedes resolvieran el resto. Todo parecía que se había solucionado ya. Rosa, principal sospechosa, pero con pruebas tan poco definitivas que saldría libre. Dentro de los fallos no había quedado mal, pero... no, estaba usted como uno de esos perros cabezotas que no suelta la pieza jamás, que no abre la mandíbula, que prefiere destrozar el trofeo antes de librarlo.

—¿Cómo es posible que razone sobre todo esto con tanta frialdad?

—No sé, yo soy así. No maté personalmente a Juan Luis, ni siquiera lo vi muerto. Ha sido como un juego, un juego que ha salido mal.

—Lo va a perder todo, Malena, todo lo que tiene, su casa, sus niños... Anita. ¿Valía la pena?

Me miró con una fijeza que me desconcertó. Su voz se hizo grave, trascendental, seria:

—Todo, por una sola hora con Juan Luis lo habría dejado todo mil veces. Me da igual. Ahora se ha acabado el tormento, sé que mientras esté en la cárcel, él no está ningún sitio, sólo en mi cabeza.

Se levantó y recogió las tazas con aire casual.

—Bueno, inspectora, supongo que tengo que irme con usted. Ya está todo organizado. Cuando los niños vengan, Azucena llamará a Jordi para decirle que regrese antes del despacho. Le ruego que, sobre las seis, le llame por teléfono usted y le cuente que estoy en comisaría, en los juzgados, en fin, dondequiera que esté, usted lo sabrá mejor. He telefoneado esta mañana a mi suegra, que vive en Burgos, y le he dicho que la necesitamos aquí. Tendrá que hacerse cargo de los niños hasta que Jordi sepa cómo va a montar su vida a partir de ahora.

—Todo perfectamente coordinado, ¿verdad, Malena?

—Ya lo ve, es mi rol. Siempre ha sido todo perfecto en mi casa, ¿por qué tendría que cambiar? ¿Puedo pedirle un favor? No le diga a Jordi que Anita no es hija suya. No hay ninguna necesidad de hacerlo sufrir más de lo que va a sufrir ya. ¡Es tan bueno! Me quedo tranquila, los niños estarán perfectamente con él.

Bajamos a la cocina. Dejó el servicio de café sobre una mesa y enjuagó las tazas. En el hall se puso el abrigo.

—¿Llueve aún? ¡Bah, no es necesario que cojamos paraguas!

Iba a cerrar la puerta, pero tuvo una vacilación.

—Espere un momento. Creo que voy a coger las pastillas de Trankimazin. No me gustaría que se me pasara el efecto y montar algún número en público. ¿Me las quitarán en comisaría?

—Supongo que, de momento... no.

Volvió atrás y reapareció tras un instante.

—Ya podemos irnos.

Llevaba uno de esos abrigos acolchados de aspecto deportivo, tejanos, botines de piel. Al ir a subir al coche mi teléfono sonó. Era el subinspector.

—¿Petra? Los tenemos.

—De acuerdo, Fermín.

—Ya vamos para comisaría. ¿Se puede saber dónde está usted y cómo ha sabido y...?

—Hablaremos después, Garzón. Estamos en camino.

—¿Estamos, quién va con usted?

—Después, subinspector, después.

No hablamos en todo el trayecto. Allí, en el coche las dos, mirando distraídamente el tráfico y la lluvia, parecíamos dos amas de casa que van de compras a la ciudad.

Le pedí a Garzón que se ocupara personalmente de los trámites con respecto a Lali Dizón y Pepe Olivera, no tenía muchas ganas de enfrentarme con ellos. Además, estaba convencida de que cuando el subinspector hubiera acabado con ellos, iba a hacerme una crónica pormenorizada de lo que sucediera, como en efecto así fue.

—Se abrazaron y no se apartaban el uno del otro, inspectora. ¡Eso sí que es amor! Comprendo que mataran si pensaban que los separarían. Y sin embargo, ya ve, ahora separados están.

—Parece que por amor el asesinato tenga justificación.

—No, pero dan un poco de pena. Son incultos, son pobres, están solos en el mundo, lo único que tenían era su amor.

—¿Quiere defenderlos en el juicio? Lo haría bien.

—No tienen nada que hacer, los condenarán a un montón de años. ¿Y sabe lo que pienso? Que la verdadera culpable, la única quizá, ha sido Malena. Ella sí sabía lo que hacía.

—También actuó por amor.

—Más bien por venganza. Y lo hizo con cálculo y premeditación.

—Tiene más recursos.

—¿La defendería usted en el juicio?

—No, yo no. Ya tendrá quien lo haga.

Vi a Malena una vez más. Iba a hacer una nueva declaración ante García Mouriños. Yo entregué mis últimos informes y nos encontramos en el despacho del juez. Me sonrió. Pidió permiso al juez para quedarse a solas conmigo un instante, y él se lo concedió. El magistrado me hizo salir al pasillo y me dijo:

—Dos minutos, Petra, ni uno más. Ya sé lo que esa chica quiere de usted, que le dé una carta a su marido. La he revisado y no hay inconveniente, pero ya sabe que cuando hablen no debe pasarle ninguna información.

—Lo sé, no se preocupe.

—Es increíble, está serena, razona... se autoinculpa como si matar a un amante fuera la cosa más normal del mundo.

—Es obvio que lo tenía muy meditado.

—Sí, no la cegó la pasión.

—Cuando la pasión se enfría, adopta formas monstruosas, juez.

Entré en el despacho, donde Malena esperaba sentada, relajada, mirando al suelo.

—¿Le ha dicho el juez cuál es el favor que pienso pedirle?

—Sí. ¿Por qué no le da la carta su abogado?

—Quiero que se la entregue usted. Es la última voluntad del condenado.

—No tengo inconveniente, lo haré.

—Le he pedido por teléfono a Jordi que no venga a verme, que no comparezca en el juicio si no lo llaman a declarar y, por supuesto, que no traiga a los niños. Nunca. Tampoco de visita cuando yo esté en la cárcel. No podría verlos, sería demasiado doloroso para mí. Resultará mejor para ellos que figure como muerta. Una madre muerta es algo fácil de aceptar.

—Muy bien, si es lo que ha decidido...

—En la carta que lleva me limito a pedirle perdón. Él no merece todo esto en absoluto, pero...

—Preferiría que no me contara ningún detalle, por favor.

—¿Me guarda rencor, Petra?

—Es una pregunta improcedente, un policía no le guarda rencor a un delincuente, no hay entre ellos nada personal. Y ahora disculpe, pero tengo que marcharme.

—¿Volveremos a vernos?

—No es probable.

—Entonces...

La interrumpí con una sonrisa forzada.

—Entonces... adiós.

Salí del despacho sin darle tiempo a reaccionar. Ya había existido demasiado «factor humano» entre ambas. Por regla general, siento cierta piedad por el culpable al que acabo de descubrir. Veo sus circunstancias, analizo sus motivos y suelo pensar que hay en su vida la suficiente miseria moral como para llevarlo a asesinar. Pero con Malena era diferente, no acababa de comprender en profundidad qué la había llevado a matar a Juan Luis Espinet. Sin duda, mi incapacidad para llegar hasta el fondo estaba relacionada con que yo nunca había experimentado la pasión con la misma intensidad que Malena. ¿Me había perdido algo o me había librado de una buena? No lo sé, y supongo que nunca llegaré a saberlo aunque viva cien años. A no ser... a no ser que algún día sienta la pasión con la locura con que Malena la sintió. Sólo espero entonces que el desenlace de una pasión tan devoradora no sea necesariamente destructivo, ni haga de mí una asesina, ni siembre el dolor entre los que estén a mi lado, porque sería muy duro admitir que todas las grandes pasiones acaban mal.

Aquélla sí fue la última ocasión en la que entré en «El Paradís». Tendría que haberme parecido especial, pero lo vi como siempre: casas y jardines, calma y gritos de niños jugando.

Frente a la verja de «Los Ibiscus» había un camión de mudanzas. Unos cuantos operarios sacaban y cargaban los muebles de los Puig. Como la puerta del jardín estaba abierta, entré y me dirigí hacia la casa. En ese momento salía Jordi Puig. Su cara carnosa e infantil no pudo evitar una ligera contracción de desagrado al verme. Pero su tono fue sereno y cortés.

—Hola, inspectora, ¿cómo está?

—Perdone, Jordi, ya veo que es muy mal momento, pero tengo algo para usted.

—Sí, ya lo sé.

Le alargué la carta y él la guardó en el bolsillo de su pantalón, sin mirarla siquiera.

—No puedo invitarla a pasar, está todo tan destartalado...

—¿Se van?

—He encontrado un buen piso en Barcelona, será más fácil para mí. Pondré la casa en venta y... veremos.

—Seguro que la venderá, es una casa espléndida.

—Le advierto que ahora hay muchas por vender. Los señores Domènech se han mudado, también los Salvia, e Inés.

Me miró con tristeza. Le tendí la mano y él la estrechó.

—¿Quiere despedirse de los niños? Están dentro, con mi madre. Ahora tendrá que echarme una mano más de una vez, aunque Azucena se queda con nosotros.

—No, dejemos las despedidas, está bien así. Adiós, Jordi.

—Adiós.

Le di la espalda y caminé despacio hacia el coche. Ignoraba si Malena me había hecho depositaria de la carta esperando que dijera algo en su descargo, pero no se me ocurrió. Cuando abrí la portezuela y fui a sentarme volví la vista hacia Jordi Puig. Entonces comprobé que estaba aún en el mismo sitio donde nos habíamos despedido, y que sus tres hijos se encontraban con él. Los dos niños lo flanqueaban y tenía a la niña entre las piernas. Me dijeron adiós con la mano y yo correspondí. La imagen de aquel hombre que había vivido entre el engaño sin engañar a nadie me sobrecogió. Era una de las cosas más tristes que había visto jamás.

Y bien, casi todos habían sido expulsados de aquel paraíso en el que abundaban las serpientes de la tentación. Era una comparación bíblica quizá demasiado facilona, pero lo suficientemente buena como para soltársela a Garzón cuando llegué a comisaría. Reconozco que le gustó y en seguida la metió en un contexto que le hizo exclamar:

—Por cierto, Petra, ha llegado una carta del Vaticano dirigida a usted.

—¿El papa me invita a merendar?

—Sin cachondeos, es cierto. Mire, aquí la tiene. Ha despertado la expectación de los muchachos que están de guardia.

Me tendió una carta con los hermosos sellos del pequeño estado pontificio. La abrí. Era del cardenal Di Marteri que, para mi sorpresa, escribía en un español perfecto y académico.

Respetada inspectora Delicado:

Le mando esta misiva breve porque creo deberle una explicación. En mi mediación con las familias Ortega y Carmona hubo un extremo que quedó sin aclaración y que nada pude hacer por solucionar. En realidad no tengo ninguna garantía de que los dos presuntos responsables de los crímenes cruzados que se hallan en prisión en espera de juicio sean los culpables de verdad. Ellos me prometieron que entregarían a un hombre por familia, pero fue humanamente imposible hacerles afirmar que esos hombres cometieran los asesinatos imputados. Sin embargo, ellos me juraron que esos hombres callarán por siempre y saldarán las deudas con la justicia en nombre de todo su clan familiar. Esperemos que Dios les conceda la fortaleza necesaria para llegar hasta el final. Sin embargo, es necesario que usted sepa la verdad por si algo llegara a ocurrir.

Le hago llegar mi bendición por la gracia de Dios.

Suyo afectísimo:

PIETRO DI MARTERI

La sorpresa y la rabia que sentí me dejó muda. Le pasé la carta al subinspector. La leyó. Me miró con el rostro impasible.

—¿Y todo esto qué quiere decir?

—Quiere decir que en cualquier momento los dos tipos que tenemos en chirona pueden contar que no son los asesinos y demostrar con coartadas que dicen la verdad. Por lo tanto, mi querido subinspector, la confesión que le hicieron a Di Marteri no tiene más valor que las otras tantas falsas confesiones que nos hicieron los gitanos a usted y a mí.

—¡Joder!, ¿y entonces por qué ese cura organizó todo aquel follón con el papa incluido?

—¡Coño, se apuntó los méritos, ganó tantos para el papa frente a los medios de comunicación y se quitó el problema de encima! ¿Le parece poco?

—¡Qué cabrón!

—Debería habérmelo imaginado. La Iglesia nos lleva muchos siglos de ventaja, Fermín.

—¿Y qué vamos a hacer?

—Deberíamos decirlo.

—¡Ah, no, ni hablar, para que Coronas nos ponga a parir! ¿Sabe qué le digo, Petra?, que si Dios lo ha dispuesto así por algo será. Seguro que ninguno de los que están en la cárcel dirá ni mu. Tendrán miedo de que Dios los castigue.

—No sé yo si…

—Relájese y démonos una tregua, por favor, no soportaría tener que volver a empezar con el caso de los gitanos.

—Está bien, su caso es.

—¡Justo cuando iba a anunciarle la celebración tiene que pasar esto!

—¿Qué celebración?

—El juez García Mouriños nos invita mañana a cenar en su casa a los cuatro. Las hermanas Enárquez, usted y yo. Además, el comisario ha dicho que pase por su despacho porque quiere felicitarla.

¿Qué iba a hacer yo si las cosas se decidían a funcionar bien? ¿Comportarme como una aguafiestas y ponerme a contar la verdad? ¡Ah, no, allá cada cual con su conciencia! Dios escribe derecho en renglones torcidos, y por mí como si era analfabeto, me daba igual.

Coronas me felicitó. Reconoció que mi insistencia y cabezonería habían hecho culminar el caso Espinet con un éxito total. Se lo agradecí. Nunca anda mi ego sobrado de piropos. Echaría mano de ése cuando algún otro caso se empezara a torcer.

En cuanto a la cena en casa del juez, fue, ¿cómo expresarlo?, redonda y completa. Charlamos, comimos, bebimos, bromeamos, nos reímos y, como colofón, asistimos a una proyección de *El acorazado Potemkín*, que el gallego se marcó impertérrito en su vídeo. Mientras discurría en la pantalla aquella obra inmortal, vi a García Mouriños y a Concepción Enárquez lanzarse de vez en cuando miradas de arrobo, al subinspector dar cabezadas y a la hermosa Emilia tragarse con interés la película, relajada y en paz. Entonces comprendí que la teoría del aprovechamiento integral vital había dado origen a un pequeño club de funcionamiento impecable, y me alegré.

A las tres de la madrugada se encendieron las luces de la sala de estar. Nos levantamos y, todos un tanto amodorrados, recogimos nuestras ropas de abrigo. Ya dispuestos a marchar, el juez nos sorprendió diciendo:

—Y ahora, señores, ¡a bailar, que mañana es sábado! Conozco un salón donde la animación empieza a estas horas. ¡Les encantará!

Nadie se hizo de rogar en exceso, nadie excepto yo. Mi idea de una juerga no empezaba en Eisenstein y acababa en boleros cadenciosos. Así que, por mucho que me insistieron, decliné acompañarlos.

Los vi marchar calle abajo mientras iba en busca de mi coche. Cuando ya casi estaba a punto de partir me llegó la voz del subinspector, que llegaba corriendo.

—Petra, ¿seguro que va a estar bien si se marcha ahora a casa?

—Desde luego, seguro que sí.

—¿Ha pensado en aquello que le dije de adoptar a una niña china?

—Sí, lo pensé, y al final decidí que mejor adopto a un joven senegalés con un pene de veinte centímetros. ¿Lo aprueba?

La risa se le escapó entre el bigote que pugnaba por seguir serio.

—Desde luego, inspectora, ¡qué bruta es usted!

—Como diría Di Marteri, Dios me hizo así. Buenas noches, Fermín. Váyase, le están esperando.

Se unió corriendo a su pequeño grupo y desaparecieron en la noche. ¡Pobre Garzón! Se inquietaba por dejarme sola. No sabía que en aquel momento lo único que me faltaba para ser completamente feliz era ver pasar las bandadas de patos salvajes. Y eso, bien segura estaba de ello, no ocurriría aquel año. Quizá al siguiente, o al otro, o cualquier año en que lleguen a cumplirse al fin las eternas promesas de felicidad que todo el mundo guarda en su más escondido rincón.

Vinaroz, 15 de agosto de 2001

AGRADECIMIENTOS

Agradezco a Cynthia Cáceres, psicóloga especialista en enfermedades degenerativas y trastornos de la memoria, toda la valiosa información que me ha dado sobre el mal de Alzheimer, imprescindible para la elaboración de uno de los personajes de este libro.

También debo dar las gracias a Agustín Febrer Bosch, experto en armas, que escogió a su leal saber y entender las armas que tanto Petra Delicado como Fermín Garzón portarán a partir de ahora en todas las novelas que protagonicen.